熱砂の凶王と眠りたくない王妃さま

小桜けい

Kei Kozakura

Regina

レジーナ文庫

登場人物紹介
シャラフ
大国ウルジュラーンの若き王。
大改革を行ったため
残虐な王と噂されている。
しかし実際は
公平で有能な青年。
ナリーファ
小国の第八王女。
早くに生母を亡くし、
不遇な生活を送っていた。
謙虚で優しい心の
持ち主。

ニルファール
バフムドの愛娘。
聡明な
絶世の美女で、
以前、シャラフとの
縁談があった
らしいが……
バフムド
ウルジュラーンの
隣国の王。
豪快で気風(きっぷ)が
いいのだが、
短慮なところも
ある大男。
パーリ
ナリーファの側仕え。
快活で気が利く少女。
ナリーファのことが
大好き。
スィル
シャラフの乳兄弟の
軍師。カルンの兄
でもある。常に冷静
沈着な切れ者。
カルン
シャラフの乳兄弟で、
将軍職を務めている。
いつも明るく
気のいい青年。

目次

熱砂(ねっさ)の凶王と眠りたくない王妃さま

プロローグ

何も見えず、音も聞こえない。

真っ暗闇の中で、ナリーファは途方に暮れていた。

一体、どうして自分がここにいるのか、まだ六歳の彼女にはまったくわからない。

後宮の支配者である、父の正妃メフリズに突き飛ばされたのは覚えている。それから、ふと気づいたらここにいた。

怖かったけれど、ナリーファは口を引き結んで嗚咽を呑み込んだ。

(泣いちゃ駄目。もしメフリズ様に聞かれたら、また酷い目にあわされる……)

ナリーファはミラブジャリード国王の正式な娘——第八王女だが、あまり恵まれた生活を送ってはいない。

父王はすぐ新しい寵姫に目移りする人で、踊り子だったナリーファの母を十何番目かの側妃にしたものの、彼女が産んだ娘ともども顧みる事はなかった。

それでも、ナリーファを深く愛し育ててくれた母が存命の頃は、後宮の隅でひっそり暮らす生活ながらも幸せだった。

けれど、母は半年前に急な病で亡くなり、以来ナリーファは、正妃メフリズに虐げられる日々を過ごしている。

メフリズは、踊り子など誰にでも媚びを売る卑しい女だと、母が生きている頃から何かと彼女を目の敵にしていた。そしてナリーファについても、下賤な血を引く娘であり王女の身分など似つかわしくないと、事あるごとに詰るのだ。

ミラブジャリードの後宮では、息子を王太子に定められたメフリズが絶対的な権力を有し、彼女に逆らえる者はいない。

ナリーファにこっそり優しくしてくれる使用人も少しはいるけれど、大抵の者は正妃の機嫌を取ろうと、末席の王女へ冷たく当たる。

だから、大声で助けを求めても無駄だと、子どもながら冷めた考えもあった。気絶している間に、メフリズの命令でどこかに閉じ込められていたのなら、誰も助けてはくれない。

（母様……お願い、どうか私の傍に帰ってきて……）

無理は承知で、そう願わずにいられなかった。寂しさに耐え兼ね両目に涙が浮かんだ、その時。ナリーファの滲んだ視界の端に鮮やかな緋色が映り込んだ。
──闇の中から、緋色の美しい蝶が一匹、ひらひらと飛んでくる。
（……母様？）
なぜか自然とその言葉が浮かび、ナリーファは蝶へ駆け寄った。

1　千夜の語り部

――十二年後。

岩山だらけの荒地と灼熱の砂丘がどこまでも連なる、広大な砂漠地帯。

この不毛の大地にも、オアシスに寄り添い、大小の国が幾つも点在している。

厳しい環境下でも、人は僅かな耕地で作物を育て荒野の獣を狩り、砂漠を横断し交易を行い、逞しく生きるのだ。

そんな国々の中で最も大きな国が、ウルジュラーン王国だった。

砂漠地帯の国々は殆どが一夫多妻制で、王宮には王の妃や寵姫が住む場所――後宮がある。

ウルジュラーンの王宮も、広大な敷地内に豪華絢爛な後宮を持ち、そこには王の寵愛を求める大勢の美女が住まわっていた。

ある暑い夏の日。

ウルジュラーンの後宮に、砂漠の東端にある小国ミラブジャリードより、第八王女のナリーファが寵姫として贈られてきた。

（なんて立派な後宮なの……）

ナリーファは後宮の案内をする女官について歩きながら、無礼にならないようにそっと辺りを眺めた。

ほんの少しだけ入った王宮の本殿も素晴らしかったが、後宮も言葉にし尽くせないほど美しい、贅を凝らした建物だ。

広い回廊の床は磨き抜かれた大理石で、壁やアーチ型の天井は優美なフレスコ画に彩られている。

回廊から見える中庭も見事だ。細い人工の小川が流れ、絶妙な配置で植えられたオリーブやナツメヤシの木が涼し気な木陰をつくり、花壇には手入れされた花が鮮やかに咲き誇っている。

寵姫らしき何人もの美女が庭を散策し、木陰のベンチで談笑するなど、楽しそうに過ごしていた。皆、十代から二十歳そこそこの年齢だろう。丁寧に化粧を施した彼女達は一様に美しく、華やかな服装をしている。

回廊のすぐ近くにあるベンチでお喋りをしていた三人の寵姫が、ナリーファに気づき、近寄ってきた。

「ねぇ、そちらの方はどなた?」

寵姫の一人がナリーファを眺めつつ、先導する女官へ声をかけた。

「こちらはミラブジャリードよりお越しになった、第八王女のナリーファ様です。陛下の寵姫となられましたので、本日より後宮にお住まいになります」

女官が足を止めて粛々と答え、ナリーファにも彼女達を紹介する。

いずれもミラブジャリードより遥かに裕福な国の王女や、ウルジュラーンの重臣の娘だった。

「宜しくお願いいたします」

緊張しながらナリーファが挨拶をすると、寵姫達は優しく微笑んだ……が、目は欠片も笑っていない。

「ミラブジャリードなんて、随分と田舎……いえ、遠くからいらっしゃったのね。お母様が辺境出身の貴女なら、さぞお話が合うのではなくて? 羨ましいこと」

一人が傍らの寵姫に言うと、声をかけられた相手は口元に笑みを浮かべたまま眉をピクリと震わせた。

「残念ですけれど、母の生家へ行った事はございませんの。ですが、貴女よりも言葉遣いに気をつけておりますから、どなたとも気持ち良く話せる自信がありますわ」

「お二人とも、それくらいになさいな。まるで争っているように見えますわよ」

にこやかながら棘のある会話をする二人を、一番年長らしい寵姫が苦笑して窘めた。

「誰がシャラフ様の正妃の座を目当てにいらっしゃっても、わたくし達を含め、ここに住まう皆様は、優しく歓迎しますわ」

向けられた声と表情は柔らかだが、彼女の目が一番残酷そうな光を湛えている。

「正妃など……私は、そんな大それた望みを抱いては……」

ナリーファは背筋を震わせ、消え入りそうな声で返答した。

後宮に入る寵姫の身の上は、高貴な姫から、献上品の女奴隷まで様々だ。そして国王の代替わりと共に、後宮の女性達は一新される。

現在のウルジュラーン国王は、シャラフという。年齢は確か二十二。十八歳のナリーファよりも四歳上だ。

昨年に即位したばかりの彼は、苛烈な『熱砂の凶王』として、砂漠にその勇猛さと残虐ぶりを轟かせていた。

この国では長男が王位継承権を持つが、王の血を引く者ならそれに異議を唱え、長男に王座を賭けた真剣試合を挑む事ができるという。

彼らは、大抵は部下を代理人に立てて戦わせる。それで代理人が勝てば、強靭(きょうじん)な勇者の忠誠を得る偉大な王と見なされるからだ。

末子だったシャラフは、異母兄全員に決闘を申し込み、代理人すら立てず自力で勝ち抜いた。

そのせいだろうか、玉座のために異母兄弟を皆殺しにし、即位後も自分の政策に逆らった家臣達を容赦なく処刑した残虐(ざんぎゃく)非道な男だという噂(うわさ)がたちまち広がったのだ。

強者は恐れられる反面、多くの者達にすり寄られるのが世の常だ。

シャラフの即位祝いにと、家臣や近隣の王はこぞって娘を贈った。おかげで前王の崩御により一時期空(から)になったウルジュラーンの後宮には、たちまち多くの美姫が揃ったのだとか。

今も各地から美しい女性が贈られ続けているのだが、熱砂の凶王はいまだ誰一人として、正式な妃(きさき)にはしていないそうだ。

事前に聞かされたシャラフの噂(うわさ)を思い出していたナリーファは、心の中で呟く。

(……正妃など、本当に望むはずもないわ。そもそも私は、きっと陛下を怒らせて殺されてしまうからと、メフリズ様に無理やり寄越されただけだもの)

ナリーファのおどおどした態度に、寵姫(ちょうき)達はそれ以上の牽制(けんせい)は必要ないと思ったのか、上品な笑い声を上げながらベンチに戻っていった。

解放されたナリーファは、先を促す女官の後についてまた歩き出したが、胸中で深々と安堵の息を吐く。

(良かった……。あんなに綺麗な女性が大勢いるなら、陛下は私に夜伽を命じるどころか、顔を見ようともなさらないでしょうね)

先ほど、本殿でシャラフに挨拶を述べたのは、ナリーファを連れてきたミラブジャリードの使節だけだった。ナリーファは控えの間で待ち、謁見が終わるとそのまま後宮へ案内されたのだ。

もしシャラフが献上された女に興味があれば、その場で謁見室に呼んで顔を見たはず。特に美しいという評判もない小国の王女など興味はないが、とりあえず礼儀で受け取っただけといったところかもしれない。

本人はちっとも自覚していないけれど、実際のところ、ナリーファは非常に美しい娘だ。目鼻立ちの整った卵型の顔に、上質な黒曜石を思わせる綺麗な黒い瞳、腰まである真っ直ぐな髪は絹のように艶やか。肌は滑らかな淡褐色で、薄紅色の衣装をまとった身体は、細身ながら女性らしい優美な曲線を描いている。

とはいえ、冷笑と罵倒ばかり受けて育った彼女は、自分の容姿は他人から高く評価されないと信じ切っていた。

（それにしても、後宮なのに男性の衛兵がいるのね）

少しだけ気が楽になったナリーファは、各所に立っている筋骨逞しい衛兵をチラリと見た。

王の寵姫や、その娘である王女達が暮らす場所だけに、後宮は規律が厳しい。通常は衛兵も男性としての機能をなくした宦官で担うものだが、厳つく真面目そうな衛兵は髭があり、宦官には見えない。

不思議に思い、先導する女官に尋ねかけたが、結局やめた。余計な事は言わず、ただ従うというのが、ナリーファの骨身に染みついた生き方だ。

（ここのやり方がどうであれ、私は息を潜めて生きるだけ……）

そんな事を考えながら歩いていると、女官が足を止めてある部屋の扉を開いた。

「こちらがナリーファ様にお使いいただくお部屋になります」

「え……ここが……？」

中に入ったナリーファは思わず声を漏らす。そこは、可愛らしい調度が整えられた居間だった。二間続きとなっており、室内の扉で隣の寝室と繋がっているようだ。

「申し訳ございません。お気に召しませんでしょうか？」

女官に心配そうに尋ねられ、ナリーファは急いで首を横に振る。

「いいえっ！　まさか、このように立派なお部屋をいただけるとは思わなくて……」

後宮では大抵、身分が高い者の部屋ほど建物の奥になり、最奥が正妃の部屋だ。

その手前が、王の子を産むか、正式な求婚をされた側妃達の部屋となる。普通、入って間もない寵姫はもっと小さな部屋か、数人の相部屋を与えられるものだ。

「ここで暮らされる以上、どうかナリーファ様も心にお留めおきください。陛下は後宮の女性が争うのを大変お嫌いになります。ですから過分に女性を集める事もなく、ここへおいでになった寵姫様には、どなたにも同じ広さの部屋をご用意なさいます」

周囲には誰もいなかったが、人の良さそうな女官は声を潜めて続けた。

「先代陛下の頃から後宮を取り仕切っていた宦官一同は、陛下が禁じたにもかかわらず、寵姫様達から嫌がらせなどを金銭で引き受けていたので、残らず解雇されました」

「では、こちらの衛兵が男性なのは、そのためだったのですか」

「左様にございます。陛下は信頼を置く兵に警備を任せ、寵姫様達の世話役は侍女のみとし、目に余る争いを繰り返す寵姫様は、どなたといえども後宮を出すと公言しておられます」

「……はい。心得ました」

ナリーファは素直に頷いたものの、意外だった。

何しろナリーファの聞いている、シャラフの女性に対する評判は酷いものだ。

自分好みの女を次々と集めるわりには一晩で飽きてしまい、二度と閨を訪れない。それどころか、少しでも気に入らなければ容赦なく殺して楽しむ……。そんな噂が、ミラブジャリードにまで流れている。

だから、ここで生き残れる寵姫など、強力な後ろ盾のある姫君か、よほど魅力的な美女だけだと思っていた。

でも、この女官の話では、シャラフはやたら女漁りをするわけでもなく、後宮で女が争わないようできるだけの措置をとっているわけだ。噂とは違い、随分と寛大な人に感じられる。

（それに……まさか、こんな有難い事になるなんて！）

熱砂の凶王のもとに送られると知った時は、自分の命運もこれまでと覚悟していたが、王から見向きもされそうもない上に個室を与えられるとは、最高に恵まれている。

これなら『眠っても、誰にも迷惑をかけずに済む』ではないか！

「素敵なお部屋をいただきまして、陛下の御厚意には感謝の言葉もございません」

パッと表情を明るくして丁重に礼を述べるナリーファに、女官が顔を綻ばせた。

「それでは今夜、陛下が参られますので、後ほど、支度の侍女を寄越します」

お辞儀と共に告げられた瞬間、ナリーファは足元の床がいきなり抜け落ちたような感覚に襲われる。

「へ、陛下、が、いらっしゃるのですか……？　こ、今夜……？」

よろめくのを堪えつつ強張った声を絞り出すと、女官が「はい」と答えた。

「こちらもお部屋と同じく、寵愛を巡っての争いが起きないようにとのご配慮です。新しい寵姫様がいらっしゃった晩、陛下はその方の部屋を必ず訪れます」

寵姫として後宮に贈られても、王の子さえ産んでいなければ、手柄を立てた臣下などに降嫁させられる事は珍しくない。

それでも、王が一度でも寝所を訪れていれば随分と箔がつく。王に見初められるだけの魅力がある女、という目に見えない紹介状になるからだ。逆に、後宮に残っていても、いつまでも王に寝所を訪れてもらえなければ、他の寵姫から物笑いの種にされる。

だから、寵姫になってすぐに王が部屋を訪ねるというのは、普通ならばとても喜ばしい話だ。普通なら……

——笑い者で結構です。お気持ちだけ有難くいただきますので、どうかいらっしゃらないでくださいと、陛下にお願いできないでしょうか？

そんな本音を口に出す勇気は、残念ながらナリーファにはない。

呆然としたまま、退室する女官を見送るしかできなかった。


残酷にも時間はどんどん過ぎていく。ナリーファがここに着いたのは昼過ぎだったのに、あっという間に夕方となってしまった。

食べ物が喉を通る気がせず夕食を断ると、それなら湯浴みをと促された。

部屋には小さな洗面所と浴室まであり、パーリというまだ十三歳の可愛らしい部屋付き侍女が、入浴を手伝ってくれた。癖の強い髪を二つのお団子に纏めた、元気な少女だ。

人に身体を洗われるのは慣れていなくて恥ずかしかったが、ナリーファは湯浴みをし、丹念に身体を磨かれる。

「ナリーファ様、こちらのジャスミンの香油になさいますか？」

仕上げに塗りこめる香油の瓶を何種類も出されても、今までそんな贅沢品をろくに与えられた事がなかったナリーファは選べず、パーリにおすすめを見繕ってもらった。

「ええ。ありがとう……」

パーリは明るく優しい子で、ナリーファはすぐに彼女が好きになった。

『これから精一杯お仕えしますので、宜しくお願いします』と、パーリが笑顔で言ってくれたものの、ナリーファは明日の朝まで生きている自信がない。

気持ちを落ち着かせるというジャスミンの芳香も大して効果はなく、鬱々とした気持ちを抱えたまま、一人寝室に入る。

小さなランプが室内をほんのり照らす中、回廊に面した扉ばかりに気がいってしまう。そこは国王が寵姫を訪ねる時だけ使う扉だ。

広い寝台と、着せられた肌の透ける薄絹の寝衣が、嫌でも夜伽を連想させる。幸いにも上着を貰えたので、ナリーファは帯をしっかり巻いて煽情的な寝衣を隠した。

（どうしよう……どうしよう……）

うろうろと室内を歩き回るが、この場を逃れる名案など浮かばない。

シャラフが寵姫に対して、噂に聞くような酷い振る舞いをしていなかったにしろ、ナリーファの欠点を知ればどんな男性だって激怒しないわけがない。『あれ』を王にやってしまったら、斬り殺されても文句は言えないと、我ながら思うくらいだ。

凶王に斬り殺されるのも恐ろしいが、後宮からの脱走は極刑だ。どのみちナリーファには逃げ隠れする勇気すらなく、恐怖に震えるしかない。

「――ナリーファ様。陛下がいらっしゃいました」

若い男性の声と共に扉が叩かれたのは、随分と夜も遅くなってからだった。

「は、はい……」

上擦った声で返事をすると扉が開かれる。現れた青年を見て、ナリーファは息を呑んだ。

（この方が……）

一目で『熱砂の凶王』シャラフだとわかった。彼が噂に聞く通りの姿だからだ。

若き王は、いかにも砂漠の民らしい褐色の肌をしていた。ツンツンと逆立つほど短く刈った髪はサンディブロンドで、瞳は深緑色をしている。黒髪に黒目が一般的な砂漠地帯では珍しい色だ。

精悍な顔立ちは整っていて、美形の部類と言えるが、剣呑な光を帯びた鋭すぎる目つきが、彼を酷く恐ろしい男に見せていた。

ナリーファは、まるで怒りに滾る手負いの猛獣を前にしたような錯覚に陥った。たちまち顔から血の気が引いていき、足がガクガクと震える。

そんなナリーファを、シャラフはジロリと一瞥すると、回廊に控えているお付きの青年を肩越しに振り返った。

「ご苦労だったな、スィル」

スィル、と呼ばれたのは、黒い長髪を緩く束ねた、線の細い生真面目そうな青年だ。

文官用の丈長の衣服を身につけており、年頃はシャラフと同じ程度に見える。

「明朝七時にお迎えに上がります。お休みなさいませ、陛下」

スィルが恭しく敬礼し、丁寧に扉を閉めたところで、恐怖で固まっていたナリーファはようやく我に返った。

「っ！　も、申し訳ございません！　ご無礼を！」

寵姫が国王の前で、挨拶もせずに突っ立っているなど無礼極まりない。急いで深く頭を下げる間も、頭上から伝わるビリビリと尖った気配に、全身が震え続ける。

「お前が、ミラブジャリードの第八王女か」

「ナ……ナリーファと申します。陛下にはご機嫌麗しく……」

低い不機嫌そうな声も恐ろしくてたまらず、俯いたまま必死に挨拶を述べようとした。

「ああ、もういい。さっさと寝台に上がれ」

ところが彼は鬱陶しそうにそれを遮り、スタスタと部屋に置かれた広い寝台へ向かった。彼は振り返りもせずに上着を脱いで椅子の背に放り、白い寝衣姿になる。

まるで、ナリーファの顔など見たくないし、口もききたくないと言わんばかりの態度だ。

小国の王女でも公平に扱おうとわざわざ訪れたのに、際立った美貌もないつまらぬ女だったと、余計不機嫌になったのかもしれない。

王の腰帯に差された剣の、使い込まれた風合いの柄を目にして、ナリーファの背筋を冷や汗が伝う。

「……かしこまりました」

消え入りそうな声で返事をし、処刑台に上がる気分で寝台の端にそっと乗る。

しかし予想に反して、シャラフはナリーファを組み敷こうとはしなかった。

それどころか、ろくにこちらを見ないまま、広い寝台の端に横たわってしまう。

「俺は眠るから、お前も余計な事をしようとはせず大人しく寝ろ」

不愛想に言い放たれ、ナリーファは目を丸くした。彼は、片手で広い寝台の反対側を示し、ナリーファをそちらへ追い払うみたいに手を振る。

——余計な事とは、まさか夜伽の事？

ナリーファのその考えは、どうやら当たりだったらしく、シャラフが言葉を続けた。

「何も馬鹿正直に夜伽をしなくても、俺と一晩過ごしたという事実さえあれば良い。家臣への降嫁を前提にした寵姫によく使われた手口だ。こうすれば純潔のまま好きな相手へ降嫁できる上に、王に見向きされなかった寵姫と、それを娶った男などと後ろ指を差されずに済むからな」

「え……」

唖然としたまま寝台に座り込んでいるナリーファを、シャラフはいっそう顔をしかめて睨んだ。

「だから俺は今夜はお前と過ごすが、それだけだ。気の進まない女を抱くほど飢えてはいないし、お前だって義理で抱かれたくなどあるまい？」

「は、はい」

ナリーファが戸惑いながらもぎこちなく頷くと、シャラフは「寝るぞ」と素っ気なく言い、目を瞑った。

だが、彼は瞼を閉じたものの、眉根をきつく寄せ、苛立たし気な溜め息を繰り返している。その様子は、安らかな眠りに誘われているようにはとても見えなかった。

（お加減でも悪いのかしら？）

ナリーファが困惑して彼を眺めていると、その視線を感じたのかシャラフが目を薄く開き、いっそう苛立たしそうに睨んでくる。

「じろじろ見ていないで早く寝ろ。俺は寝つきが悪いんだ。近くで他の奴に起きていられると余計に眠れない」

「も、申し訳ございません」

慌てて謝罪したが、困り果ててしまった。シャラフがゆっくり眠りたいと言うのなら、ナリーファは同じ寝台で眠れという命令には従う事ができないからだ。形だけ横たわり、眠ったふりをするという選択も無理だ。眠ったらきっと、王を酷く不愉快な目にあわせてしまう。

ナリーファは横たわって目を瞑ると、どんなに起きていようと頑張ってもすぐ眠ってしまう。

また、寝台ではない場所で眠るにしても、同じ部屋にいるだけでも危険だ。

「それが……ご命令に従いたくは存じますが……」

こんな突拍子もない話を、やすやすと信じてもらえるとは思えない。ナリーファ自身ですら、最初は信じられなかったのだ。

ナリーファをここに寄越したメフリズの真意まですっかり話せば、もしかしたら信じてもらえるかもしれないが……

『つまりお前は、俺を怒らせるためにわざわざ贈られたわけだな？　ミラブジャリード国王は、俺に喧嘩を売っているのか』

こんな風に、余計に怒らせてしまう可能性もある。

シャラフは気に入らない寵姫を容赦なく殺すという噂はあるが、その寵姫を贈った国へ攻め込んだとは聞かない。だからメフリズは、単に女を殺すのを楽しんでいるのだと考えてナリーファを寄越したのだろう。

父王は新しい寵姫を見つける事ばかりに夢中で、政治はメフリズと息子の王太子のやりたい放題だ。外交にかこつけ、ナリーファをここに送るのは簡単だったはず。

(万が一、戦にでもなってしまったら……)

ハッと思いつき、青褪めて口を噤む。

ナリーファが個人的に粗相をしただけならともかく、怒らせるのを期待して送り込まれたと知れば、シャラフの怒りはミラブジャリードに向くかもしれない。

そうなった時に、メフリズや父は自業自得としても、罪もない国民にまでとばっちりが行くのは絶対に避けねば。

「なんだ？　言いたい事があるのならはっきり言え」

「い、いえ……それが……」

まごついて視線を彷徨わせたナリーファは、こちらを睨むシャラフの鋭い両目を、隈が濃く縁取っているのに気づいた。

もしや、この恐ろしそうな王は、酷く疲労しているのでは……？

そんな突拍子もない考えが浮かび、ナリーファはとっさに姿勢を正して座り直す。両手を敷布に揃えてつく。

「もしも許されましたら、お眠りになりやすいよう、寝物語をさせていただきたく存じます」

元踊り子だった母は、宴席で様々な客と話す機会があった。そのおかげで面白い話をたくさん知っており、語り方も非常に上手だった。それらを聞かされて育ったナリーファは、全ての話を覚えている。

とはいえ、それを誰かに話して聞かせた事はない。まして、熱砂の凶王と呼ばれる恐ろしい彼を、寝物語を紡(つむ)いで寝かしつけるなど無謀な賭(か)けだ。しかし、他の手段は思いつかなかった。

「俺に、寝物語？　子ども扱いする気か」

「大人とて寝苦しい夜はございます。私の亡き母は寝物語を語るのが得意で、他の側妃様達もたびたび、母に寝物語を求めておりました」

鼻で笑われ、ひるみそうになったが、もう後がないと必死で申し立てる。

「どうかお試しいただけませんでしょうか。私は、語り手としては母に遠く及ばないでしょうが……数だけなら、千夜を超えても語ってご覧にいれます！」

言い終えたナリーファは深々と頭(こうべ)を垂れた。

数だけなら千夜でも語れると言ったのは嘘ではない。

ナリーファは本を読むのが好きだったので、幼い頃に母から聞いた物語以外にも、覚えている話はたくさんある。

さらに物語を読み聞きするだけでなく、自分で思い描くのも大好きだ。

勇敢(ゆうかん)な王子に悪辣(あくらつ)な魔法使い、ランプの精に囚われの姫君、財宝を求めて船乗りになった商人……ナリーファの中で、物語はオアシスの水のように幾(いく)らでも湧いて出る。

そうして空想の物語に浸(ひた)るのが、唯一の心の慰(なぐさ)めだったのだ。

俯(うつむ)いたまま、冷や汗を滲(にじ)ませて返答を待つと、シャラフが小さく息を吐くのが聞こえた。彼が無言でゆっくりと身を起こし、ナリーファの方へ近づく気配がする。

そして唐突に、砂色の頭部がポスンとナリーファの膝へ載せられた。

「えっ」

驚くナリーファを、膝に頭を載せたシャラフが鋭い瞳で見上げる。

「話してみろ。どうせお前が起きていようと眠っていようと、俺は眠れないのだから、たまには趣向の変わった茶番に付き合ってやる」

「あ、ありがとうございます。では……」

何を話そうかと一瞬悩んだ末、ナリーファは幼い頃、母によくせがんだお気に入りの物語を話し始めた。

それは遠い西の国に昔から伝わるという、短くも楽しい話。

（……母様は私に、形はなくとも素晴らしいものを遺してくださいましたね）

母の形ある遺品は、ハンカチ一枚に至るまで全てメフリズに焼かれてしまった。けれど、ナリーファの記憶に残る幸せな思い出までは、誰も焼き尽くせない。

懐かしい思い出に勇気を貰えたのか、いつもは人の顔色を窺いおどおどした調子でしか喋れないのに、すらすらと物語が口から流れ出る。

シャラフは相変わらず険しい顔つきで、黙って物語を聞き、終わっても無言だ。駄目だったかと、ナリーファは胸中で息を吐いた。

「申し訳ございません。やはり、私ではお耳汚しだったようで……」

すると、シャラフが唐突に目を見開き、肩を震わせる。

「いや……」

低い、やや掠れた声でシャラフが呟いた。

「少し、考え事をしていた……もう一度、今の話をしてくれ」

「かしこまりました」

驚いたが、ナリーファは再び最初から話し始める。

ふと、膝に載せられたシャラフの顔に視線を向ければ、あの凶悪そうな鋭い双眸が、どこか遠くを見つめるようなものに変わっていた。

そして、次第にうつらうつらし出したかと思うと、二度目の物語を話し終えた頃には、シャラフは穏やかな寝息を立てて眠り込んでいた。

（え……眠ってしまったの？　本当に……？）

今さらながら緊張が舞い戻り、ナリーファは激しく動悸を打ち始めた胸を手で押さえる。

しばらく身じろぎもせずに様子を見ていたが、彼は一向に起きる気配がない。

初めて膝に載せた人の体温と、間近で聞く規則正しい寝息は意外にも心地良いけれど、相手が凶王様だと思うとどうしても緊張する。

その上、何時間も膝枕をしていると、流石に脚が痺れてきた。

ナリーファはプルプルしながら手を目いっぱい伸ばし、なんとかクッションを手繰り寄せて、慎重に自分の膝と入れ替える。

それでもシャラフはぐっすり眠ったままで、ナリーファはほっとして額の汗を拭った。

ミラブジャリードからここまで、駱駝の引く車で二週間の旅だ。疲れているはずなのに、緊張と思いがけず窮地を切り抜けられた高揚感に目がさえ、欠片も眠くない。

安堵の息を吐き、ナリーファは王の寝顔にそっと視線を向ける。

凶暴さや苛立ちの気配などない、心地良さそうな寝顔だった。

（……考えてみれば、陛下はご自分が疲れ切っているのに、押し付けられた私の体裁を繕おうとしてくださったから、ここにいらしたのよね）

穏やかに瞼を閉じているシャラフを眺め、ナリーファは考える。

無慈悲で残虐非道という悪評ばかり聞くし、初めて鋭い目つきで睨まれた瞬間は恐ろしくて本当に震え上がった。けれど、彼がそんなに酷い人物とは思えない。

（とにかく、無事に切り抜けられて良かったわ。陛下はこれでもう私のもとにはいらっしゃらないのだから……）

シャラフはナリーファが寵姫としての面子を保てるよう一晩だけ一緒に過ごすが、抱く気はまったくないと断言していた。

大勢の美しい寵姫がいるから自分は必要ないなんて、最初からわかっていた事だ。

それなのに、この穏やかな寝顔をこれきり見る事がないと思うと、なぜかほんの少し名残惜しい気がする。

（……今夜はたまたま上手くいったけれど、次もこうなるとは限らない。陛下の訪れがないのは幸いよ）

そう自分に言い聞かせるナリーファは、起こしてしまうかもと思いつつ、またつい彼の寝顔を眺める。結局、シャラフはぐっすり眠ったままで、目を覚ます事はなかった。


翌朝。

「おはようございます、陛下」

扉の向こうから、昨日のスィルという文官の青年の声が聞こえた途端、シャラフの両目がバッと開いた。

「っ⁉」

跳ね起きた彼は何度か瞬きをして、信じられないものを見るような目でナリーファを見た。

「俺は、眠っていたのか……？」

「は、はい……」

押し殺した低い呟きに、ナリーファは反射的に身を竦める。

「陛下、いらっしゃいますか？」

返事がないのを訝しんだのか、スィルが先ほどより少し大きな声をかけてきた。

「ああ、すぐに行く」

シャラフは扉に向けて答え、寝台から下りる。

身支度を手伝った方が良いのだろうかと、ナリーファも急いで寝台から下りたが、シャラフは上着と靴を自分で手早く身につけ、唐突にこちらを向いた。

「ナリーファ。お前の寝物語は見事だった。……ここに来るのは一晩だけというのは撤回する。今夜も必ずまた、俺に寝物語をしろ」

ナリーファは大きく目を見開いた。今聞いた言葉が信じられず、自分の耳を疑う。声もなく立ち尽くしていると、シャラフが眉を軽く顰めた。

「お前は、千夜を超えても話せるのだろう？」

「っ！　は、はいっ！　かしこまりました！」

ナリーファの返事を聞くと、シャラフは満足そうに口の端を軽く上げ、部屋を出た。

扉が閉まった途端、足腰の力が抜けて、ナリーファは床にへたり込む。混乱する中、初めてシャラフからきちんと名前を呼ばれたのだと、ようやく気づいた。

「……っふ……ぅ……」

じわりと胸の奥から熱いものがこみ上げ、涙になって両目から溢れ出す。ポタポタと涙が頬を伝い落ち、ナリーファは両手を口に当てて嗚咽を堪えた。

傍で眠りたくない事情を抱えている以上、国王に寝物語をするのは昨夜限りにするのが最良だった。

でも、シャラフにまた今夜も話せと望まれ、ひたすら嬉しい。

母が亡くなって以来、誰かにきちんと褒められた事などなかった。

『卑しい身分の女から産まれた、政略結婚にも相応しくない無様な王女』と、嘲笑され続けひび割れていた心に、先ほどの不愛想ながらも率直な称賛が優しく沁み込んでいく。

「ナリーファ様、入っても宜しいでしょうか？」

パーリの声がして、居間に続く扉が叩かれる。

「っ……どうぞ」

ナリーファが慌てて涙を拭って返事をすると、着替えの籠を持ったパーリが入ってきた。

「おはようございます」

明るく言ったパーリは、ナリーファの顔を見て急に心配そうな表情になった。

「……？」

ナリーファは首を傾げかけてすぐ、強い眠気を感じてクラリと身体を揺らす。無理もない。昨夜は結局、一睡もしていないのだ。さぞ酷い顔色になっているだろう。

額を押さえて足を踏みしめたナリーファへ、パーリが籠を放り出して手を差し出す。

「大丈夫ですか⁉　お医者様をお呼びした方が良いようでしたら……」

そのまま寝台へ横たわらせようとしてくれた彼女を、ナリーファは慌てて押しとどめた。

今眠ったら、この親切な少女まで傷つけてしまいかねない。

「いえ、少し寝不足なだけで……陛下のお隣では、恐れ多くて眠る気になれなかったの」

「そうでしたか……では、このまま昼頃までお休みになられますか?」

「ええ。そうさせてもらえるかしら」

頷いたナリーファは、パーリが部屋を出ていくと、寝所の内から掛け金を厳重に締める。

そして寝台に横たわるが早いか、瞼を閉じて眠りに落ちていった……

(——あぁ……ここでもやっぱり……)

数時間後。昼の鐘で目を覚ましたナリーファは、寝台を見てガックリと肩を落とす。

敷布はグシャグシャ、掛け布とクッションは床に散らばり、寝衣と上着は帯が緩み肩から半分ずり落ちている有様だ。

——これが、ナリーファが夜伽を決して務められない理由だった。

高貴な姫君とは、優雅な寝台でおしとやかに眠るのが当然と認識されている。いや、身分や性別に関係なく、寝相が悪くても許されるのは、せいぜい子ども時代までだろう。

ところがナリーファはどうした事か、いまだに寝相が凄まじく悪い。

それどころか、眠っている間に他人が近づくと、なぜか無意識に猛攻撃してしまうのだ。

幸か不幸か、この寝相は故国にいた頃にナリーファの身を守ってもくれた。

ナリーファが年頃になったある日の晩、後宮の隅に与えられた彼女の小さな寝所へ、暴行目当てで一人の下男が忍び込んできた事がある。

しかし、男が熟睡しているナリーファに手をかけたところ、なんと眠ったままの王女が殴るわ蹴るわの猛反撃をした。男はしまいに盛大に投げ飛ばされて壁に叩きつけられ、物音で飛び起きた召使達に取り押さえられたのだ。

その数日後、再び別の男が忍び込んだが、まったく同じ目にあった。

『ナリーファ様にやられたんだ。大人しそうなそぶりで、獅子みたいに凶暴な姫様だった』

幾ら暴漢達にそう供述されても、ナリーファには一切の記憶がない。

武術の心得もないひ弱な王女が、力仕事を担う屈強な下男を眠りながら叩きのめしたなどと、一度目は誰も信じなかった。

だが二度目の暴行未遂の際に、決定的な証拠と証人が出た。

それは、メフリズに怯えながらも、ナリーファにこっそり親切にしてくれていた侍女である。

彼女が物音で真っ先に寝所へ駆け付けたところ、ナリーファがぐっすり眠りつつ、暴漢の股間を強烈に蹴り上げるところを目撃したらしい。

それどころか、ナリーファは心配して駆け寄ってきたその侍女まで、あわや蹴り飛ばす寸前だった。彼女の悲鳴で目が覚めたら、床に尻もちをついているその顔面すれすれに、爪先を突きつけていたのだ。

それでようやく、眠っている己のとんでもない行動を信じられた。

……とはいえ、これが表沙汰になる事はなかった。

普通なら、後宮に男が忍び込んだだけで大事件だ。しかし、『後宮に忍び込む男などいるはずがないでしょう。馬鹿げた嘘を吹聴する事は禁じます』という、正妃メフリズの命令で事件は一切不問にされ、父王に報告すらされなかったのだ。

それで皆、暴漢を手引きしたのはメフリズだと薄々ながら気づいた。

人の口へ戸は立てられず、真相は正妃付きの侍女から召使達へこっそり広まった。

メフリズは、ナリーファを凌辱させてから、後宮へみだりに男を引き込んだふしだらな娘だと責めて処刑か追放するつもりだった。なのに、意外な展開になったために真相を追及されるのを避けて有耶無耶にしたのだ。

その結果、密かにナリーファへつけられたあだ名が『眠れる獅子姫』である。

そして、二度の失敗に業を煮やしたメフリズは、ウルジュラーンの悪名高い凶王シャラフが後宮の女を酷く扱うという噂を聞き、そこに目をつけたのだった。

ナリーファが夜伽の際に眠り込み、凶王を蹴飛ばして殺されれば良いと嘲笑うメフリズの恐ろしい声は、今もしっかり覚えている。

（……ここに来る途中で眠った時も、いつも通りだったものね）

眠る環境が変わったとしても、これは変わらない。ミラブジャリードまでの道中で宿に泊まった翌朝も、相変わらず寝台はグチャグチャだった。

――そして『あの夢』も、変わらなかった。

（母様……）

うっすらとした夢の残滓を思い出していたナリーファは、扉を叩く音に我に返る。

「ナリーファ様、お加減は如何でしょうか？」

パーリの声に、改めて部屋の惨状を目にしたナリーファは慌てふためく。

このとてつもない寝相の跡を誰かに見られたら大恥だ。それに、万が一シャラフの耳に入り、昨夜命令通りに眠ろうとしなかった理由や真相を問い詰められても困る。

ナリーファは黙っているのは得意でも、嘘を吐くのは全然得意ではないのだ。

もし相部屋に入れられていても困っていたはずだが、ナリーファはここに来たらすぐシャラフに夜伽を命じられ殺されると思い込んでいたので、その可能性を忘れていた。

「あっ、あと、三分だけ！　すぐ開けるので、三分だけ待ってもらえるかしら⁉」

上擦った声で返事をし、即座に部屋を整える。

ナリーファはミラブジャリードにいた頃、母が亡くなってすぐ部屋を移された。一応は王女という身分から個室だったが、鍵は外側にしかない牢獄のような粗末な部屋だった。

不規則な時間にメフリズ付きの意地悪な侍女の怒鳴り声で起こされ、扉を開けられてはグシャグシャの寝相の跡を嘲笑われたものだ。

掛け金がある扉と優しく待ってくれるこちらの侍女に感謝しながら、ナリーファは猛烈な勢いで敷布の端を引っ張って整える。そしてずれた寝衣の帯を直し、髪も簡単に手櫛で綺麗にした。

何とか形を取り繕った部屋を見渡し、ナリーファは深呼吸をして掛け金を外す。

「待たせてごめんなさい」

扉の前で待っていたパーリに謝ると、親切な少女はにこやかな笑顔でお辞儀をした。

「勿体ないお言葉です。私こそ、もう少しごゆっくりお休みになっていただければ良かったと……」

そこまで言ったところで、パーリはふと室内を見て円らな目を見開く。

「あの、何か……？」

クッションも全て元通りにしたはずだが……と、内心ビクビクしつつナリーファが尋ねると、パーリが遠慮がちに口を開いた。

「寝台でしたら、私が責任を持って敷布も毎日替えて整えますので、どうかそのままになさってくださいませ」

端をきっちり折り込み皺一つなくピンと伸ばした敷布を見て、ナリーファは己の失態に気づき、冷や汗を滲ませる。

敷布替えや部屋の掃除を、全て自分でやるのに慣れていたから手早く整えられたけれど、やり過ぎた。

ナリーファはこれまで冷遇されていたからそうせざるを得なかったが、普通は相部屋の寵姫の寝台だって侍女が整える。これではかえって、不思議に思われるはずだ。

「え、ええ……明日からは、お願いするわ」

今後は、適度に寝乱れた感じに整えようと、ナリーファは決意した。

そして、結局その日ナリーファは、部屋から一歩も出ずに過ごした。

『宜しければ、後宮のお庭や娯楽室を案内いたしましょうか？』と、パーリが申し出てくれたのだが、昨日の寵姫達の顔がちらつき、遠慮してしまったのだ。

なので夕刻まで、部屋にあった本を読んで過ごす事にした。

(好みでない寵姫にさえ、こんな二間続きの立派な部屋を惜しげもなく与えられるのは、陛下がそれだけ寵姫同士の諍いを嫌う故でしょうし……)

だったら、他の寵姫との接触は避けた方がいいだろう。

侍女が掃除をする時には、もう片方の部屋にいればいい。眺めの良い大きな窓は閉塞感を感じさせず、回廊側上部の小窓を開ければ、心地良い風が吹き抜ける。

しかも浴室と洗面所もあるので、寵姫は与えられた部屋から出ずとも快適に生活できるわけだ。寵愛を競う後宮の女性達も、顔を合わせる機会が少なければ諍いを起こす確率も自然と減る。

昨日の寵姫達のように、表面は友好的に交流しつつライバルを牽制する者もいるだろうが、ナリーファはそう器用ではない。

華やかで美しい寵姫達に馴染める自信がないなら、大人しく部屋に籠もるのが一番だ。

また、もう一つ重大な理由もあった。

ナリーファは寝台中を転げ回る寝相のせいか、起きた後は激しい運動を終えた後のごとく疲れているのだ。

故郷のように毎日メフリズに呼び出されたりせず、ゆっくり休めるのは実に有難い。

やがて日が暮れ、夕食を済ませると、パーリが昨日と同様に湯浴(ゆあ)みの支度をしてくれた。

「陛下が今夜も参られるそうですね」

ナリーファの髪を拭(ふ)いてジャスミンのかぐわしい香油を塗りながら、パーリが嬉しそうに言う。その声には、ほんの少し驚いた雰囲気も混じっていた。

昨夜の敷布は汚れていなかったから、ナリーファがシャラフと一夜を過ごしても夜伽(よとぎ)をしなかった事は一目瞭然(いちもくりょうぜん)だ。それなのに今夜も王が部屋を訪れるのを、パーリが不思議に思っても無理はない。

しかし余計な詮索(せんさく)はせず、パーリは支度を終えると行儀良く退室していった。

（昨夜みたいに、上手くお話しできれば良いけれど……）

寝室に一人きりになると、急に不安が膨れ上がってきて、ナリーファは激しく動悸(どうき)を打つ胸を衣服の上から手で押さえる。緊張からか、時間が過ぎるのがやけに遅く感じられた。

「ナリーファ様、陛下が参られました」

寝所の扉を叩く音と、昨日とは違う男性の声が聞こえた時、あやうくナリーファは悲鳴を上げそうになった。

「は、はいっ」

情けなく掠れた小声で返事をすると、昨日と同じようにシャラフが扉を開ける。

昨日の彼は今にも噛み殺しそうなくらいにナリーファを睨んでいたのに、今夜は鋭かった目つきが随分と柔らかくなっていた。

苛立ちの気配もない姿に、やはり昨夜の彼は疲労の極致にあったのだと感じた。

「お、お待ちしておりました、陛下」

「ああ。今夜も話を聞かせてくれ」

急いでお辞儀をしたナリーファにかける声も、昨夜とは比べ物にならないほど穏やかだ。

今夜のシャラフの後ろには、武官の装いをした筋骨逞しい青年がいた。

「ご苦労だったな、カルン。もう下がっていいぞ」

シャラフが肩越しに振り返り、武官の青年に声をかける。

「は。失礼します、陛下」

ピシッと敬礼をしたカルンは、その体躯に相応しい大きな剣を装着しており、随分と迫力があった。だが、短い黒髪の下に輝いている黒い瞳は、どこか愛嬌があり陽気そうな雰囲気に満ちている。

カルンが扉を閉めると、シャラフが真っ直ぐに近づいてきたので、ナリーファは反射的にギクリと身体を強張らせてしまった。

真正面に立ったシャラフが、鋭い瞳をナリーファへ向ける。

「今朝は、気づいてやれなくて悪かった」

「……？」

唐突に謝られ、ナリーファはポカンと口を開いてしまった。

「お前は昨夜、俺に遠慮して一睡もしていなかったそうだな？　酷く疲れていたようだとパーリから聞いた。俺が一番に気づいてやるべきだったのに、自分が眠れた驚きで手一杯になっていた」

「陛下がお気になさる事では……私は自分の望みで起きていただけですので……」

焦ってナリーファが首を横に振れば、シャラフが苦笑する。

「今夜は無理をせず、俺の隣で寝ろ」

「えっ⁉」

たじろぐと、シャラフが訝(いぶか)しそうな表情で首を傾げた。

「遠慮はいらん。夜伽(よとぎ)に抵抗があるなら、無理強(むりじ)いする気もないぞ」

「いっ、いいえ、それは……」

本当の事はとても白状できないし、かといって、とっさに上手い嘘など思い浮かばない。なので、正直にお願いする事にした。

「陛下の寛容なお心に、深く感謝いたします。ですが……私は、陛下のお傍では一晩中でも起きていたいのです。どうかお許しいただけませんでしょうか？」

眠ったら大変な事になるという考えで頭が一杯のナリーファは、自分の言葉がまるで、シャラフを健気に恋慕っているように聞こえるのにも気づかない。

見上げて懇願すると、彼は唐突に顔をしかめて口元を片手で覆い、そっぽを向いた。

せっかくの厚意を断って気を悪くさせてしまったかと、血の気が引いたが……

「そ、そうか。好きにしろ。パーリには言っておくから、昼間にゆっくり休めば良い」

何度か咳払いをした後、不愛想な声で言われ、ナリーファは目を見開く。

「あ……ありがとうございます」

ややあって我に返り、精一杯の感謝を込めて礼を告げると、シャラフはそっぽを向いたまま無言で頷く。

上着と靴を脱ぎ捨てた彼は、腰の剣も外して脇に置き、寝台へ横たわった。そして手を伸ばし、片側に積まれたビロードのクッションから、適当なものを掴み取ってもたれる。

悠然と寝台に寝そべるシャラフは、砂色の毛並みをした大きな豹が、周りの動物など意にも介さずゆったり寛いでいる姿を思わせた。

鋭い緑色の双眸は、恐ろしいけれども綺麗で、自然と目が吸い寄せられる。

「ナリーファ、来い」

手招きされ、ナリーファが寝台に上がると、シャラフはその膝に頭を載せて目を瞑り、ゆっくりと喋り出す。

「昨夜、お前が話した物語を、俺も子どもの頃によく聞いた。いつの間にかすっかり忘れていたが……とても懐かしかった」

「陛下も、あの話をご存じだったのですか？」

ナリーファの驚いた声に、シャラフが薄く目を開けた。

「ああ。俺の母親の生まれ故郷に古くから伝わる物語らしい。乳兄弟達と一緒にたびたび聞かせてもらったものだ。お前は、どこであの話を知った？」

彼の緑色の瞳に見上げられ、不意にドキリと心臓が跳ねる。怖くてドキドキするのとは少し違う、なんだか不思議な感覚だった。

（そうだわ。陛下のお母君は、確か……）

シャラフの珍しい色をした髪と瞳は、母親譲りだという。彼女は既に故人だが、遠い西の国から売られてきた女奴隷だったと噂に聞いている。

　昨夜、数ある物語からあの話を選んだのは、特に意図しての事ではなかった。だが、西の人間の特徴を持つ彼を見て、無意識に西の物語が喜ばれそうだと思ったのかもしれない。

「私も、幼い頃に母から教えてもらいました。母は……」

　一瞬『踊り子など誰にでも媚(こ)びを売る卑(いや)しい女』と罵(ののし)るメフリズの声が耳の奥に響いたが、ナリーファは言葉を続けた。

「……母は、後宮に上がる前は王宮専属の踊り子でしたので、西方の国からの使節団を迎えた酒席にて、余興で語られたのを聞いたそうです」

　シャラフは踊り子と聞いても侮蔑(ぶべつ)もせず「そうか」とあっさり頷く。

「お前は物語の他に、母君から舞も習ったのか？」

「いいえ。母は早くに病(やまい)で亡くなりましたし、あちらの正妃様が舞を好まれなかったので……宴席で聞いた面白い話は教えてくれても、舞を教えようとはしませんでした」

　故郷の苦い思い出に、僅(わず)かに表情を曇(くも)らせてしまう。すると、シャラフが軽く咳払いをした。

「余計な事を聞いたな……ところで、今夜はどこの国の話を聞かせてくれるんだ？」

「あっ……あの、今夜は、私が考えたものにしようかと思います」

どぎまぎしながら言えば、シャラフが興味深いものを見るような顔になった。

「お前は物語を語るだけでなくつくりもするのか？　それは楽しみだ」

「き、気に入っていただけると良いのですが……」

ナリーファは息を吸い、幾年(いくねん)か前に自分でつくった物語を話し出す。

それは、本当は優しいのに恐ろしい外見で皆に避(さ)けられてしまう豹(ひょう)が、ふとした事から出会った臆病(おくびょう)な兎(うさぎ)と、友情を育(はぐく)んでいく物語だった。

先ほど寝台にゆったり横たわるシャラフを見た時から、これにしようと決めていたのだ。

――今夜も、シャラフは物語を聞くうちに安らかな表情で眠り、ナリーファはその傍(かたわ)らで起きていた。緊張はまだあったが、昨夜よりもずっと幸せな気分だった。

それからも、シャラフは毎晩ナリーファのもとへ来た。

長い話を幾晩(いくばん)かに分けて話す事もあれば、以前に話したものをまた求められる事もある。

しかし幸いにも、彼が求めるのはナリーファの物語だけで、夜伽(よとぎ)は求めない。『気の進まない女を抱くほど飢(う)えてはいない』と、初日に言った通り、ナリーファはシャラフの好みとは、やはり異なるのだろう。

そしてシャラフは、ナリーファが朝まで眠りたくないと言ったのもパーリに伝え、食事の時間なども昼間眠るのに合わせるようにしてくれた。

よってナリーファは、朝、シャラフを送り出した後に朝食を取り、昼過ぎまで眠る。

相変わらず、起きれば寝台はぐちゃぐちゃだが、初日の失敗を踏まえて不自然でない程度に整えているので、パーリにも気づかれていない。

酷い寝相で疲れた身体を、読書をしながらゆっくり休め、夕食と湯浴みを済ませば、またシャラフが訪れる時間となる。

そんなわけで、ナリーファは部屋に籠もったまま他の寵姫とも会わず穏やかに過ごしていた。

――そして、二週間ほど経った晩。

「ナリーファ。お前に大事な話がある」

今日はすぐ寝転ばず、寝台に胡坐をかいて座り込んだシャラフが、やけに神妙な声で切り出した。

「は、はい」

ナリーファが顔を強張らせ、恐る恐るシャラフの向かいで正座すると、彼はいつになく歯切れの悪い調子で話し始める。

「なんと言うかだな……俺は、お前のおかげでよく眠れているわけだ。だから、まぁ……正妃の座でも何でも、お前にやる。遠慮せずに欲しいものを言え」

もっと恐ろしい話かと思って身構えたのに、そんな事を言われ、拍子抜けした。ナリーファは微笑んで首を横に振る。

「有難いお言葉ですが、既に何不自由ない暮らしをさせていただいている身です。これ以上の望みなどございません」

「くっ……お前はそう言んじゃないかと思ったが、その答えは却下だ」

顔をしかめたシャラフに食い下がられて、ナリーファは困った。

身の回りの品をろくに持たずに来たナリーファに、シャラフは美しい衣装や装飾品をたくさん贈ってくれている。必要最低限というには多すぎるほどだったが、寵姫に不自由させないのも王の義務だから遠慮するなと言われ、恐れ多く思いながら受け取った。

部屋に籠もっていても毎日美味しい食事をもらえ、花瓶に生ける綺麗な花も届けられる。書き物をする上等な道具も備わっているから、自分のつくった物語を書き記してこっそり楽しんでもいた。これ以上望むものなど……と、目を泳がせて考えた末に、一つ思いつく。

「それでは、本を何冊かお借りできますでしょうか？」

「本？」

「はい。この部屋にあった本は全て読み終えてしまったのです。こちらの王宮には立派な図書室があると聞いたので、宜しければと……」

だが、どんどんシャラフの顔が険しくなっていくのに気づき、ナリーファは声を萎ませた。

「ご迷惑でしたら、結構です。どうかお忘れください」

さっとひれ伏すと、シャラフが焦った声を出す。

「迷惑ではない！　ただ、そんなささやかなもので良いのかと驚いただけだ。正妃の座でも良いと言っているだろう」

「そのような事はとても……お気持ちだけ有難くいただきます」

ナリーファは困惑して、しかめ面をしている彼を見上げた。

正妃の座なんて大それた願いを、ナリーファには冗談でも口にする勇気はない。

シャラフは、どんな贅沢な願いでも遠慮なく申し出られるように言ってくれたのかもしれないが、本当にこれで十分だ。

しばしの沈黙の後、シャラフがぼそっと呟いた。

「……そうか。お前は、本が良いのか」

「せっかくお気遣いくださいましたのに、つまらない願い事で申し訳ございません」

どことなくガックリした彼の様子に、ナリーファは居た堪れなくなる。何でも願いを叶えてやると張り切っていたランプの魔人に、小物すぎる願いをして落ち込ませた気分だ。

「いや、気にするな。俺よりもスィルの方が蔵書に詳しいから、明日にでも選り抜きの本を用意させる。どんなものが好みだ？」

シャラフが気を取り直したように笑みを浮かべたのを見て、ナリーファも嬉しくなって自然と口元が綻ぶ。すると、胸の奥が温かくなると同時に、きゅうと締め付けられるような甘い痺れを感じた。

（あ……また……）

最近、シャラフにこうして笑いかけられるたび、こんな感覚に襲われる。覚えのない不思議な気持ちだったが、こういうものに似た表現を本で時々読んだ。

――それはナリーファが今まで経験した事がなかった、恋する気持ちだった。

「失礼します、ナリーファ様」

翌日の夕暮れ、ナリーファの部屋を二人の青年が訪れた。シャラフの側近である、文官のスィルと武官のカルンだ。

全然似ていない彼らだが、同じ両親から生まれた兄弟で、シャラフの信頼厚い乳兄弟だという。ちなみに、スィルの方が兄でシャラフと同年、カルンは二つ年下らしい。

シャラフが寝所まで護衛に伴うのは、大抵この兄弟のどちらかだ。彼らは時に、シャラフの言伝を届けにくる時もある。

「陛下の命により、こちらをお届けにあがりました」

スィルが言い、カルンが両手で持った大きな木箱を差し出す。その中には様々な厚みの本が数十冊も入っていた。重たそうだが、屈強な体格のカルンは楽々と持っている。

「こんなに……」

せいぜい五、六冊のつもりでいたから、ナリーファは目を見開いた。

「陛下から伺ったナリーファ様のお好みを踏まえ、目ぼしい本を吟味して参りました。またいつでもご用意いたしますので、お気軽にお申しつけください」

涼やかな声でスィルが言い、無表情で優雅に礼をする。一方で、彼の隣にいるカルンはなぜか、笑いを堪えているらしき表情だった。真面目で堅い雰囲気を崩さない兄と違い、彼は基本的に陽気な性質のようだ。

いる。

乳兄弟という間柄故か、彼はシャラフとさえも、ちょくちょく砕けた口調で話している。

「陛下も照れないではっきり言えば、自分より本を選ばれたと落ち込まずに済んだのに」

カルンが何か言ったけれど、ナリーファはよく聞いていなかった。彼らの後ろから、猛烈な勢いでシャラフが走ってきたためだ。

「わっ、陛下！　なんでここに⁉」

振り向いたカルンの手より、シャラフが木箱を奪い取った。

「本は俺が届けるつもりだったのに、お前が図書室から運んだと聞いて追ってきた。よもや、余計な事は言ってないだろうな？」

鋭い目つきをより物騒にしてカルンを睨んでいたシャラフは、ナリーファに目を留める。

「……お前の、寝衣でない姿を見るのは初めてだな。良く似合っている」

「こ、光栄にございます」

自分の頬がポッと熱を持つのを、ナリーファは感じた。

今身につけているのは、多色のビーズ飾りを縫い付けた若草色の衣服で、シャラフが贈ってくれたうちの一枚である。しかし、彼を寝所で迎える時はナリーファも寝衣に上着という姿だから、こうした普段着姿を見せるのは初めてだ。

一方のシャラフは、刺繍入りのカフタンとゆったりした下衣に腰帯を巻き、袖なしの上着を羽織っている。ナリーファにしても、シャラフの普段着の姿を見るのは初めてで、新鮮な感じだった。

シャラフはしばらくナリーファを上から下まで眺めていたが、急に慌てた様子で顔を背けると、重そうな木箱を楽々と居間に運び込んで隅に置いた。

「ありがとうございます、陛下。カルンさんに、スィルさんも」

ナリーファは三人に礼を言う。

「これくらいの望み、いつでも言え」

シャラフはそう笑ったが、直後、一転して表情を厳しくした。

「ナリーファ。俺はこれより二週間ほど多忙で、王宮を留守にする日も多くなる。しばらくここにも来られないだろう。その間は後宮の警備を増やすが、お前は日中も、部屋を一歩たりとも出るな。口にするものは、その場で毒見されたもの以外は禁止だ」

「は、はい。かしこまりました」

有無を言わせぬ強い口調の命令に気圧され、厳重すぎる警戒に疑問を抱く余地もなく、ナリーファは頷く。

「陛下……」

何か言いたげなカルンを、シャラフが鋭く睨みつけて黙らせる。素早く踵を返した彼は、不愛想な声で言い放った。

「スィル、行くぞ。カルン……少しくらいのお喋りなら許してやるが、なるべく早く戻ってこい」

「ではナリーファ様、失礼いたします」

スィルが淡々とお辞儀をし、既に回廊を歩き出していたシャラフの後を追う。

居間の真ん中に立ち尽くしたままそれを見送ったカルンは、肩を竦めて扉を閉めると、ナリーファに向き直る。

「いきなりで驚いたでしょう。部屋に軟禁同然とは、正直どうかと思いますが……陛下はこの後宮で過去に二回も、大事な存在を留守中に殺されているんです」

溜め息交じりに告げられ、ナリーファは驚いた。

「そのような事が……」

「一度目は陛下がまだ少年の頃、狩りの訓練で野営に出ていた間に飼い猫が溺死させられました。そして数年後の討伐遠征中、母君が毒殺されたんです。どちらも証拠は消されてしまいましたが、陛下の異母兄の一人が母親と共謀してやったと、俺達は知っていました」

苦い声で語るカルンの言葉を、ナリーファは呆然と聞いていた。シャラフの母が故人とはわかっていたが、そんな事情は知らなかった。

異母兄の母という事は、後宮の住人だ。ここに来た初日に女官から、寵姫の嫌がらせを手伝った宦官達を、シャラフが追い出したと聞いたのも思い出す。

今の話の後では、彼が寵姫の争いやそれを助長する者達を酷く嫌悪するのも頷ける。

「件の異母兄はもうこの世にいませんが、国王なんてどうしても恨みを買う職業です。特に陛下は、王位決闘で助命を願った異母兄達へ慈悲をかけたせいで、古参の家臣の幾人かにも苦々しく思われていますから。万全の守りを固めたいのでしょう」

「お兄様方へ慈悲をかけて、苦々しく思われるのですか……?」

理解しがたくて聞き返すと、カルンが顔を曇らせた。

「ナリーファ様はやはり、ウルジュラーンで新王の即位時に、王の異母兄弟は処刑される、という法をご存じないようですね」

「処……っ!?」

物騒な単語に思わず悲鳴を上げかけ、ナリーファは慌てて両手で口を覆った。

「昔、王の異母兄弟が内乱を起こす事が続いたせいで、国の安定のためという名目で決められたんです。建前では一応、病死や自害と公表されますが、この近隣の国では公然の秘密ですよ。ただ、ミラブジャリードくらい遠いと、正確には伝わっていないんじゃないでしょうか」

「え、ええ……存じませんでした」

「陛下は王座についてから、異母兄のうちの三人を、僧院に行くのを条件に助命しました。それで、国を不安定にする火種を残したと、陰で文句を言う者もいます」

とんでもない事実に、ナリーファは絶句する。

それでは、シャラフは王座を得るしか生きる道がなかったわけだ。残虐なのは彼ではなく、この国のやり方ではないか。

さらにカルンは、シャラフが即位後に、前王の老齢に付け込み暴利を貪っていた家臣や役人を王宮から一掃した事、王宮を追われ逆恨みした彼らから悪意に塗れた噂を流された事も教えてくれた。

シャラフが王位決闘にて見せた驚異的な強さや気骨は周囲を十分に怯えさせたし、苛烈で残虐な凶王という話題を無責任に楽しむ者も多い。面白おかしく語られる間に尾ひれがついてしまったそうだ。

「ナリーファ様はもう承知してくださっていると思いますが、陛下は絶対に理不尽な暴君じゃありません。だから俺と兄貴は、陛下に一生ついていくと決めたんです」

真剣な顔で言うカルンを前に、ナリーファは消え入りたくなるほどの羞恥に襲われる。

ナリーファとてシャラフに初めて会った時、不機嫌そうで辛辣な口調の彼を恐ろしく思った。

でも、彼と半月も毎晩過ごす中で、髪一筋も傷つけられた事はない。彼が側近兄弟の他、衛兵やパーリと話す姿を見る機会があったが、一度も横暴な態度をとっていなかった。会った事もないシャラフの悪評を、鵜呑みにしていた自分が恥ずかしい。

「教えてくださって、ありがとうございます」

消え入りそうな声で、ようやくそれだけ言えた。

「いえ。黙っていられないだけです。お節介すぎると、陛下と兄貴によく怒られるのですが」

カルンが苦笑し、一礼して部屋を出る。彼と入れ違いに、新しい花を生けた花瓶を手にしたパーリが戻ってきた。

「回廊にも中庭にも衛兵の方しかいないので、静かすぎてちょっと怖いくらいです」

パーリが閉めた扉を振り向いて言う。そこでナリーファは、起きた時から何となく覚えていた違和感の正体にようやく気づいた。

毎日自室から出ないで過ごしていても、時おり部屋の前を通り過ぎる寵姫（ちょうき）達のお喋（しゃべ）りする声や笑い声が微（かす）かに届いてくるのに、今日はそれらが一度も聞こえない。

許可が下りるまで部屋から出ないようにという命令は、既に他の寵姫（ちょうき）達にも通達されているようだ。ナリーファ一人が特別なわけではなく、ここにいる女性は皆、シャラフの大切な寵姫（ちょうき）なのだから。

「今しがた、陛下からしばらく部屋を出ないようにと伺ったわ」

ナリーファは微笑み、部屋の隅（すみ）に置かれた木箱に視線を向けた。

どのみち他の寵姫（ちょうき）と顔を合わせる事に怖気（おじけ）づいている以上、禁じられずとも部屋を出なかったろうが、あれだけ面白そうな本があれば退屈する事もない。

国王の命令なら、侍女に伝言させるか紙一枚の通達でも良いはず。なのに、多忙な身ながらわざわざ自分で告げに来てくれたシャラフに、深く感謝した。

2　異色の正妃

告げられた通り、シャラフはその晩から寝所に訪れず、ナリーファはまた夜に眠る生活になった。寝台で目を瞑ればいつだってすぐ眠ってしまうので、寝る時間帯を変えるのは簡単だ。

食事は毒に詳しい使用人が運んでくるようになり、目の前で毒見をされる。

シャラフが毒殺に苦い思い出を持つとはいえ、大勢いるうちの一人に過ぎぬ寵姫に対し、大袈裟な気もする。

だが、彼は寵姫全員に同じ部屋を与え平等に扱っているのだから、ナリーファの身も等しく案じてくれるのだと、有難く思う事にした。

本を読んだり、新しく思いついた物語を書き留めたりして、ナリーファはのんびりと日中を過ごした。

(このお話も、そのうち陛下にお聞かせしたいわ)

新しい物語を書きながら、たびたびそんな思いが浮かぶ。

ただ自分が物語を楽しむだけでなく、シャラフに寝物語で聞かせたら楽しんでくれるだろうかと、つい考えてしまうのだ。

最初は苦肉の策で寝物語をしたというのに、おかしな気分である。

でも、シャラフが夜に訪れないのを、寂しく感じるのも事実だった。

……そんな、穏やかな日々が二週間ほど過ぎたある朝。ナリーファは賑やかな音で目を覚ました。

窓越しに空を見れば、やっと陽が昇り始めたばかりの早い時刻だったが、本殿のある方角からやたらに明るい声や物音が聞こえてくる。

（何か、本殿でお祝い事でもあるのかしら？）

ナリーファは首を傾げたものの、すぐに興味を失った。後宮に何も通達されないのなら、ここには関係のない行事だろう。そう思って窓から離れた彼女は、少し早いがもう起きようと、本日もグチャグチャに寝乱れていた寝台を適度に整える。

浴室の隅に備えられている水瓶で顔を洗い、いつもパーリが着替えを持ってきてくれる時刻まで、居間で本の続きを読もうと長椅子に腰かけた。

そして何ページか捲った頃。唐突に、大勢の足音が近づいてきたかと思うと、扉が叩かれた。

「ナリーファ様、失礼いたします」

届いたパーリの声はやけに上擦っており、ナリーファは驚いて本を脇に置く。

「どうぞ」

返事をすると扉がすぐ開いたが、そこには初日に案内してくれた女官を先頭に、十人近くの侍女やお針子らしい女性がいた。パーリは扉の脇に立ち、驚きと嬉しさが入り混じったような顔をしている。

「あ……あの、何か……？」

まだ寝衣姿なのを気まずく思いつつ、ナリーファが用件を尋ねれば、女性達は一斉に恭しい仕草で腰を折った。

「心よりお祝い申し上げます。ナリーファ様」

「……？」

次の誕生日はまだ当面先だが……と、内心で不思議に思っていると、女官がパンと手を打ち、連れてきた女性陣にキビキビとした声をかける。

「時間がないわ。早くナリーファ様の身支度を」

女官の指示が下るや否や、侍女達がナリーファを取り囲んだ。あっという間に、白地に銀糸の刺繍の美しい衣服を着せられ、お針子が素早く細部の丈を直す。

着替えが終わると髪を梳（す）いて編んだり、化粧を施（ほどこ）して爪に色を付けたりと、侍女達はナリーファをいっそう華やかに飾り立て始めた。

「失礼します、腕をこちらに」

「顎（あご）を少し上げていただけますでしょうか」

「瞼（まぶた）に色を付けますので、目を閉じてくださいませ」

（ど、どうなっているの……？）

一秒すらも惜しそうに働く侍女達には、とても声をかけられない。訳がわからないまま、次々と出される指示に従うのが精一杯だ。

宝石のついた多数の装飾品を飾りつけ、最後に頭から被せた白いヴェールを組み紐で留めると、侍女達はナリーファから離れた。

「大変よくお似合いですわ。さぁ、本殿へ参りましょう。陛下がお待ちです」

微笑みながら女官に促（うなが）され、ナリーファはようやく合点（がてん）がいった。ヴェールの下で目を瞬（しばた）かせていた彼女は、知らずに笑顔になる。

（急に何かと思ったら、寵姫（ちょうき）達で陛下のお迎えに出るんだわ）

寵姫（ちょうき）は普段、王の許可なしに後宮から出られない身だが、大掛かりな式典や、長く留守にしていた王の帰還に際しては、華やかに着飾って人前に出る事もある。

先ほどはナリーファへ向けるように祝いを述べられたせいで、勘違いしてしまった。

（あれはきっと、陛下が無事に戻られたのを祝う意味だったのね）

シャラフからは、しばらく忙しくて留守がちとだけ聞いていたが、盗賊の討伐など危険な理由で出かけていたのかもしれない。

ナリーファは久しぶりに部屋の外に出ると、先導する女官の後について歩き出した。

一ヶ月ぶりに見る回廊は依然として美しく磨き上げられ、屈強な衛兵が立っているのも変わらない。他の寵姫は既に迎えに出た後なのか、ナリーファ以外の寵姫の姿は見えなかった。

広い王宮は幾つもの棟に分かれている。後宮から本殿へ行くには、図書室などがある棟を抜け、回廊を長々と歩かねばならない。

もっとも、これには相応の理由がある。本殿が後宮に近いと、高官の男性達が美しい王の寵姫へ手を出したり、自分の立場を良くしたい寵姫が彼らに取り入ろうとしたりするからだ。

それ故、どこの国の後宮も、本殿と後宮を遠く離す造りとなっている。ようやく本殿にたどり着くと、見上げるほど高く大きな扉の前で女官が止まった。

「こちらでございます」

大広間の入り口とおぼしき扉の両脇には槍を手にした衛兵が並び、中からは大勢の人の気配がする。

「あの……」

中に入ったらどうすれば良いのかと、ナリーファが脇に退いてしまった女官へ、思い切って尋ねようとした時、衛兵が扉を両脇より開いた。

途端に、割れんばかりの歓声と拍手が轟き、ナリーファはビクンと肩を跳ねさせて声もなく硬直する。

天井の高い大広間は、溢れそうなほどの生花と果物や、様々な形の砂糖菓子、美しい布で飾りつけられていた。

盛装をした人々が壁際にずらりと並び、扉の開いたすぐ向こうに立っていたのは……

（陛下……）

豪奢な上着を羽織り、腰帯に飾りつきの刀を差した礼装のシャラフに、ナリーファは驚きも忘れて見惚れる。

だがすぐ我に返り、無意識に後ずさろうとしたナリーファの肩を、シャラフが素早く抱き寄せた。

そのまま耳元に口を寄せた彼に、囁かれる。

「驚いただろうが、黙って俺の隣に立っていれば良い」

一体、どういう状況なのかまるで理解できないけれど、とにかくシャラフの寵姫であるナリーファは、彼の指示に従うべき身だ。

「は、はい……」

数え切れぬほどの視線が自分に突き刺さるのを感じながらナリーファが頷くと、シャラフは広間の人々の方へ向き直った。

そして、大広間の隅々まで届くに違いない、大きな力強い声を響かせる。

「ウルジュラーン国王シャラフの名におき、ここにいるナリーファを我が正妃と宣言する！」

「せいひっ⁉」

黙っていろと言われたのに、思わず悲鳴のような声を上げてしまったが、幸いにもそれは盛大な歓声にかき消された。

(正妃なんて……なぜ、私が⁉)

何十人でも娶れる側妃と、一人だけの正妃とでは、まったく格が違う。

普通は、政略的な事情で有力な国の王女を正妃に据えるか、もしくは身分の高い側妃の中で、世継ぎの王子を産んだ女性を正妃にするものだ。

ナリーファはしがない小国の末席王女で、王子を産むどころか、身籠ってすらいない。

そんな女を、シャラフはなぜ正妃にしたのだろうか？

ここの後宮に住む大勢の寵姫が、喉から手が出るほど正妃の座を欲しているはずなのに。彼女達の親族からも、シャラフは反感を買うのでは？

だが、そんな事をこの場で彼に尋ねる余裕も度胸も、ナリーファにはなかった。

身を強張らせたままシャラフにヴェールを外され、人々に顔を見せる。

それから神官の口上が済むと、女官に促されてナリーファは広間を後にした。

行きと同じように女官の後に続いて後宮へ戻ったが、彼女はナリーファが元いた部屋を素通りし、後宮の最奥まで連れていく。

「本日よりナリーファ様には、こちらのお部屋をお使いいただきます」

一目で特別とわかる凝った浮彫細工の扉の前で、深く頭を垂れた女官に告げられ、ナリーファはパチパチと瞬きをした。立派な扉を見上げ、ゴクリと唾を呑む。

——夢や冗談でなく、どうやら本当に自分は正妃となったらしい。

（……私が正妃なんて、どう考えてもおかしいわ）

その晩、湯浴みを終えたナリーファは、落ち着かない気分で寝室を見回した。

正妃の部屋は、とても広く豪華だ。

鳥や花の模様を織り込んだ絨毯に、乳白色の大理石でつくられた調度品。窓には真紅のカーテンが備えられ、噴水と美しい庭が見える。そこは後宮の庭でも、正妃しか立ち入れぬ場所だという。

寝室と居間は続き部屋になっていて、浴室は勿論の事、書斎や美しい衣類をふんだんに揃えた衣装部屋もある。パーリの他に、掃除専門などの侍女も四人ほど増やされた。

（陛下には、何かご事情があったのかも……後で聞かせていただけるのかしら？）

回廊へ繋がる寝所の扉に、ナリーファはチラリと目を向ける。

パーリも今朝まで、婚礼式が今日あるのを知らされていなかったそうだが、特に疑問を抱いていない。『急で驚きましたけれど、陛下はいずれナリーファ様を正妃になさると信じていました』と、目をキラキラさせて言っていた。

彼女は、夜伽もしないのにシャラフがナリーファのもとに通っているのを、純粋な愛情故と考えているのだ。そしてナリーファが一晩中に彼の傍で起きているのも、シャラフと少しでも一緒にいる時間を堪能したいからだと……

——言えない。事の発端は、私の寝相が信じられないほど悪いせいだなんて。

居た堪れなさに、ナリーファが頭を抱えてしゃがみ込むと、扉が叩かれる音と共にシャラフの声がした。

「ナリーファ、入っても良いか？」

「はいっ！」

弾かれたようにナリーファが立ち上がると同時に、シャラフが部屋に入ってきた。回廊にいたカルンが敬礼して、シャラフの背後で扉を閉める。

「王が自ら叩くのは正妃の部屋の扉のみだなど、馬鹿げた規則だな」

肩を竦めてそう言ったシャラフは、立ち尽くしているナリーファへ視線を向けた。

「新しい部屋は気に入ったか？」

「とても立派で有難く存じますが……私のような者には、いささか分不相応ではと……」

慎重に言葉を選びながら言うと、彼が眉を顰める。

「お前は喜ぶどころか怯えそうだと思っていたが、予想通りだな。だから、グダグダ悩ませないために式当日まで内緒で事を進めたんだ。なってしまえば諦めもつくだろうが」

「え……？」

驚いて彼を見上げると、鋭い双眸に睨まれた。

「お前は、俺が妃に選べる女としてここに寄越された。違うか？」

「ならば、選ぶのは俺の権利で、お前が分不相応などと言う必要はないだろうが」

「ち、違いません」

「……はい」

有無を言わせぬ口調で言われ、ナリーファは頷くしかなかった。

シャラフの言い分は正しい。政略的な都合で選ばれるのが殆どとはいえ、王は本来、自分の寵姫から自由に正妃を定める事ができる。

そして寵姫は妃候補として後宮に来たわけだから、選ばれたら喜びこそすれ、疑問を抱いて狼狽えるなどしてはいけないのだ。

「ナリーファ」

不意に、シャラフがこちらへ一歩踏み出した。彼の大きな手がナリーファの両手を掬い上げ、包み込むようにぎゅっと握る。

剣だこで固くなった手の平は熱く、ナリーファの心臓が跳ねた。こんな風に男性に手を握られるのは初めてで、心音がどんどん速くなる。

「よ、宜しければ……寝物語を、いたしますか？」

心臓が壊れてしまいそうで耐え切れず、ナリーファは寝台の方を示し、さりげなく手を引いた。

「ああ。この二週間、婚礼式の準備で忙しかったのもあるが……またろくに眠れなかった。お前の寝物語を聞きたい」

あっさりと離してくれたシャラフは、上着と剣を外して寝台に寝転ぶ。ナリーファも寝台に上がると、すぐに彼の頭が膝へ載せられた。

「かしこまりました、陛下」

久しぶりに膝へ感じる重みに、胸がきゅんと甘く疼く。いきなり正妃になった戸惑いさえも、この幸せの前にかき消されてしまった。

そしてナリーファは、シャラフがまた寝物語を求めに来てくれたら話そうと思っていた、とっておきの物語を話し出す。

しかし、最近あまり眠れていなかったと言っていた彼は、話し始めるとすぐ心地良さそうに寝入ってしまった。

穏やかな寝息を立て始めた彼を、ナリーファはしばしうっとりと見つめる。そのうちにまた、自分がなぜ正妃にされたのか疑問が湧き上がってきた。

シャラフの言う通り、正妃を選ぶ権利は彼にあるけれど、あの答えではナリーファの疑問は晴れない。

しばし悩んだ末、ふと思い浮んだ考えに、ナリーファは背筋へ冷水を注がれた気分になった。

(陛下が私を正妃に据え、詳しい説明もなさらなかったのは、もしかして……)

後宮とは本来、『王の寵愛を受けて世継ぎを身籠る女達の住まう場所』だ。そうした意味を考えれば、シャラフに安眠を与えるだけのナリーファは、限りなく異質の存在である。

シャラフは、そうした異質の存在をあえて正妃に据える事で、他の寵姫達が正妃の座を争わないようにしたのでは?

これまで彼は寵愛を競われるのを嫌う故に、寵姫を一人も側妃にすらしなかったのだろう。平等な措置ではあるが、正妃の座が空席である限り、そこを狙う争いはやまない。

夜伽を迫らないばかりか、日中は部屋にいつも籠もっている気弱なナリーファなら、正妃にしても他の寵姫と顔を合わせず、揉め事にならずに済む。

そして、正妃との間に夜伽がなくとも困らない。寵姫は、ナリーファがここへ来るずっと前から大勢いるのだから……

ただ、流石にナリーファにそうはっきり言うのは躊躇い、説明を控えたのかもしれない。

そう思うと納得できる反面、どんどん胸が痛くなってくる。夜伽を避けねば困るのは、ナリーファの方だというのに。

（でも、陛下のお役に立てるなら、私は十分に嬉しい……）

そう考えたものの、ナリーファの心はすっきりとしなかった。もやもやした、上手く言い表せない息苦しさが抜けない。

薄暗い静かな部屋でしばらく悩んだ末、やっとその理由に気づいた。

（違う。陛下のお役に立てるだけで嬉しいだなんて、そんなの言い訳だわ）

情けない思いがこみ上げ、唇を噛みしめる。

（本当は……私が、こうして陛下のお傍にいたいから……）

まだ、シャラフとそれほど長い時間を過ごしていないし、いつから惹かれたのか、はっきりとしない。

初めて会った夜、恐ろしい存在とばかり思っていた彼が、疲れ切っているというのに、わざわざ後宮まで足を運んでくれたのだと気づいた時なのか。

それとも翌朝に、寝物語を認めてくれた時なのか。その夜、ナリーファが一睡もしていなかったのに気づいてやれなかったと、悔やんだ様子で謝ってくれた時なのか。

どれが決定打とは断定できない。でも、そうした一つ一つが、ナリーファの中でどんなに高価な宝石よりも美しく、燦然と輝いている。

ここに寄越された真相がバレたら、最悪ミラブジャリードに戦をしかけられるかもしれないなんて心配は、もはや不要だ。シャラフが罪もない民にまで八つ当たりをするような暴君でないと、はっきりと理解している。

（それでも私は、この先もきっと……）

シャラフが夜伽でなく寝物語を望んでくれるのを良い事に、できる限り真相を隠し続けるだろう。夜伽も務められないみっともない女だと、呆れられたくない。

正妃の地位など望んではいなかった。

けれど、この異質な正妃でいるからこそ、シャラフとこうして過ごせるのなら……絶対に隠し通そう。

これまで通り部屋を出ないでいれば、他の寵姫を苛立たせる事も、後宮の揉め事でシャラフを悲しませる事もない。

密やかな決意を誰にも言わぬまま、ナリーファはそれからも変わらぬ生活を続けた。

つまり、シャラフに寝物語をして夜は起き続け、昼に眠るという日々だ。

シャラフが留守にする間は、やはり部屋を出ないようにと命じられたが、どのみち出る気はなく、他の寵姫とも一度も顔を合わせていない。

後宮の最奥にあるこの部屋まで来るのは、用事がある者だけだ。寵姫達が通りがかりにお喋りする声や笑い声も届かず、扉の外はひっそり静まり返っている。

——静かに暮らし続けるうち、ナリーファが正妃になってから、ちょうど一年が経った。

「ナリーファ様、とてもお綺麗です！」

そろそろ陽が沈む時刻。祝宴用の衣装に着替え終わったナリーファを見て、パーリが感嘆の声を上げて両手を打ち合わせた。

「そ、そう？　ありがとう。私には少し、華やかすぎるかもしれないけれど……」

ナリーファは微苦笑し、姿見に映る自分を見た。

今夜は本殿にて、婚礼一周年を祝う宴が開かれる。綺麗な薄紅の衣装や煌びやかな装飾品は、この祝宴のために用意されたものだ。

パーリが褒めてくれるのは嬉しいが、やはり自分はそう綺麗だとも思えず、華やかで美しい装いは悪目立ちしてしまう気がして落ち着かない。

「何をおっしゃいますか。よくお似合いですよ」

「せっかくの祝宴ですから、これくらい気合をいれないと」

弱気なナリーファを、他の侍女達も笑顔で励ましてくれた。

正妃になってから増えた侍女も、パーリと同じく気立ての良い働き者ばかりだ。部屋に籠もり切りのナリーファを、よく心配してくれるが、変に詮索もしないでくれる。

だから、あの凄まじい寝相も相変わらずではあるものの、誰にも知られていない。

時間になったと、本殿から女官が迎えに来て、ナリーファは部屋の外へ久しぶりに出た。思った通り、今夜も後宮の回廊は衛兵が所々に立っているだけで、寵姫達の姿は見えない。

ナリーファはこの一年で、シャラフと国賓の出迎えに出る時など数回だけ部屋を出たが、その際にも寵姫達を見かける事は一切なかった。

(寵姫様方も、私を避けているのでしょうね)

閉ざされた扉が延々と並ぶ無人の回廊を歩いていると、この広い後宮に自分しか住んでいないような錯覚に襲われそうになる。だが、そんな事はあり得ない。

王に夜伽も望まれぬ異質な正妃とはいえ、後宮の最高地位だ。もし顔を合わせれば、他の寵姫達は侍女や衛兵の見ている前では形式上、ナリーファにお辞儀をして道を譲らなくてはいけない。

それは彼女達にとって屈辱だろうし、ナリーファも居心地が悪くてたまらないだろうから、ごくたまに外へ出る時に避けてもらえるのは、双方にとって良い事だと思う。

妃は最初から参加するのではなく、宴の最中でひっそりと混ざる決まりになっている。

そのため、ナリーファが到着すると大広間では既に祝宴が始まっていた。両脇に敷かれた長い絨毯に、客人がずらりと胡坐をかいて座り、その前に引かれた厚手の清潔な布には料理の皿が並んで、香ばしい匂いが大広間に漂っている。

砂漠地帯の国々では元々、食事の皿は床に敷いた食卓布に並べていた。近頃ではテーブルも広く普及し普通の食事の際に使われているが、正式な宴では床と食卓布を使う。

宴席の客は基本的に男性のみで、女性は主賓でも慎ましく目立たないようにするものだ。だが、宴の華である踊り子は別だった。

軽快な楽団の音色に合わせて、薄い布地の派手な衣装をまとった踊り子達が、舞を披露していた。美しい踊り子達は、豊満ながら引き締まった身体をくねらせて踊り、客を魅了する。踊り子は何組か交代で舞い、舞っていない踊り子は客へ酌をしたり、話し相手になったりしていた。

ナリーファは目立たぬよう広間の脇を通り、上座にいるシャラフの隣へ座る。

「陛下、お待たせいたしました」

「ああ」

杯を手にしたシャラフがこちらを向き、目を見開いた。彼は力強い腕を伸ばし、ナリーファの肩を抱き寄せる。

「なるべく俺にくっついていろ。客が皆、お前に見惚れると思うと面白くない」

「ご、ご冗談を……」

熱っぽい声で囁かれ、ナリーファは自分の顔が熱く火照るのを感じた。

彼は時おり、こうして心臓を跳ねさせるような事をする。いつだったかも寝物語をしようとしたら、急に起き上がって抱き寄せられ、唇が触れそうになった。

だが所詮は戯れに過ぎず、どうしても抱きたいわけではないらしい。その時、とっさにナリーファが避けてしまっても気にした様子もなく、あっさり離れてくれた。

「冗談なわけがあるか。今すぐ宴を抜け出して、お前を部屋に連れていきたいくらいだ」

「そんな……」

これも、ほんの戯れで言われているだけだと思うのに、ドキドキと心音が速まる。

今夜は特別に、ナリーファは本殿にあるシャラフの部屋で過ごす事になっていた。

（場所が変わっても、いつもみたいに寝物語をして過ごすだけのはず……）

落ち着かぬ心を鎮めようと自分に言い聞かせるが、なかなか鼓動は収まらない。

シャラフはいつも、ナリーファに優しくしてくれる。

日々の暮らしに不自由がないか尋ねたり、たびたび贈り物をくれたりするだけでなく、いつだったか軽い風邪を引いた時には、すぐに顔色が悪いのに気づいてくれた。

そればかりか彼は、ナリーファが故郷でメフリズに疎まれていた事まで、どこからか調べてきた。

ナリーファの寝相による暴漢撃退事件や、ここに送り込まれた経緯までは幸いにも知られなかったようで、単に厄介払い同然で遠方へ追い出されたと判断したらしい。

『もし、どうしても許せない相手がいるのなら言え。お前は俺の王妃だ。それを傷つけた相手には、誰だろうと立ち向かってやる』

彼はある日、急にそう言い出した。

彼がナリーファを『正妃』と呼んだのは婚礼式での宣言のみで、その後はなぜか一夫一妻が普通の西の国々と同様に『王妃』と呼ぶようになった。

彼がどうしてそう呼ぶのかは知らないが、正妃と同等の意味なので気にしなくて良いと言われたから、ナリーファもそれ以上は聞いていない。

ともあれ、唐突に真剣な表情で言われて戸惑ったけれど、ナリーファは悩んだ末に、もはや過ぎた事であるから気にしていないと答えた。

メフリズを恨む気持ちがまったくないと言えば嘘になる。

だが、今さら復讐をしても何も実らぬばかりか、ただでさえ広まっている根も葉もないシャラフの悪評に拍車をかけかねない。それが耐えられないほど、ナリーファの中でシャラフの存在は大きく、大切なものになっている。

（私は、陛下に寝物語をし、お話し相手ができるだけで十分……それ以上を望めない）

毎晩ナリーファを見るなり、安堵の籠もったような笑みを浮かべてくれるのが嬉しい。

まるで自分専用の枕だと言わんばかりにナリーファの膝へ頭を載せて寛ぐのが幸せでたまらない。

自惚れが許されるのなら、シャラフに自分がここにいるのを喜ばれている気がするのだ。

彼の政務が早く終われば、居間のテーブルか寝所の長椅子で一緒に茶を飲み談笑する事もある。そうした時はシャラフが話してナリーファは聞き役だ。

今日はどこの国から使者が来たとか、治安が保たれているか確かめるため、変装してカルンと市場の見回りに行ってきたなど、生き生きと話してくれる彼の表情は、とても素敵だった。

正妃となった日に、彼に惹かれているのを自覚したけれど、この一年間でその想いはいっそう大きく膨らんでしまっていた。

赤く染まった頬が客達に見られないよう、ナリーファはシャラフに抱き寄せられるまま顔を伏せる。

その時だった。

突然、激しい物音と甲高い踊り子達の悲鳴、荒い足音が辺りに響く。

「賊だ！」

そう叫んだ声の主は定かではない。顔を上げたナリーファの目に、剣を持った数十人もの覆面の男が広間へ押し入ってくる光景が映り込む。

「凶王シャラフの首をとれ！」

頭領らしい男が怒鳴った。客と踊り子と楽師が悲鳴を上げて逃げまどい、衛兵が彼らを庇い襲撃者へ応戦する。

「ナリーファ、女官に従って逃げろ」

恐怖に凍り付いていたナリーファの意識を、シャラフの鋭い声音が引き戻した。

シャラフは腰の剣を抜き放ち、ナリーファを自分の背後へ押しやる。

「どうぞ、こちらへ！」

いつの間にか女官がすぐ近くにおり、ナリーファは震えて竦む足を必死に動かして彼女の傍に行く。

客達は大広間から厨房の近くへ続く、使用人用の裏口から避難し始めていた。

カルンを筆頭にした護衛武官が、広間の中ほどで襲撃者を食い止めている。スィルも剣を持って果敢に襲撃者達へ立ち向かっていた。白刃が煌めき、一閃ごとに血飛沫が散る。

（陛下……っ）

どうしても気がかりでナリーファが振り向くと、シャラフは戦斧を構えた巨体の襲撃者と対峙しているところだった。

戦斧がシャラフの頭めがけて振り下ろされたが、彼は楽々とそれを避け、凄まじい勢いで剣を振るう。絶叫がほとばしり、覆面をした巨体が床に倒れた時には、既にシャラフは別の襲撃者を切り裂いていた。

ナリーファが傍にいても、足手まといになるだけなのは明らかだ。

悲鳴と怒号、刃がぶつかる音、食器が割れる音が飛び交う中、女官の後についてナリーファは裏口に向かったが……あと少しというところで、急にクラリと視界が揺れ、目の前が真っ暗になった。

「っ⁉」

よろめいた次の瞬間、何かが砕ける音と女官の金切り声が聞こえる。

「ナリーファ様！」

急に視界が戻り、足元を見ると陶器の大きな杯が砕けていた。もう一歩進んだ先にある壁が、大きくへこんで傷ついている。ちょうど、ナリーファの頭に近い位置だ。

眩暈で足を止めなければ大怪我をしていたと、ゾッとした。

大広間の乱戦はまだまだ続いており、ナリーファは女官に腕を引っ張られて、転がるように裏口から飛び出る。

裏口には衛兵が到着しており、避難してきた客や踊り子達を守りつつ、怪我人の救護指示などを出していた。

「お怪我はございませんか」

蒼白になって震えている女官に尋ねられ、ナリーファも身震いしながら首を振る。

「だ、大丈夫、運が良かったわ」

そうしているうちに、広間の混乱は収まりつつあった。襲撃者達に降伏を呼びかける声が聞こえてきて、剣戟の音がやむ。

宴で油断しているところを奇襲し、シャラフの首さえとれば場を制圧できると踏んだのかもしれないが、彼らの計画は甘すぎたようだ。

幸いにもこちらの被害は、客と護衛官が数人、軽い怪我を負っただけで済んだと聞かされ、ナリーファは安堵した。

だが、祝宴自体は台無しになった。捕らえた襲撃者の尋問や遺体の片付けがせわしなく始まり、とても本殿に泊まるどころではない。

ナリーファは騒ぎを聞いて迎えに駆け付けたパーリ達と共に、後宮へ戻った。

「――せっかくの祝宴でしたのに……前王陛下の時代に汚職をしていた元大臣が、陛下に解雇されたのを逆恨み（さかうら）して刺客（しかく）を差し向けたと聞きました。酷い話ですね」

ナリーファが湯浴み（ゆあ）を終えて一息つくと、パーリは頬を膨らませて邪魔者に怒りつつ、気分を落ち着ける薬草茶を持ってきてくれた。

「ええ。でも、私は逃げるしかできなくて。命がけで守ってくださった陛下達には感謝し尽くせないわ」

果敢（かかん）に戦ってくれたシャラフ達の姿を思い出しながら、カップを取ろうとした時、寝所の扉が開いた。

「ナリーファ、大丈夫だったか⁉」

険（けわ）しい顔で入ってきたシャラフは、ナリーファを見て一気に安堵（あんど）の表情になる。

「はい。陛下がお守りくださいましたおかげです。何とお礼を申し上げたら良いか……」

ナリーファは慌てて椅子から立ち上がり、シャラフの傍に行こうとしたが、後ずさった彼に手で制された。

「お前が無事ならいい。汚れてしまうから触るな」

彼は宴席の衣服のままで、所々に返り血らしいものがこびりついている。

「……俺の買った恨みで、お前にまで怖い思いをさせてしまったな」

苦々しい声と表情でシャラフが言った。

「陛下がお気に病まれる事では……」

「とにかく、今夜は俺も後始末で忙しいから、お前はここでゆっくり休め。お前と本殿で過ごせなくて残念だが、無事で何よりだ」

それだけ言うと、シャラフは素早く踵を返して出ていった。

残されたナリーファはしばし呆然と立ち尽くし、深く息を吐く。耳の奥に、襲撃が起きる前に囁かれた、背筋を震わせるような色香のあるシャラフの声が残っている。

（もし、何事も起きずに本殿で過ごしていたら……）

シャラフは寝物語だけでなく、ナリーファ自身を少しくらいは魅力的に思ってくれているのだろうか？　そんな空想をしているのに気づき、身震いした。

自分は彼の女性の好みとしては範疇外で、夜伽を求められないからこそ、この危うい関係を続けられているというのに……

――私はこの秘密を、いつまで貫き通せる？

月日は流れていく。ナリーファが後宮の門をくぐってから、一年と九ヶ月が経っていた。

（私がここに来て、今日で千夜になるのね）

ある春の晩。ランプが小さな光を灯す寝所で、自分の膝枕で寝入ったシャラフを見つめていたナリーファは、ふとその事に気づいた。

初めてシャラフに会った日の夜、千夜を超えても語るなどと大言を吐いてしまったが、まさか本当になるとは。

奇妙な秘密を隠したまま、シャラフに寝物語を続けるうちに、ナリーファは三つ年をとった。もう二十一歳だ。

仕え続けてくれているパーリも今や十六歳。小柄で童顔なので、まだまだ子どもっぽく見えると本人は気にしているが、立派に経験豊富な腕利き侍女になった。

そしてシャラフも、先日に二十五歳の誕生日を迎えたが……彼の子はまだ一人もいない。

ナリーファは三年近くも彼と毎晩を共に過ごしているのに、依然として物語を紡いでいるだけ。夜伽は一度もなしという、端からは信じられない状況だ。

その状態でナリーファが懐妊しないのは当然だが、彼女以外の寵姫との間にも子はできていないようだった。

（……陛下と頻繁に過ごせて嬉しいなど、私の身勝手なのよね）

苦い思いに、ナリーファは顔を曇らせる。

部屋に籠もり切りの生活では、外部の噂を耳にする事もあまりない。だが、先日のシャラフの誕生祝いに本殿へ出た時、家臣が不満げに話しているのが聞こえてしまった。

『陛下にも困ったものだ。一向に懐妊しない正妃など捨て置いて、寵姫を増やせばよいものを』

鋭い刃物で、後ろめたい心を刺された気がした。

ナリーファに夜伽を一切求めないシャラフは、他の寵姫を抱いているのだろうけれど、それもあまり頻繁ではないようだ。何しろほぼ毎晩のようにナリーファのもとへ来るのだから。

ごくたまに、忙しくて来られないと使いを寄こす日もあるが、これは滅多にない。

ナリーファは、シャラフがゆっくり眠るためだけでも自分のもとを訪れてくれるのを嬉しいと思っていたが、彼は国王で世継ぎが必要なのだ。

夜伽を務められないナリーファよりも、他の寵姫と過ごす時間が増えた方が、喜ばしい事だろう。

そんな考えが、ここ数日頭から離れないでいた。

ナリーファは溜め息をついて手を伸ばし、柔らかいクッションを手繰り寄せる。それを自分の膝と入れ替えようとした時、褐色の大きな手が、ナリーファの手首を掴んで止めた。

「っ⁉」

眠っていたはずのシャラフが起き上がり、しっかりと緑色の双眸を見開いて、ナリーファを見つめる。

「……もう、千夜だ」

苦しそうな声でシャラフが呻いた。

「お前の話は面白く、確かによく眠れる……だが本当は、俺に抱かれまいと誤魔化すために、懸命に話し続けているんじゃないか？」

「そ、それは……」

ズバリと当てられて返答に詰まると、両肩を掴んで押し倒された。

「夜伽を逃れるつもりではなかったなら、このまま遠慮なく抱くぞ」

今までも戯れ程度に触れられた事はあったが、低い掠れた声には、冗談では済まされない空気が満ちている。

「あ、あ……」

本気で夜伽を求められるはずがないと思い込んでいただけに、狼狽えてしまう。

唇を戦慄かせたナリーファの脳裏に、かつて自分を襲おうとして痣だらけになり骨折までしていた下男達の姿が過った。次の瞬間、大声で拒絶の言葉を叫んでいた。

「駄目です‼　やめて‼」

知らずのうちに両手を伸ばし、シャラフの胸を強く押す。

後宮に上がった身で、王の伽を拒むなど絶対にしてはいけない事だ。

だが、難しい顔をして身を起こしたシャラフは、ナリーファを詰る事もせず黙って部屋を出ていった。なぜ拒んでいたのか、理由を尋ねようともせずに。

破局は、あまりに呆気なく訪れた。

「陛下……」

顔を覆った両手が、溢れ出した涙で濡れる。仕方ないのだと、声に出さず呟いた。元から、いつ崩れてもおかしくない関係だった。千夜も持ったのが奇跡だ。

ナリーファは座り込んだまま、一睡もせず朝を迎えた。

パーリを含む侍女達は、憔悴しきった様子のナリーファを心配して事情を尋ねてくれたが、国王を突き飛ばして夜伽を拒絶したなど、シャラフの体面にも関わる。とても言えなかった。

食事も喉（のど）を通らず、大好きな読書もする気になれない。

それでも時間は過ぎていき、陽が沈んで夜になる。

虚（うつ）ろな無表情で、ナリーファは促（うなが）されるまま湯浴（ゆあ）みをして着替え、寝台に力なく腰を下ろした。

そのまま、どれほど身動（みじろ）きもせず、ただ座っていただろうか。

不意に、寝所の扉が力強く叩かれた。そのすっかり聞き慣れた叩き方に、ナリーファは弾かれたように立ち上がる。

とっさに返事もできないでいると扉が開き、シャラフが現れた。

「俺が来たのが驚く事か？」

目を見開き硬直しているナリーファへ、シャラフは訝（いぶか）しげに目を細める。

「い、いえ……」

首を横に振ったものの、本当はもう彼がここに来る事はないと思っていた。

正妃の身分を剥奪（はくだつ）するからさっさと出ていけという通達を、ひたすら待っていたつもりだったのだが……

「なら、いい」

シャラフは鷹揚（おうよう）に頷くと、別段変わった様子もなく寝所へ入ってくる。彼の背後で、カルンが一礼して扉を閉めるのが見えた。

(ど、どうして……?)

混乱するナリーファとは正反対に、シャラフはまるで昨夜は何もなかったかのような調子で寝台に上がる。

「ナリーファ、早く来い」

いつまでも立ち尽くして動かないナリーファに、シャラフが手招きした。

「はい……」

おずおずと寝台に上がると、彼はすぐにナリーファの膝へ頭を載せて目を瞑(つぶ)った。

まさか、このサンディブロンドをまた膝に載せるなんて思いも寄らず、胸の奥から熱いものがこみ上げてくる。

つい、彼の短い髪へ触れれば、素早く指を掴まれた。目を開けたシャラフが、意外そうに呟く。

「珍しい事をするものだな」

「あ……申し訳ございません」

慌てて指を引くと、あっさり離してもらえた。

シャラフは再び目を閉じ、ゆったりと口を開く。

「昨夜の……物語の続きはしないのか？　あの商人は、怪鳥の巣に落ちてどうなったんだ」

投げかけられた少し無愛想な声に、ナリーファは今度こそ驚愕した。

夜伽を避けるために寝物語をしていたと、シャラフは昨夜気づいたはずだ。

「お話……しても、宜しいのですか？」

「誰が、話しては駄目だと言った。お前の物語はよく眠れるから好きだ」

目を瞑っている王を見つめ、ナリーファは嗚咽が漏れそうになるのを懸命に堪えた。

「か、怪鳥の巣に落ちた商人が、辺りを見渡すと……」

声を震わせながら話し始めたが……駄目だった。

彼と出会ってからの千日間が次々と頭に蘇り、物語が霧散してしまう。

「……」

どうしても続きを話す事ができなくなり、黙って俯き震えていると、シャラフが溜め息をついて身体を起こした。

「昨日は、すまなかった」

ポツリと聞こえた言葉に驚いて顔を上げれば、シャラフと視線が合う。

鷹のように鋭い緑色の双眸には怒りなど微塵もなく、困惑と後悔だけが浮かんでいた。

「そんな、悪いのは全て私で……」

「無理をするな。お前が望んでここに来たのではなく、無理やり寄越された事は聞いている。思えば、初めて会った時から、お前は俺を見るなり怯え切っていたからな」

「陛下、それは……」

ナリーファは酷い悪評を勝手に信じていた自分が悪いのだと言おうとしたが、苦笑したシャラフに手を振って遮られた。

「今まで、俺はことごとくお前の意思よりも自分を優先していた。有無を言わせず王妃にして……昨夜も、お前を愛しているからと、無理に抱こうとした」

真摯な顔でこちらを見つめる彼を前に、ナリーファは信じられない気持ちだった。

シャラフが、ナリーファを愛していると口にしてくれたのは、聞き間違いではないかと耳を疑う。

勿体ないほど、大切にしてもらっているとは感じていた。

でも彼にとってナリーファは、ただ寝心地の良い物語を提供するだけの存在だったはず。

初めてここに来た時に見かけた寵姫達は皆美しく、身分も申し分ない姫ばかりだった。

あれから三年近くも経っているのだから、彼に贈られてきた素晴らしい寵姫は、さらに増えていてもおかしくない。

昨夜、ナリーファを急に抱こうとしたのは気まぐれか、夜伽をはぐらかされていると気づいて面白くなかっただけではないのだろうか……？

「あの……あの……」

衝撃的すぎてとても受け入れがたく、口籠もっていると、シャラフが悲し気に微笑んだ。彼はナリーファの手にそっと己の手を重ねた。

「俺に抱かれたくないのなら、もう無理強いはしないと約束する。だから、せめてこれからも俺の傍にいろ。お前を失うのは耐えられない」

いつも自信に満ちている彼の強い両目に、微かな不安が揺らいでいるように見える。ようやく彼が本気で言ってくれているのだと実感して、目の奥が熱くなってきた。

「陛下……申し訳ございません……」

嗚咽で上手く言葉にできずにいると、シャラフが狼狽えた。

「お、おい、泣くな！　責めているわけじゃない！」

彼がおろおろとナリーファの背中をさすり、宥め始める。そんな事をさせて申し訳ないと思うのに、感情が制御できず涙が止まらない。

「っ……私とて……陛下を拒みたくて拒んでいるのでは……申し訳ございません……」

両手で顔を覆いながら謝罪を繰り返していると、いきなり手を掴んで引き剥がされた。

「……今、なんと言った？」

酷く真剣な顔で、詰め寄られる。

「も、もうしわけ、ございません……？」

「そこじゃない！　拒みたいわけでないとは、俺との夜伽の事か⁉」

――しっかり聞こえていたではないか。

ちゃんと理解していたくせに、わざわざ確認する王へ、ナリーファはしぶしぶ頷いた。

「……はい」

泣いたのと恥ずかしいのとで、頬が酷く熱い。きっとチューリップのように真っ赤になっている事だろう。

「へ、陛下……恥ずかしながら私は、夜伽を務める事のできない身体なのです……」

「夜伽を務められない身体？」

シャラフが軽く顔をしかめて首を傾げた。

「処女ではないとでも言うのか？　まぁ、惜しいとは思うが、そこまで気にはせんぞ」

「いいえ。違います」

ナリーファはきっぱり首を横に振る。

「では、なんだ。病(やまい)か？」

「いいえ、それも違います」

　また首を振ると、シャラフの片眉がピクッと跳ね上がった。

　あっと思った瞬間に、ナリーファは敷布へ組み敷かれていた。上衣の上から、胸の膨らみをぎゅっと握られる。

「あっ！」

「謎かけか？　実は男だった……という線でもなさそうだしな。さっさと白状しないと、本当に務められないのか、強制的に確かめるぞ」

　すっかりいつもの余裕を取り戻したシャラフが、笑いを噛(か)み殺しながら、ナリーファを見下ろしている。

「え、それが……その、なんと言えば良いか……」

　あたふたと狼狽(うろた)えているうちに、さっさと寝衣の帯が解かれ、絹の上衣を剥(は)ぎ取られる。

　柔らかなモスリンの下着姿にされてしまい、あられもない姿を隠そうとした両手は、頭上で一纏(まと)めに掴まれた。

「陛下！　どうか、お許し……んっ！」

　唇で唇を塞がれた。熱い舌に強引に唇を割られ、口内をかき混ぜられる。息苦しさに鼻の奥で呻き、足を突っ張って敷布を蹴った。

それに気づいたシャラフが小さく笑い、息継ぎをする時間をくれる。解放された唇にほっとする暇もなく、荒い呼吸を数回吐くと、また唇を塞がれて口内を嬲られた。

「無理強いはしないと言ったが、拒みたくて拒んでいるのではないと言ったのはお前だ」

口づけの合間に、熱っぽい声で囁かれる。

舌が粘膜をこする濡れた音が響き、柔らかくて熱いシャラフの温度を口移しで与えられていく。何度もそれを繰り返すうちに、次第に頭の中がぼうっとしてきた。

「俺が今まで、どれだけ我慢してきたと思っている。お前が嫌でないと知っていれば、とうに抱いていた」

シャラフは片手でナリーファの両手を押さえつつ、もう片手で顎を掴む。耳朶へ吐息を吹き付けながら囁かれ、肩が勝手にビクリと跳ねた。

彼は獰猛な肉食獣を思わせる鋭い目で獲物をしっかりと捉え、宣言する。

「お前の膝で寝るのもいいが、今夜こそは一緒に眠りたい……」

その言葉にナリーファは凍り付き、悲鳴を上げた。

「い、いけません!! 眠れば……私は、陛下を蹴ってしまいます!!」

――たっぷり一分間は、沈黙が流れた。

「……俺を、蹴る？」

しっかりとナリーファを捕らえたまま、シャラフが呆気に取られた顔で呟く。

敷布に縫い付けられているナリーファは逃げ出す事もできず、せめてとばかりに視線を逸らした。情けなくて恥ずかしい。このまま消えてしまえたらどんなに良いだろうか。

しかし、ここまで言った以上、暴露したも同然だと覚悟して続ける。

「む、昔から、私は非常に寝相が悪くて……」

ミラブジャリードからここへ送り込まれる事になった経緯まで、ナリーファは全て正直に話したが──思った通り、すんなり信じてはもらえなかった。

「寝相で暴漢を撃退？　本気で言っているのか？」

シャラフが非常に疑わしげなジト目でナリーファを睨む。

「このような話を信じられないお気持ちは当然と思いますが、本当の事で……」

ドクドクと激しくなる己の鼓動を感じながら、ナリーファはシャラフを見上げた。

「最初こそ私は、陛下の怒りを買うのが怖くて、夜伽を避けていました。でも……今は違うのです」

思い切って告げると、シャラフが僅かに首を傾げた。

「違う？」

ナリーファは深く息を吸い、隠してきた自分の想いも、精一杯に白状する。

「わ、私は、陛下をお慕いしているので、このみっともない欠点で嫌われるのが怖くて、隠していたのです。そして、絶対に陛下を傷つけたくありません！　ですから……」

ふいに手首を押さえつける力がなくなった。しかし、自由にはならなかった。すぐに重い身体にのしかかられて両腕で抱きしめられ、息もつけないほど唇を貪られたせいだ。

「ん、あふ……ぅ」

拒まなくてはと思うのに、頭の中が蕩けそうなほど気持ち良くて拒めない。絡まる舌の合間から呻き声が漏れ、唾液が零れて顎まで伝う。

ようやく唇を解放されて、涙の膜が張った目でシャラフを見上げると、彼はこれ以上ないくらい上機嫌な笑みを浮かべていた。

「そうか。なるほど、なるほど……お前は俺が大好きでたまらなかったから、辛かったが夜伽を拒むふりをしていたと」

嬉しそうに呟かれ、ナリーファはとっさに訂正を入れた。

「あ、いえ。ふりではなく、本当に拒んでいまし……きゃぁっ!?」

最後が悲鳴になったのは、下着の前を引き裂くようにはだけられたからだ。

「素直に、そうですと言っておけ」

ふるんと弾んで現れた乳房を、今度は直接揉(も)まれる。

「あっ！　だ、だめ……」

「大丈夫だ。寝ながら動く気にもなれないほど、疲れさせてやる」

卑猥(ひわい)な笑みを口の端に浮かべ、シャラフが胸の先端を指で弾いた。感じた事のない痺(しび)れが胸奥まで突き抜け、ナリーファは戸惑った悲鳴を上げる。

「まって……まってくださいっ！　お話、します、から……ぁ！」

今度は尖った先端を口に含まれ、語尾が跳ねる。

「今日はいい。代わりに喘(あえ)ぎ声の方を存分に聞かせてもらう」

舌先で乳首を弾きつつ、シャラフが物騒に笑う。濡(ぬ)れた先端に吐息がかかると、それだけで奇妙な感覚が背筋を伝い、腰の奥に溜まっていく。

「ひっ、あ……ぁ」

片脚(かたあし)に下着を絡ませたまま、覚えのない感覚にナリーファは裸身をくねらせる。胸にしゃぶりつく短いサンディブロンドに、力の入らない指先を絡めた。

「あれだけ可愛い事を言われて引けるか。観念して俺に抱かれろ、ナリーファ」

耳朶(じだ)を甘く噛(か)みながら、低い声で命じられる。

「我慢の限界なんだ。これ以上は焦(じ)らすな……お前をもっと厳重に閉じ込めて、俺だけしか見えなくなるまで抱きたくなる」

「そ、そんな……あっ！」

膝の裏を持たれ、片脚(あし)を胸元まで大きく曲げさせられた。

普段は決して人目(ひとめ)に触れない太ももの裏や、その奥にある秘所までが晒(さら)され、息が止まりそうになる。

「……流石(さすが)にまだ濡(ぬ)れていないな」

指先でそこの縦筋をなぞられ、ゾクリと全身が震えた。指の腹で敏感な蕾(つぼみ)をそっと押されると、甘い痺(しび)れが下腹部に広がる。

「ん、はっ、あ……」

思わず、甘ったるい声が出てしまい、ナリーファは慌てて首を左右に振って敷布を握りしめる。

何度も柔らかく刺激されるたび、じんわりと下肢(かし)が湿(しめ)り気を帯びてくるのを感じた。

やがて指を大きく滑(すべ)らされ、秘所全体に快楽の痺(しび)れが広がると同時に、そこから濡(ぬ)れた音が響く。

羞恥(しゅうち)に身悶(みもだ)えていると、顎(あご)を掴まれて顔を覗き込まれた。

「ああ、いい顔になってきたな。こんな風に乱してやりたくて、仕方なかった」

瞳に強い情欲を浮かべたシャラフが、率直な欲望を告げる。

「初めてでも痛い目にはあわせないから、安心しろ。馬鹿な心配事を考える暇もないほどよがらせてやるのに、ちょうど良い媚薬がある」

シャラフは一度身体を離すと、寝台の脇にあるチェストの引き出しから小瓶を取り出す。綺麗な薄緑のガラス製のそれには、白っぽい液体が満たされていた。

その瓶がずっとそこにあり、侍女が時おり新しいものと交換しているのは知っていたが、ナリーファは触れた事がなかった。

これは、王が使うものだと言われていたからだ。

（媚薬……だったの？）

荒い呼吸を繰り返し、仰向けに倒れたままのナリーファは、シャラフの手元を見つめていた。閨で使われる媚薬というものについて聞いた事はあるが、実際にどうなるのかは知らない。

怖いけれど、身体も頭も痺れたようで、上手く動けなかった。今から食われる草食獣というのは、こんな気持ちなのだろうか。

小瓶の中に入っていた乳液に似たものを指にたっぷりまとわせると、彼はナリーファの硬くなった胸の先端に触れる。

「んっ」

少しひんやりした感触に、思わずナリーファは身を竦ませた。だが、丁寧に塗りこめられていくうちに冷たさは感じなくなり、そこが熱く火照ってジンジンと疼いてくる。同時に、下腹部の奥がキュウと収縮し、触れられてもいないのに脚の間にも熱が広がり始めた。

「やっ！　あ、あ……あっ！」

自分の身体の反応に動揺し、鎮めようと両胸に手を伸ばすと、シャラフが満足そうに口角を吊り上げる。

「自分で弄ってもいいぞ」

「そっ、そんな……あ、あああ!!」

慌てて首を横に振ると、また新たに液体をまとった指を秘所に差し込まれた。敏感な突起に液体が塗られ、鮮烈な刺激にナリーファは背を弓なりにして悲鳴を上げた。周囲の花弁にも執拗に塗りこまれ、まだ誰も受け入れた事のない道にも指を突き入れられて、溢れ出す蜜と薬液を混ぜられる。

「っあああ!!」

大きく濡れた音を立てて指を動かされた途端、溜まり続けていた快楽が唐突に爆ぜた。瞼の裏で火花が散り、一気に全身から汗が噴き出る。

きっと快楽に達したのだと、ナリーファは後宮に入る前に受けた閨の説明をぼんやり思い出す。だが、想像もしなかった強烈な感覚に、上手く呼吸が整えられない。

浅い呼吸を不器用に繰り返していると、汗の浮いた額へ、愛しそうに口づけが落とされた。

「いい子だ、ナリーファ。もっと感じろ」

また小瓶の液体を手に広げたシャラフに、もう無理だとゆるゆると首を振る。頭も身体も蕩けて、どうにかなってしまいそうだ。

「や、ぁ……」

力なく訴えようとしたが、シャラフは手を止めない。

そのまま何度も昇りつめさせられ、ようやく瓶が空になった時には、ナリーファは息も絶え絶えだった。

「あ、あ、あ……」

全身が過敏になりすぎて、シーツが肌にこすれるのにさえ、酷く感じてしまう。

これで終わりでない事くらいは知っていた。脚を大きく広げさせられ、下履きを寛げたシャラフが、のしかかってくる。

あれほど達しても、まだ疼き続けている箇所に、太く熱い塊が、ゆっくりと割り入ってきた。

「あっ、あう……」

こじ入れられる塊は凶悪なほど太く、身体の中で何かが破れる感覚が伝わった。それでも、湧き上がるのは頭の中が焼き切れそうな快楽だけで、痛みはまるでない。

全部納められると、刀痕がたくさん残る逞しい身体に、しっかりと抱きしめられた。

「ナリーファ……お前は、俺を救ってくれたんだ」

溢れんばかりの愛情を感じ取れる声で告げられ、快楽に蕩けかかっていた意識が呼び戻される。

「即位してからずっと、ろくに眠れなかった。末端の王子だった俺を支えてくれたために殺された者達の犠牲を無駄にするものかと、ようやく王になったというのに……眠ろうとすると、皆の死に顔ばかり思い出す。俺がいなければ死ぬ事もなかったのではないかと、後悔ばかりだった」

訥々と語りながら、シャラフは汗で額に張り付いたナリーファの前髪を優しく払う。

「だが、お前が話してくれた懐かしい物語で、子どもの頃を思い出す事ができた。生きていた頃の、皆が笑いかけてくれていた顔を……彼らは確かに俺を愛してくれていたと思い出し、やっと眠れた」

ちゅ、と音を立てて頬に口づけを落とされた。

「それから、ようやくお前をきちんと見る余裕ができた。自分のためには何も強請らないのに、いつも優しい目で俺を見てくれる。そんなお前を、どんどん好きになっていった」

「陛……下……」

「寝台でくらいは名前で呼べ。敬称もいらん」

ほら、と促されて唇を舌でなぞられる。

「あ……シャ、ラフ……？」

ぎこちなく、呼び慣れない名を口にすると、彼が嬉しそうに目を細めた。

「ああ、そうだ」

熱砂の凶王と呼ばれる青年は、まるで得難い宝物を手に入れた少年みたいに、嬉しそうな笑みを浮かべている。

今までナリーファが紡いできた全ての冒険物語の主人公よりも、彼は生き生きとして幸せに見えた。

体内の雄がゆっくりと動かされ、次第に律動を速めていく。

揺さぶられて、快楽に喘ぎ続けるナリーファの唇が、シャラフのそれで塞がれた。

「ナリーファ、愛している」

啄むような口づけを何度も繰り返した彼は、僅かに離れた合間に命じる。

「お前にどんな欠点があろうと、一生離れる事は許さん」

ほとんど朦朧とした意識の中で、ナリーファは自分が「はい」と答えるのを聞いた気がしたが、やがて快楽の大きな波に呑み込まれて、意識が完全に遠のいていった……。


――翌朝。

「も、申し訳ございません！」

裸身をシーツで隠しながら、ナリーファは青褪めて頭を下げた。薬の効果が切れたせいか、動いた瞬間に純潔を散らした秘所が痛んだが、構っていられない。

「いいから、気にするな」

その向かいで、胡坐をかいて座っているシャラフが笑って手を振った。

ナリーファが眠っている間に入浴を済ませ、既に身支度を整えている彼の右目の周りは、青痣がしっかりと縁取っている。

「見事な踵落としだった。まさか俺が避けられないとは驚いたが、これならお前が寝ている間、誰かに襲われる心配もないな」

シャラフは満足げに腕組みをしてうんうんと頷くが、ナリーファはいっそう血の気が引いた。一国の王に踵落としを食らわせた身としては、当然である。

それでなくとも、ナリーファはシャラフが大好きなのだから、たとえ国王でなくたって痛い思いはさせたくなかった。

「ですが……やはり、もう二度と……」

自分のような女は、シャラフと一緒に眠るべきではないと思ったのだが、そう言い終わる前に抱き寄せられた。

「言っておくが、これが原因でもう抱かれないと主張しようと、聞く気はないからな。お前が俺の事を嫌いで抱かれたくないというなら話は別だが、その他の理由では認めん」

「……」

それならナリーファに拒む術はなくなってしまう。この先も彼を嫌いになど、きっとならないだろうから。

困って視線を泳がせていると、シャラフがニヤリと笑った。

「それに、眠るお前の扱いは、そう心配する事もないぞ」

「え……？」

「お前は眠るとすぐに蹴りかかってきたが、声をかけて俺だとわかったら、大人しく隣で眠り出したからな。覚えていないのか？」

「……はい」

呆然と、ナリーファは頷いた。

眠っている間にシャラフを蹴ってしまった記憶がないように、彼に呼びかけられた事も、まるで覚えがない。

「そうか」

シャラフは少しばかり残念そうに呟いたが、軽く頭を振ってナリーファに視線を戻した。

「とにかく、俺はこれからも遠慮なくお前を抱く。それからもう一つ……お前がどうやら重大な誤解をしているらしいとカルンに聞いたので、この際はっきり言っておこう。一昨日の晩にお前を抱こうとしたのも、これを聞いたのが原因だからな」

「な、なんでしょうか？」

急に苛立たしそうな表情で詰め寄られ、ナリーファは身を仰け反らせる。

するとシャラフが、後宮の広い回廊へと続く寝室の扉をビシッと指さした。

「まさか気づいていないとは思わなかったが、侍女以外でここに住んでいるのは、今やお前一人だ！　婚礼式の準備を始めた時から、ずっとな！」

しばし、室内がしんと静まり返った。

「……あの、それは……どういう……？　わ、私が来る前からいた寵姫様方は……？」

憤慨した顔の王を前に、ナリーファは喉を引き攣らせながら、切れ切れに問う。

「あの女達は、望んで集めたわけじゃない。俺の即位祝いにかこつけて、正妃の座狙いにあちこちから贈られて迷惑していた。善意を装ったものを断る方がかえって厄介だ」

シャラフが苛立たし気な溜め息をつき、片手で額を押さえた。

「当時の俺は、不眠と疲労で最低限の執務をこなすのが精一杯だったからな。後宮に押しかけ、いがみ合う女達を鬱陶しいと思いながら、とりあえず置いておくしかできなかった。だが、お前が来て眠れるようになったから、すぐに諸外国と連絡をとり、全員を降嫁させる手配ができた。それ以来、誰が寄越されようと上手く断っている」

「そ、そうでしたか……」

なんと答えたら良いかよくわからず、とりあえず頷くと、シャラフの眉間にいっそう深い皺が寄った。

「ああ。それなのに、お前は相変わらずここには大勢の寵姫がいると信じていたようじゃないか。もしや、俺がお前を寝るためだけに使い、他の女を抱いているなどという妙な誤解をしていないかと、嫌な予感がした」

「っ！」

はっきりと言い当てられ、ナリーファは自分の顔が瞬時に真っ赤になったのを感じた。これでは白状したも同然だ。

同時に、三日ほど前の出来事も思い出す。シャラフが急に出かける事になったので今夜は来られなくなったと、カルンが伝言しに来たのだ。

『陛下は急用のせいでナリーファ様に会えなくなったと、非常に残念がっているんです。宜しければ、ナリーファ様も会えなくて寂しがっていたと伝えて良いですか？　陛下は絶対に大喜びして疲れも吹き飛ぶと思うんですよ』

カルンからそんな事を明るく言われ、冗談だと思いながらも、滑稽なほどに狼狽えてしまった。内心では本当にシャラフと会えなくて残念だと思っていたからだ。

シャラフの誕生祝いの日に家臣達の話を聞いて以来ずっと、迷っていたせいでもある。

寝かしつけ専門の妃でありながら、シャラフと毎晩会いたいと思っている……そんな図々しい想いを見透かされたようで、恥ずかしかった。

『ですが、寝物語をするだけの私が、そのようにおこがましい事はとても……。陛下の訪れを心待ちにする寵姫様は、他にも大勢いらっしゃるのでしょうから……』

　すると、それを聞いたカルンが妙な顔をしたので、余計な事を言ってしまったかと慌てて口を噤んだのだが、あの会話が切っかけになっていたのか。

「まぁ……お前がこの部屋の外に出られなかった原因の一端は、俺にもある」

　今度はやや気まずそうに、シャラフがコホンと咳払いをした。そして彼は、そっとナリーファの頬を撫でる。

「だが、これからは毎晩一緒に眠れるんだ。昼には自由に外へ出てみろ。護衛付きでなら王宮の外へも出て構わない」

「陛下……」

　思いも寄らぬ言葉に声を詰まらせていると、頬に軽く口づけられた。彼はそのまま立ち上がり、寝台を覆う天蓋の布を開いて外に向かったが、ふと肩越しに振り向いた。

「それから、物語も今まで通りに聞かせてくれ。俺はお前も、お前のつくる話も大好きだ」

　口の端を少し上げて鋭い目を細め、笑いかけられる。

　その瞬間、ナリーファの心臓が大きく鼓動を打った。全身から歓喜が湧き上がり、嬉しいのに泣きたいような気分で瞳が潤む。

　自分の好きな人から、好きだと言ってもらえるのはなんて幸福なのだろう。

「はい！　ありがとうございます！」

涙声になりそうなのを堪えながら、深々と頭を垂れた。

天蓋の布越しに寝室の扉が開く音が聞こえても、顔を上げられずにいると、素っ頓狂なカルンの声が聞こえてきた。

「陛下⁉　どうしたんですか、その青痣！」

——ああ、やっぱり驚かれますよね……。

さぞ驚愕しているだろうカルンの顔が目に浮かび、居た堪れない気分のナリーファは両手で顔を覆う。

それでも、シャラフが自分の妙な欠点を知った上でナリーファを求めてくれた事に、嬉し涙が止まらなかった。

3　豹と戦舞姫（パラングとバハードゥル・タワイフ）

　二ヶ月が経ち、ウルジュラーン王都は初夏を迎えていた。日差しは厳しく、うだるように暑いが、朝夕は涼風が吹いて暑気を和（やわ）らげる。

　夕陽が辺り一面を金色に染め上げる時刻。ナリーファは後宮の庭へ出て、噴水の飛沫（しぶき）が金の粒子みたいにキラキラと輝くのを眺めていた。

（こんなに綺麗な景色を見られるのも、陛下のおかげね……）

　自分の秘密をシャラフに全て話したあの夜から、ナリーファの生活は一変した。

　シャラフは毎晩、物語を聞くのも楽しむが、その後で宣言通りにナリーファを抱き、朝まで一緒に眠る。

　相変わらず、ナリーファは眠り込んだ瞬間にシャラフを蹴（け）り飛ばそうとしてしまうようだ。だが、機敏な彼はいつも上手く避（よ）け、初日以来、痣（あざ）をつくる事もなかった。

『それに、お前は傍にいるのが俺だとわかった途端に大人しくなるから非常に気分が良い。俺と一緒に寝るのが嬉しいというわけだからな。お前は、眠っている間の方が素直だ』

以前、ニヤニヤ笑いの彼にそう言われ、ナリーファは恥ずかしいやら恐縮するやらで顔を真っ赤にしてしまった。

このところはシャラフの横で静かに眠るおかげか、起きていてもあまり疲れておらず、ナリーファは彼の勧めで、こうして頻繁(ひんぱん)に外へ出るようになった。

大理石の噴水には彫刻の人魚が四体、それぞれ竪琴(たてごと)を奏(かな)でたり髪をくしけずったりと優美なポーズをとっており、その周りを水辺に寄る蝶(ちょう)が飛びかっている。

噴水だけでなく、庭を彩(いろど)る樹木や花壇の花も、夕陽の中で金色に輝いて見える風景は、幻想的なまでに美しかった。

それらはナリーファの瞳を通して頭の中に入り込み、様々な物語を織(お)り始める。

「ナリーファ様、また新しいお話を考えつかれたのですか？」

金色の風景に魅入(みい)って感嘆の息を吐いたナリーファへ、傍(かたわ)らに付き添っているパーリが声をかけた。

「ええ、海の底で楽しく暮らす人魚の姫君達の物語を考えていたの」

ナリーファが微笑んで答えると、パーリが目を輝かせた。

「人魚のお姫様！　私は海を見た事がありませんが、きっと綺麗でしょうね」

天真爛漫(てんしんらんまん)な侍女は、うっとりと人魚の彫刻を眺める。

「私も本当の海を見た事はないわ。故郷で、絵画を見て想像しただけなのよ」

ナリーファは苦笑して白状した。

故郷のミラブジャリードは砂漠の東端に位置し、絹を生産する大国とも近い。小国ながら、交易の経由地としてそれなりに賑わっていた。

後宮内の広間にも、東西から流通してきた美術品が飾られ、その一部に海を描いた油絵や、巨大なシャコ貝の飾り皿もあった。後宮の入り口で商売をする行商人が、寵姫達に面白い話をするのを片隅で聞いては、遥か異国の風景を色々と空想したものだ。

「そのお話も、また読ませていただけますか？」

パーリの期待に満ちた声に、ナリーファは少々気恥ずかしくなりつつも頷いた。

「勿論よ。喜んでもらえるのなら嬉しいわ」

実はナリーファは、自分がつくった物語を幾つか記した冊子を、シャラフに思い切って贈った事がある。何しろ、ナリーファの持ち物は全てシャラフに貰ったもので、日頃の感謝を込めて自力で何か贈り物をしたくとも、他に思いつかなかったのだ。

シャラフはとても喜び、また書いてほしいと言ってくれたので、その後もたびたび書いては渡していた。

そして先日、シャラフは、これをもっと大勢に読ませてやりたいと、ナリーファがつくった冊子を職人の工房で立派な装丁の本に仕上げてくれたのだ。

あの苛烈(かれつ)な熱砂の凶王を夢中にした話という評判で、本は近隣諸国からも注文がくるほどの売れ行きだったらしい。売り上げは、寝物語をしてくれる肉親を失った孤児達の支援に使ってもらう事にした。

王宮の図書室にもその本が置かれているので、パーリも読んだという。そして、もっと読みたいと言ってくれた彼女にも、ナリーファはシャラフに聞かせた話を書き記しては渡している。

「……そろそろ戻りましょうか」

沈みかけた夕陽を眺めてナリーファが言うと、パーリが「はい」と微笑んだ。

ちなみに侍女達は皆、後宮の妃(きさき)や寵姫(ちょうき)が常にライバルを気にして牽制(けんせい)し合う様子を見慣れていたので、ナリーファが部屋に籠(こ)もっていたのは、後宮に自分一人なのを承知しての余裕と思い込んでいたそうだ。

本当は、他の寵姫(ちょうき)に遠慮して部屋に籠(こ)もっていたのだと知ると仰天し、シャラフが寵姫(ちょうき)達にそれぞれ、ちゃんと希望に沿う降嫁(こうか)先を宛(あて)がったとまで教えてくれた。

寝相については、今ではシャラフがすぐに大人しくさせるので広く知らせる必要もないだろうと、カルンとスィルだけにこっそり伝えられた。

だからパーリ達は、なぜずっとナリーファが夜伽を避けていたのか相変わらず知らないのだが、詮索もせず、こうして外に出るようになったのを健康的だと喜んでくれる。

「暑くなってきましたね。そろそろ飼育小屋でも動物に水浴びを楽しませる時期です」

「まぁ、きっと可愛いでしょうね。また動物達にも会いに行きたいわ」

パーリと並んで歩きつつ、ナリーファは目を細めた。

シャラフが、ナリーファを自由にどこへでも出かけさせると家臣達に公言してくれたので、後宮の外にも堂々と行ける。ウルジュラーンの王宮は本当に広く、美しい広間や膨大な蔵書の図書室、各地から献上された様々な獣の飼育小屋もある。見飽きる事はない。

カルンに護衛をしてもらい、王都でもっとも賑やかだという大市場にもお忍びで行く事ができた。

その時は、張り切って案内するパーリについて歩きながら、ナリーファはあまりの活気に圧倒されっぱなしだった。

大市場には大きな樽に入った多種の香辛料に、山積みの砂糖、肉や野菜に魚、果物に乾物に乳製品など、食料品だけでもとても眺めきれない品が溢れている。

他にも、小間物屋、織物を売る店に宝飾品の店、香油を売る店と様々だ。按摩師に占い師、動物使いに曲芸師といった、自らの技術で稼ぐ者達もいた。

大国の賑やかな風景はナリーファに多くの刺激を与えてくれた。次々に新しい物語が思いつき、それをナリーファはまたシャラフに聞かせるのだ。

「それにしても、前々から陛下のナリーファ様へのご寵愛ぶりは有名でしたが、最近はお庭や王宮内でもご一緒に過ごされる姿を見かけられるので、いっそう仲睦まじくなられたようだと市井にまで噂が広まっているそうですよ」

唐突にそんな事を言われ、ナリーファは顔を赤くした。

本殿や図書室に行くと、シャラフとよく顔を合わせる。そして彼に誘われて庭を散策する時もあれば、昼食を共に取るよう言われる時もあった。

多忙な国王の身なのに、無理をして付き合ってくれているのではないかと心配になり、一度だけ慌てて物陰に隠れようとしたのだが……

『陛下はナリーファ様と少し休憩しただけで、その後の政務がはかどって効率が良くなるのです。どうか隠れないでください』と、それを目ざとく見つけたスィルに、逆に頼まれてしまった。

あまりにも幸せすぎて、こんなに幸せで良いのかと、時おり怖くなってしまうほどだ。

「陛下にはとても良くしていただいて……感謝しているわ」

熱を持った頬をパーリから隠そうと、傍らの花壇の方へ近寄った。その時だった。

サンダルを履いた足元で、カサリと小さな音が聞こえたような気がしたかと思うと、ナリーファは強い眩暈を覚えた。自然と瞼が閉じ、目の前が真っ暗になる。

だが、ほんの一瞬だけ暗くなった視界は、パーリの大きな悲鳴が聞こえると共に元に戻った。

「ナリーファ様！」

いつの間にか、パーリがしっかりとナリーファの腕を抱えて自分の方に引き寄せており、もう片手の指先を震わせながら、小砂利の道の一点を指している。

その先を見て、ナリーファはギョッとした。

花壇の草陰にでも隠れていたのか、つい先ほどまでナリーファが立っていた場所に、薄黄色の外殻をした大きなサソリが這い出していたのだ。

砂漠には多くの種類のサソリが生息し、中には食用や薬になる種もある。だが、このサソリはナリーファが初めて見る種類だ。

騒ぎを聞きつけた年配の衛兵が駆け付け、サソリを素早く槍で突き殺してから、緊迫した顔をナリーファ達へ向けた。

「刺されてはおりませんか⁉」

「え、ええ」

ナリーファが頷くと、衛兵は額の汗を拭って安堵の息を吐いた。

「コイツは岩山などに住む猛毒のサソリで、一刺しされれば人間もすぐ死んでしまいます。なぜこんなところに……」

そんなに恐ろしいサソリだったのかと、ナリーファの背筋を冷や汗が伝う。

「パーリ、貴女が引き寄せてくれたおかげで刺されずに済んだわ。ありがとう」

人里に迷い込んだサソリに、無防備なサンダル履きの足を刺される話はたまに聞く。

ところが礼を言うと、パーリはキョトンと目を丸くした。

「とんでもございません。私は後からとっさに引き寄せただけで、ナリーファ様がご自分でお避けになったではありませんか」

「私が、自分で避けた?」

パーリは謙遜している様子でもなく、今度はナリーファが目を丸くする番だった。

「急にナリーファ様が立ち止まって大きく下がられたので、不思議に思って足元を見たら、サソリがいたのです。あのまま進んでいたら、二人とも刺されていたかもしれません」

「それは……避けたつもりではないのよ。立ち眩みを起こしたの」

そう説明すると、パーリは心配そうに顔を曇らせる。

「サソリに刺されずに済んだのは幸いでしたが、急に眩暈を起こすなんて大変です。すぐ殿医様に診ていただいた方が宜しいかと……」

「宜しければ、医務室までお連れいたします」

衛兵もそう言い、大柄な体躯を屈めて両腕をナリーファへ差し出す。

「い、いいえ。そんなに大袈裟なものでは……少し、陽に当たりすぎたのかもしれないわ」

心配顔の二人に、ナリーファは両手を振った。

殿医による健康診断は定期的に受けており、つい昨日もいつもと同じく『健康そのもの』と太鼓判をおされたばかりだ。

「それでは、同種のサソリがまだいるかもしれませんから、せめてお部屋まで送らせてください」

「ええ。お願いするわ」

衛兵の申し出を今度は有難く受け、ナリーファはパーリと部屋に戻る。

侍女達は、ナリーファが衛兵に送られてきたのを見て何事かと驚き、ここでは珍しい毒サソリが庭にいたと聞くと震え上がった。

「庭を隅々まで調べていただくよう、陛下に後ほどお願い申し上げましょう」

侍女の一人がそう言ってから数十分と経たずして、シャラフが部屋に駆け込んできた。

政務用の衣服を翻して居間に飛び込んできたシャラフに、ナリーファはお辞儀をする間もなく、強く抱きしめられる。

「サソリの件を聞いて驚いた。刺されなかったとは聞いたが……無事で何よりだ」

「は、はい……ご心配をおかけいたしました」

深い安堵の籠もる声に、幸せがこみ上げる。

思わず抱き返したくなったが、周りには侍女達もいる。彼女達が気を利かせて顔を背けてくれているのが、余計に恥ずかしい。ナリーファが顔を真っ赤にして身を捩ると、ようやくシャラフは離してくれた。

「お前は俺の王妃なのだから、俺が身を案じるのは当然だ」

シャラフはそう言うと、優しくナリーファの髪を撫でた。

「スイル、入れ」

彼は振り向き、開け放したままの戸口にいたスイルに言う。

「失礼いたします」

スイルはナリーファの前で一礼すると、姿勢を正し、流暢に話し始めた。

「あのサソリは、ウルジュラーン国内への持ち込みも厳しく禁じている種ですが、隣国ザルリスでは国土の多くに生息するのだとか。それ故、輸入品に紛れて国内で発見された例などは何件かございます」

そこでスィルは言葉を切って、顔をしかめているシャラフへ視線を向ける。

「また、陛下はご存じですが、今年は気候のせいか隣国にてあのサソリが大量発生しており、普段は見かけない地域でも被害報告が出ている状況です。怪しい人物の侵入がなかったかは厳重に調査いたしますものの、偶然に迷い込んだ可能性も捨て切れません」

「そうでしたか」

胸に手を当てて、ナリーファはほっと息を吐いた。

贈り物にでも仕込まれていたならともかく、それなりに広い後宮の庭にサソリを忍ばせたところで、ナリーファが確実に刺される確証はどこにもない。暗殺目的なら、もっと確実な方法をとるだろう。

「しかし念のために、数日間は外出を控えるようお願いいたします。さらに、その間は後宮内が調査で騒がしくなります事をお許しください」

「承知いたしました。どうぞ宜しくお願いいたします」

ナリーファは微笑んで快諾(かいだく)した。外出を楽しむようになったとはいえ、部屋で静かに過ごすのもそれはそれで好きだ。

偶然に迷い込んできただけに過ぎずとも、毒サソリが後宮の庭で繁殖(はんしょく)していたりすれば大変な事になる。衛兵や使用人が刺される危険もあるのだから、この際よく調べてもらった方が良い。

さっそく調査を開始すると言い、スィルは退室していったが、シャラフは残った。

「今日はもう急ぎの政務も残っていないからな。ここでお前と夕食を取る事にした」

どうやら彼は、ここに来る前からそのつもりで指示していたらしい。すぐに二人分の夕食が運ばれ、ナリーファはシャラフとテーブルについた。

籠に盛られた柔らかなパンに、レンズ豆のスープ、淡水魚のフライ、香ばしく炙った鳥の腿肉、香辛料を利かせた野菜煮込みが並び、涼し気なガラス器には数種類の果物が載る。

ウルジュラーン王宮の料理人は腕が良く、食事はいつも美味しいものばかりだ。でも、こうしてシャラフと食事を取ると、ただコップに注いだだけの水でさえもより美味しく感じる。

今日はシャラフがいるので、食卓には酒も用意された。ラクという、この地方でよく飲まれる葡萄の蒸留酒だ。

酒を楽しむ女性も多いがナリーファは苦手なので、心得ている侍女は今日も、ザクロのジュースと茶を用意してくれた。

食事が始まるとシャラフがまずザクロジュースを口にしたので、ナリーファは内心少し驚いた。

ザクロジュースは美容に良いとされ、女性に人気のある飲み物だ。女性専用というわけでもないが、大抵の成人男性は酒や茶、珈琲(コーヒー)などを好む。

ここ最近、何度か昼食をシャラフと本殿で取った時も、食卓へこのジュースが出たが、彼が飲んでいるところは一度も見た事がなかった。

彼はジュースを飲み干すと軽く頷いてグラスを脇に除(よ)け、今度は酒の杯を手にする。

それを見てふと、彼はナリーファを案じて急に夕食を共にしたのかもしれないと思った。

この後宮の使用人は信頼できる者ばかりだが、毒サソリの件があった直後だ。

母親を毒殺された彼が、今回の出来事にどれほど古傷を刺激されたか、先ほど部屋に来た時の様子からしても痛切に感じる。

暗殺の危険が多い王族は、幼い頃から毒に耐性や知識をつける事が多く、シャラフもある程度の毒なら一口でわかるそうだ。

暗殺の可能性が薄いとしても、彼は心配が拭(ぬぐ)い切れず、ナリーファだけが口にしそうな飲み物まで自分で確かめてくれた……というのは自惚(うぬぼ)れすぎだろうか？

「食べないのか？」

つい思考に耽っていると、シャラフに怪訝な顔で促され、ナリーファはハッと我に返る。

「いただきます」

侍女からザクロジュースを受け取り、一息に飲み干す。今日は色々あったせいか喉がカラカラで、綺麗な赤い色をした甘酸っぱいジュースが心地よく染みわたった。

グラスが空になると、侍女が注ぎ足そうとジュースの瓶を手に取る。一瞬悩んだが、ナリーファはグラスを握りしめたまま俯き、思い切って口を開いた。

「陛下っ！　ご迷惑でなければ、私も少しだけ……お酒をいただいても宜しいでしょうか？」

最後の方は、消え入りそうなほど小さな声になってしまった。

シャラフが目を丸くしてこちらを見つめている。今までナリーファが酒を口にした事など皆無なのだから当然だろう。やはりやめておけば良かったかと悔やむ。

「珍しいな。遠慮せずに飲め」

だが、シャラフに笑って促され、ナリーファはホッとして酒の杯を受け取った。

慣れない酒を舐めるように少しずつ飲むナリーファを、シャラフは面白そうに眺めていたが、ふと首を傾げる。

「お前は酒を飲まないと侍女に聞いていたが、好きだったのか？」

「あ……いえ、普段は飲みませんが……何と申しますか、気分で……」

薄く白濁した酒はアニスの香りこそ良いと思うが、舌が焼けるように強く、正直に言えばあまり口に合わない。杯に注がれた量が少なかったのを感謝するほどだ。

でも、もしもシャラフがナリーファを心配して、自分が好まない飲み物まで安全を確かめてくれたのなら、おこがましいかもしれないが、同じ事を返したいと思ってしまったのだ。

曖昧に誤魔化すと、シャラフはそれ以上追及しなかった。代わりに手を伸ばし、ナリーファの僅かに火照り始めた頬を指先でなぞる。

ゾクリとした感触が背筋を走り、ナリーファが小さく息を呑むと、指が離れた。

「悪くないな」

ニヤリと口角を上げて、シャラフが満足そうに鋭い双眸を細める。

「……？」

何が悪くないのかよくわからなかったが、見るからに上機嫌となった彼に、ナリーファもほわりと心が温かくなる。

美味しい食事と幸せな気分で、夕食の時間はとても穏やかに過ぎていったが――

「――んっ……っ」

タイル張りの浴室に、ナリーファの声が反響する。

正妃の部屋は、浴室もその他の場所と同様の豪華さだ。

その広々とした浴槽の中で、ナリーファはシャラフの腰を跨ぐ体勢で彼を受け入れさせられていた。身じろぎするたびに、湯の表面がちゃぷちゃぷと揺れる。

「や……あっ、お湯が……」

体内の雄を抜き差しされると、温かな湯まで入り込み、ナリーファは形容しがたい感覚に背筋を震わせる。

「前から一度やってみたかったんだが、病みつきになりそうだ」

シャラフがくっと喉を鳴らし、人の悪い顔で笑った。

普段ならナリーファは夕食の後で湯浴みをして身を清め、寝所に入ってシャラフを待つ。

だが、今日は既に来ているのだから湯浴みを共にしても良いだろうと、謎の理屈で強引に押し切られてしまったのだ。

　せめてもの抵抗に巻いたタオルもすぐ剝ぎ取られ、洗うという名目で散々愛撫された身体は、どこもかしこも蕩かされている。

「あ、あ……」

　浴室に充満する湯気で息苦しく、頭がぼうっとする。熱い湯と、秘所に埋め込まれているシャラフの熱が、体温をいっそう上げていく。

　ナリーファはシャラフの首に両手を回して縋りつき、胸を喘がせた。このままではのぼせて、湯から出ても立ち上がれそうにない。

「気持ち良さそうだな。もっと激しくした方がいいか？」

　そう言った彼が腰を掴んで上下に揺する。

「あっ、や、ああっ！」

　頤を反らし、ナリーファは浴室に高い嬌声を響かせた。身体を強張らせると、収縮した壁をこすり上げられ、いっそう内部を抜き差しするものの形を意識してしまう。

「も、もう……お許し……んんっ」

　懇願しかけた唇を吸われ、滑り込んできた舌に口腔を蹂躙される。

「んんっ、ん、ん……」

　舌が痺れるほど絡めてから、唇に甘く噛みつかれた。

「まだ駄目だ。もっと感じて俺を欲しがれ」

色香の滴る声を耳朶に吹き込まれ、ゾクリと肌が粟立つ。腰を疼かせる快楽がせり上がり、体内の雄を無意識に締め付けてしまう。

「ん、あっ……」

恥ずかしくて抵抗を覚えるのは確かでも、なんだかんだでナリーファはシャラフが大好きで、こうして触れ合うのが気持ち良くて仕方ないのだ。

淫らに腰を揺らし出したナリーファに、シャラフが満足そうな笑みを浮かべ、さらに攻め始めた。

――結局、すっかりのぼせるまで何度も貪られたナリーファは、新しい人魚の物語を話すどころではなかった。

薄手の寝衣に着替えて寝台に座ってはいるものの、今夜はシャラフに膝枕をする事もできず、頬を赤く上気させ、くたりと脱力して背後から彼に抱き込まれている。

シャラフは流石に少し反省したのか、コップの冷水を飲ませたり、自ら扇いだりと、甲斐甲斐しく介抱してくれた。

おかげでナリーファはほどなくクラクラしていた状態から回復できたが、抱きかかえられたまま離してもらえない。

「……ところで、例のサソリの件だが、衛兵から聞いた報告で気になる点があった」

ナリーファが落ち着いたのを見計らい、シャラフが真剣な調子で尋ねてきた。

「サソリにはまったく気がつかず、避(よ)けたつもりもなかったんだな？」

「はい。足元で小さな音が聞こえたような気はしたのですが、その瞬間に眩暈(めまい)がして、気がついたら後ろに下がっていました」

背後から抱きしめる腕にドキドキと落ち着かない気分を覚えつつ、ナリーファは正直に答える。

「そうか」

シャラフは思案顔で呟いた後、しばし黙っていたが、再び尋ねてきた。

「ナリーファ。お前が王妃になって一年目の祝宴を覚えているか？」

「……よく覚えております」

唐突な話題の転換に驚いたけれど、すぐに頷いた。

結婚一周年の祝宴は、その頃のナリーファにとって、数少ない部屋から出た日だ。その上、祝宴の最中に武器を持った複数の男達が襲撃をしかけてきたという、酷く恐ろしい経験だったのでよく覚えている。

シャラフがナリーファの肩に手をかけ、身を捩らせるようにして彼の方を向かせた。

「あの時に俺は、乱闘の最中でお前が飛んできた杯を上手く避けるのを見た」

「え……」

思わぬ言葉に目を瞬かせると、なおも真剣な表情でシャラフが続ける。

「偶然かと思ったが、妙に引っかかってずっと覚えていた。お前はあの時も、避けたつもりはなかったのか？」

「ございません……ただ……ただ……」

「ただ？」

「あの時も確か、今日と同じで眩暈がして……足を止めたので助かりました」

「足を止めた？ 俺には、お前が見事に身を翻して避けたふうに見えたぞ」

今日のパーリとそっくりの訂正をされ、ナリーファはまたもや驚きに目を瞬かせた。

「妙な表現だが、お前の動きはまるで舞うように優雅で、だからこそ忘れられなかった」

「舞うように、ですか？」

思わず尋ね返すと、シャラフが大きく頷いた。

「そうだ。それに、お前は自分の事ながら知る由もないだろうが、眠っているお前の動きも同様に見える」

「その、申し訳ございませんが……同様とは、どのような意味でしょうか？」

消え入りそうな小声で、ナリーファは尋ねた。シャラフが許容してくれているとはいえ、自分のとてつもなく悪い寝相を相変わらず恥ずかしくは思っているのだ。

でも、それが眩暈（めまい）や舞とどう関係あるのかよくわからない。

羞恥（しゅうち）と気まずさに視線を彷徨（さまよ）わせていると、シャラフがフッと口元を緩（ゆる）めて微笑んだ。

「以前、お前の母親は踊り子だったと話してくれたな。王宮専属の踊り子と聞いてもしやと思ったが、戦舞姫（ババードゥル・タワイフ）だったのか？」

「はい……母は、戦舞姫でした」

華やかな舞で宴席に欠かせぬ踊り子だが、ナリーファの母はその中でも『戦舞姫』と呼ばれる、特殊な厳しい訓練を積んだ王宮付きの踊り子だった。

酔いが深まり気の緩（ゆる）む宴席が、敵に襲撃される事は昔からよくあった。戦舞姫は、他の踊り子と同じように歌や舞いで宴（うたげ）を盛り上げるが、宴席で事が起きれば、舞のための扇（おうぎ）や布、さらには踊りで鍛（きた）え上げた肢体（したい）を駆使し、客を守り戦うのだ。

「戦舞姫の訓練は、ミラブジャリードを含む幾（いく）つかの国の秘技で、俺も宴席で舞うのを一度見ただけだ。だが、寝ている間にお前が放つ蹴（け）りは、見れば見るほどあの独特な舞に似ていた」

シャラフの大きな手が、寝衣の裾(すそ)から覗くナリーファの脚(あし)へ伸びた。官能を呼び覚まそうとする触れ方ではなく、労(いた)わるようにそっと撫(な)でられる。

「憶測だが、お前は眠りながら近づく相手を無意識に攻撃するのと同様に、起きている時は危険を察知すると、一瞬だけ強制的に眠って避(さ)けているのではないか？　舞いを習った事はないと言っていたが……」

「……」

とっさに上手い返事ができず、ナリーファは無言のまま口の開閉を繰り返した。

やはり、自分が意図的に危険を避(さ)けた自覚はない。

だが、よくよく思い返してみれば、故国にいた頃にも何度か、こうした奇妙な眩暈(めまい)を経験している。

そのおかげで、メフリズの侍女がうっかりした素振りで撒(ま)いた熱湯を避(よ)けられた事もあれば、落下してきた重い壺に寸前で頭を砕かれずに済んだ事もあった。眩暈(めまい)のために幾度(いくど)も助かっていたのだと、今さらながらに気づくなんてどうかしている。

「以前にお話しした通り、母は私が幼い頃に亡くなりました」

幼い頃に死に別れた母から舞を習った事など、本当にない。……少なくとも、生きている母からは。

「陛下、私も信じられない気持ちですが……まだ、お話ししていなかった事を、聞いていただけますでしょうか？」

「ああ。何でも話してくれ」

「実は、私の寝相が異常なほどに悪くなったのは、母が亡くなってしばらくした頃、とある事件が起きてからなのです……」

――まだ六歳の子どもだったナリーファは、ある日癇癪を起こしたメフリズに八つ当たりで突き飛ばされ、頭を強く打って五日間も目覚めなかった。心臓は動いているものの一向に目を覚まさず、そのまま死ぬかと思われていた矢先に意識を取り戻したのだ。

昏睡状態の間に見た夢を、ナリーファは朧げに覚えている。

真っ暗闇の中で、どこに行けばいいのかもわからず恐ろしくて途方に暮れていたら、緋色の綺麗な蝶がヒラヒラと飛んできて、その後をついて歩くうちに目が覚めたのだ。

特に後遺症もなく済んだが、それ以来ナリーファは毎晩、同じ夢を見るようになった。白い霞に包まれた何もない場所で、緋色の美しい舞姫衣装を着た母が、優雅に舞っている夢だ。

夢の中では、ナリーファも同じ舞姫衣装を着ていて、母の向かいでひたすらその動きを熱心に真似て学ぶ。

夢の中の母は優しく微笑むだけで何も語らず、どうして自分が舞を学んでいるのかもわからない。だが、そうしなくてはいけない気がした。

時が経つにつれて、夢の中でナリーファも成長していく。最初はたどたどしかった動きも、次第に滑らかになっていった。

それでも、母はずっと亡くなった時の若々しい姿のまま変わらない。色褪せもせずに、ナリーファへ様々な戦舞姫の舞を教えてくれる。嬉しくて幸せだった。

……それは所詮、ただの夢なのだけれど。

目を覚ませば、あるのは酷い寝相でぐしゃぐしゃになった寝台と、辛く寂しい現実。母はとうに故人だと思い出し、メフリズとその侍女達には、寝相の悪い無様な王女と嘲笑われる。一晩中眠りながら動いていたせいか疲れ切っており、夢でははっきり覚えている舞も霞がかかったように思い出せない。

だいたい、もし臆病な自分があの舞を覚えていたところで、実際に危険を前にすれば足が竦んで動けなくなって終わりだろう。濃い化粧をしたメフリズの恐ろしい双眸に睨まれただけで震え上がり、全身が強張ってしまうのだから。

あの夢は、大好きな母の姿を見せてはくれるけれど、ただそれだけだと思っていた。

そして、シャラフに寝相の事を白状してからというもの、その夢はある変化を見せるようになったのだが、それらも全てナリーファは話した。

「──なるほど。そういう事か」

シャラフはどことなく嬉しそうにニヤニヤした後、不意に真面目な顔になってナリーファの手を取る。薄手の長い袖を捲ると、淡褐色の細い腕が露わになった。

「お前は簡単に壊れそうなほど華奢にしか見えなかったのに、抱いてみれば、まるで極上の踊り子のように引き締まった肢体をしている」

「そ、そうなのですか？　自分ではよくわからないのですが……」

ナリーファは見慣れた自分の腕を眺めて、首を捻る。

「ああ。これなら俊敏な動きも造作なくできるはずだ」

シャラフが頷き、ナリーファを抱き寄せた。彼はまだ湿り気の残る黒髪に顔を埋めて囁く。

「お前の母君は、死してなお娘を守ろうとしているのだな。寝相が悪いという欠点に見えようと、眠りながら自分を守る術を身につけさせたのだろう」

「母が……」

「眠っているお前は視界が利かないから、誰かが近づく気配だけで危険を遠ざけようと攻撃してしまう。だが、俺の声を聞けばすぐ大人しくなるという事は、お前を得るに相応しいと認められたわけだ」

身を離したシャラフが満足げな笑みを浮かべてから、ナリーファを正面から見つめ、真剣な眼差しで告げる。

「母君と自分を、常に誇らしく思え。眠っているお前は立派な戦舞姫だ」

「……」

どれほど告げても足りないほど感謝を述べたいのに、声が詰まり、とっさに何も言えない。悲しいのではなく、嬉しさで両目から涙が零れ出す。

故国で暮らしていた頃、メフリズは何かにつけてナリーファを呼び出し、自由な行動などろくに許さなかった。

でも、寝ている間は別だ。転げ回るほど寝相の悪い女など滑稽だと、彼女は嘲笑うばかりで咎めず、おかげで母は娘を密かに鍛え上げる事ができたのだ。

ナリーファ自身さえも、それをみっともないと恥じていただけだった。だから、どうしようもないと諦め、漠然と受け流していた。

シャラフに言ってもらえなかったら、きっと一生気がつかなかったはずだ。

「っ……陛下……ありがとう、ございます……」

「こういう時は名前で呼べ」

苦笑したシャラフの手が顎にかかり、上を向かされる。啄むように唇を軽く触れ合わせながら、彼のもう片手が寝衣の合わせ目の中に滑り込んできた。今度はしっかりと、情欲を込めた手つきで肌をまさぐられる。

「あっ……で、ですが、もう先ほど……」

浴室でしっかりと濃厚な睦事をしたばかりのはずだと、ナリーファが狼狽えると、シャラフがニヤリと口角を上げた。

「あれは、湯浴みをしたついでにじゃれ合っただけだろうが。間食みたいなもので別腹だ」

「っ⁉」

しれっと言うが、間違いなく湯浴みの方がついでだった気がする。

「ほら、きちんと呼べ」

熱を孕んだ鋭い双眸に見据えられ、ナリーファはゴクリと喉を鳴らす。

「シャ、シャラフ……」

いまだに慣れない呼び方をおずおず呟くと、満面の笑みになった王にたちまち敷布へ組み敷かれた。

「ナリーファ、お前ならどれだけ食っても飽きる事はない」

嬉しそうに囁きながらナリーファの首筋に甘く噛みつくシャラフは、まるで獰猛な豹のようだ。捕まったらとても逃げられそうにない。

ただし、彼の傍にいる事に幸せを感じているナリーファは、逃げたいとは欠片も思わないのだった。

——ひとしきり睦み合った後、ナリーファはいつもと同様にすぐ眠りへ引き込まれてしまった。

白い霞の中には、華やかな舞姫姿の母が立っている。ナリーファが身につけているものも寝衣ではなく緋色の舞姫衣装に変わっており、ぼんやりとしたまま母を見つめていた。

周囲に立ち込める白い霞が、頭の中にまで入り込んでいるみたいに、思考がはっきりしない。

母が突然、表情を険しくした。その視線の先に、黒い影がゆらいでいる。

影は、いつの間にかナリーファのすぐ近くまで来ていた。母がしなやかな片脚を高く振り上げると、ナリーファの身体も自然と同じ動作をした。

鏡合わせのように、寸分たがわぬ動きでナリーファと母が身体を捻りながら放った蹴りを、黒い影は驚くほど俊敏に避けた。両手で身体を跳ね上げ、続けざまに二撃目を蹴り上げたが、それもかわされる。

体勢を立て直して再び蹴りかかろうとした瞬間、黒い影が唸り声を上げた。同時に、もやもやと不鮮明な形をしていた黒い影が、サンディブロンドの毛皮を持つ一匹の大きな豹に変化する。

とても獰猛そうな豹なのに、不思議とナリーファはまるで恐ろしくなかった。それどころかたまらなく愛おしく感じ、自然と膝をつき両手を広げて豹を迎え入れる。

母は微笑んで霞の中に消えていき、周囲にはふわりと温かな気配が満ちる。

豹の、深緑色の両目がナリーファを愛しげに見つめていた。ナリーファも微笑んで豹を見つめ、少し硬いサンディブロンドの毛並みをゆっくりと撫でる。

そして逞しい体躯を悠然と横たえた豹に、ナリーファも身を横たえて寄り添い、心地良い体温を堪能する。

夢がこうして変化するようになったのは、シャラフに全て打ち明けて一緒に眠るようになってからだった。

彼が用事などで部屋を訪れず、ナリーファ一人で眠る時は、相変わらず母と舞いの鍛錬をしている夢のままだ。けれど、シャラフが傍らにいれば、こうして必ずサンディブロンドの豹が現れる。

そして、この穏やかで幸せな夢は朝まで続き、目を覚ましてもそこには愛しい人がちゃんといるから、寂しさに涙する事もなかった。

4　隣国の王女

後宮の庭のみならず王宮の隅々までも入念な捜索が行われたが、例の猛毒サソリは他に発見されなかった。

また、サソリが発見される数日前に、後宮の庭の垣根付近を二人の男がうろついていたそうだが、これも手掛かりにはならなかった。

二人は別々の地方から召使相手に商売をしにきた行商人で、意気投合して話が弾むうちに迷い込んでしまい、衛兵に見咎められて平謝りをしていたという。庭に忍び込んだ形跡もなかったので、厳重注意だけで解放されていた。

やはり毒サソリは増殖の影響で紛れ込んだ可能性が高いとされ、事件は落ち着いた。

ナリーファは再び庭の散策を楽しめるようになり、心安らかに日々が流れていく。

――サソリ事件から三ヶ月ほど経った、夏もそろそろ終わりという晩。

「もうじきこの国へ来る予定のザルリス国王だが、自分の王女を一人伴いたいそうだ。……特に断る理由もないから、ニルファールというその王女も賓客として迎える事になった」

シャラフは寝所に一歩入るなり、顔をしかめて告げた。

「左様でございますか」

向かいに立つナリーファはそう答えたものの、シャラフの口調がどうも不愉快そうなので、内心で首を傾げた。

ここ最近、ウルジュラーン王宮内は何かとせわしない空気だ。

半月後に隣国ザルリスの王が訪れ、会談などで一ヶ月ほど滞在するので、会議や祝宴の支度から、護衛や従者の宿舎用意もあり、後宮以外は大忙しなのである。

現在のザルリス国王は、バフムドという五十代半ばの豪快な男性で、シャラフも『王子時代に幾度か会ったが、なかなか気持ち良く話せる相手だ』と、会談を楽しみにしていた。気の合う相手の娘なら、会うのを楽しみにしそうなものだが……。

「ニルファール王女とは、出迎えでお前も顔を合わせるはずだ。その後、彼女はお前に土産を渡しに来るだろうが、どうも心配でかなわん。何かあったらすぐ俺に言え」

顔をしかめたままのシャラフに言われ、ナリーファはようやく気がついて「あっ」と短く声を上げた。

ナリーファが正妃となってから、今まで二度ほど他国の王族を賓客に迎えたが、二回とも相手は国王や王子と、男性のみだった。

正妃や側妃、そして王女といった立場の女性は国賓を出迎えるけれど、後は宴席に出る必要もない。

だが、女性の国賓ならば話は別だった。他国の王宮に招かれた王族女性は、その国で最も身分の高い女性——つまり、国王の母后か正妃の部屋へ、土産を持って挨拶をしに行くのが礼儀だ。シャラフの母君が亡き今、ナリーファが賓客を迎える事になる。初めての経験だ。

「ご心配をおかけして申し訳ございません。王女殿下に失礼のないよう気をつけます」

ナリーファは顔を赤くして、頭を下げた。

砂漠の国々で、妃の務めは基本的に後宮で王に愛されるだけだ。他国の王族女性が賓客に招かれる事も滅多にない。だからナリーファが部屋に籠もり切りでも問題なかった。

そんな安穏とした暮らしに甘えきっていたが、妃の失態は王の恥だ。シャラフに迷惑をかけないためにも、丁重にニルファール王女をもてなさなければ。

「その心配はしていない。お前の賓客の出迎えはいつも見事だ。部屋に客を迎えるのは初めてでも、作法などは女官に教われば良い」

「で、では……どのようなご心配を……？」

シャラフにいっそう表情を苦くされ、ナリーファは戸惑いつつ尋ねた。

てっきりシャラフは、社交慣れしていないナリーファが客を満足にもてなせるかを心配してくれたのだと思っていたのに。

だが、彼は急に息を呑んで押し黙った。

「…………とにかく、客人が来るという事を伝えたかった。それだけだ」

数秒の沈黙の後、やや強引に話を打ち切ると、シャラフはさっさと寝台へ上がる。

「昨夜の話の続きをしてくれ」

ナリーファの膝に頭を載せて軽く欠伸(あくび)をした彼からは、もう不機嫌な気配は消えていた。

口元を緩(ゆる)めて幸せそうな顔をした彼に促(うなが)され、ナリーファも自然と笑顔になった。

「かしこまりました。では……」

初めて正妃として客を迎える不安も、たちまち消えるくらい、何よりも幸せで大切な一時(ひととき)だ。

そしてナリーファは愛(いと)おしい王へ、今夜も物語の続きを語り始めた……

「――パーリ。悪いけど今日は内密の話だから外してくれるかな？　ここで立ち話するだけで、ナリーファ様を口説いたりしないって誓うからさ。口説くならパーリにするし」

翌日の昼、ナリーファの部屋を訪ねてきたカルンが、冗談めかした口調で言いながら、居間の戸口に立つ自分の足元を示した。

「カルン様！　毎回申し上げますが、そういうタチの悪い軽口はやめてください！」

彼と向かい合わせに立つナリーファの隣で、パーリが腰に手を当てて頬を膨らませる。

それを愉快そうに笑って宥めるカルンと、フンと顔を背けるパーリを、ナリーファは微笑ましく眺めた。カルンはパーリが可愛くて仕方ないらしく、会うたびにからかうのだ。

しかし、パーリが下がってナリーファと二人になると、いつも明るく陽気な青年武将は、すぐ表情を引き締めた。

「ナリーファ様。近々、ザルリス国のニルファール王女がこちらへいらっしゃる事を、陛下からお聞きになったと思いますが……」

「はい」

頷いたナリーファは、侍女達に今朝聞いておいた、ニルファール王女の情報を思い出す。ザルリスにも後宮があり、そこには腹違いの王女や王子が数十人もいる。ニルファールはその一人で、第十二番目の王女だ。

彼女は今年で十九歳。母親は肌が白く美しい女奴隷だったそうで、ニルファールは母親から真珠のように白い肌と琥珀色の髪、輝くばかりの美貌をそっくり引き継いだ。

また、彼女は容姿が美しいだけではなく、とても聡明で心優しいので、ザルリス王が我が子の中で一番可愛がっているともっぱらの評判なのだとか。

「陛下は、ナリーファ様が気に病むと仰り、昨夜ニルファール王女について全てお話しするのをやめたそうですが、俺は変に隠すよりも、最初からきちんとお知らせしておくべきだと思うんです。だから、勝手にお話しにきました」

「王女殿下とはお会いした事もございませんが……私が気に病むような事があるのですか？」

ナリーファが困惑して小首を傾げると、カルンは声を潜めて話し始めた。

「実は一年ほど前、ニルファール王女を側妃にしないかと、陛下へ内々の打診があったんです。それも、王女たっての希望だそうで……」

ザルリスの王バフムドは秘蔵の娘を手放しがたく、なかなか輿入れ先を探そうとしなかったが、年頃になったニルファールから、ぜひともシャラフに嫁ぎたいと望まれて親書を書いた。

シャラフが後宮の寵姫達を全て降嫁させ、正妃にしたナリーファだけを残すほどに溺愛しているという話は、ザルリスにも伝わっていた。

だがニルファールは、ナリーファにも礼儀を守るし側妃か寵姫でも良いから、シャラフに輿入れの打診をしてほしいと、父王に懇願したそうだ。

それでもシャラフは、ナリーファの他はどんな女性も娶る気はないと、バフムドやニルファールの面目を潰さないよう、姿絵も開封しないまま返却し、丁重に断りの返事を出した。

その甲斐あって、ザルリス王は特に気を悪くする事もなく申し出を引っ込め、シャラフはニルファールと顔を合わせる事もないまま、縁談は消えた。

しかし、バフムドから昨日、ニルファールが名高いウルジュラーン王都を一目見たいと熱心に願うので会談の際に連れていきたいという、急な申し出があったのだ。

ザルリス国王父娘の本心がどうかはわからないが、再度の縁談を示唆するわけでもなく、他意のない同行とあれば無下に断る事もできない。

シャラフはニルファールも賓客として迎えるのを、渋々了承したのだった。

「――ニルファール王女の輿入れの打診は公にはなっていなかったはずですが、こういう噂はすぐ広まりますからね。輿入れを断られた件に関して、あちらの王宮内では面白おかしく歪められた噂が何種類も立っているそうです。噂の中には、ナリーファ様が側妃を娶る事に嫉妬して、陛下にニルファール王女の悪口を吹き込んで断らせたというものもありました」

「そうですか……身に覚えはありませんが、私とて無責任な噂を信じてしまった経験がありますから、自分がされても憤れませんね」

首を竦めたカルンへ、ナリーファは静かに頷いてみせたが、胸に暗雲が広がるのを感じた。

シャラフから、今では後宮入りを願う女性を上手く断っていると聞いている。なので、未遂の輿入れ話を聞いても驚かない。

とはいえ、輿入れを断られた相手のもとに、わざわざ訪問したがるニルファール王女の心境が理解できず、なんとなく不気味さを覚える。

自分とてかつてはシャラフの悪評を鵜呑みにしていたのだし、勝手な噂を立てられても文句を言えない。でも、もしもニルファールが、ナリーファが輿入れを妨害したという噂を真に受けていたら、正妃へ挨拶をする口実でこっそり文句を言いに来るのかも……と、つい考えてしまった。

一方で、彼女はとても心優しい王女という評判だから、そんな事はしないのではとも思い、余計に混乱する。

「ザルリス国王はこちらに一ヶ月ほど滞在しますから、そうした話がここにも広まる可能性は十分にあります。それに、なんと言うか……」

カルンは言葉を切り、気まずそうに頭を掻いた。

「ナリーファ様はつい先日まで、ご自分は陛下を寝かしつける専門だと信じ切っていたでしょう？」

「あ、あれは、無礼な早とちりをしたと申し訳なく思っています」

ばつの悪い気分でナリーファが謝ると、カルンが首を横に振った。

「いえ。部屋に籠もり切りでは、外の様子に気づかないのも無理はありません。それよりも、ナリーファ様がずっと黙って我慢していたというのが、陛下には応えたんですよ」

「え……？」

「ナリーファ様がご自分の悪い噂を耳にしたり、万が一ニルファール王女に嫌味など言われたりしても、黙って抱え込んでしまうんじゃないかと、陛下は心配しているんです。思い違いでもない気はしますが」

軽い口調ながら的確な指摘に、ナリーファはつい眉を下げた。

今の生活は、まったく幸福そのものだ。

けれどカルンに今しがた言われたように、今後何か悩み事を抱えたとしても、それをナリーファがシャラフに相談するかといえば、微妙なところだった。

先日の毒サソリのように周りへも被害が出る事ならいざ知らず、自分一人が黙っていれば済む程度なら、あえてシャラフに不満を訴えて煩わせるなど気が引ける。

とっさに返事をできず黙り込むと、カルンが励ますみたいに微笑んだ。

「急に性格を変えるなんて、誰だって簡単にはできませんよ。だから俺は、こうして陛下に叱られるのを覚悟で来たんです」

「え……」

「何でもハキハキ陛下に相談しろとは言いません。でも、陛下がナリーファ様を大好きで仕方なく、幸せでいてほしいと願っているのは信じてあげてください。何しろ陛下は、できればナリーファ様をずっと閉じ込めて独占したいくらいなのに、必死に我慢……」

そう言いかけたカルンは、ナリーファが思い切り顔を強張らせたのに気づき、ハハハと乾いた笑い声を上げた。

「えっと……もしかして、後ろにいらっしゃいます？」

ナリーファが頷く前に、眉間に皺を寄せ鬼のような形相をしたシャラフが、カルンの首根っこを後ろから掴んだ。その頬が、微かに赤くなっている。傍らには、呆れたような顔のスィルも立っていた。

一体、いつから彼らが傍にいたのかはわからないが、とりあえずカルンが早々と叱られる運命になったのは間違いない。

口元に物騒な笑みを浮かべ、シャラフがギリギリと眉を吊り上げる。

「カルン。俺に全力で殴られるのを覚悟で余計な事を言いに来たと、しっかり聞こえたぞ。その意気込みにはちゃんと応えてやるからな」

「いえいえっ⁉ 俺は叱られるのを覚悟と言ったんですが！ しかも、全力って！」

「同じ事だ。往生際が悪いぞ」

そんな応酬をしながら、シャラフがカルンの襟首を捕まえてずりずりと回廊を引きずっていく。ナリーファはそれを呆然と見送っていたが、ハッと我に返る。

「カルンさんは、至らない私を案じてくださっただけです。なので、どうか……」

自分が追いかけても止められるとは思えず、残っていたスィルへ縋ると、彼は冷めた横目で遠くなった弟をチラリと眺めた。

「ご心配なく。愚弟は頑丈だけが取り柄ですので」

淡々と言い放った彼だったが、ナリーファがサッと青褪めたのを見て苦笑する。

「陛下も本気で怒ってはいませんよ。ご自分が私的な場面では言葉足らずな部分があるのも、それをあのお節介に補われているのも承知です」

「そ、そうですか」

　ああいった遠慮のないやり取りに慣れていないので、つい本気で心配してしまった。だが、スィルの言葉通りなら、シャラフとてカルンが深い思いやりを持ってしてくれたのだと理解しているはずだ。

　安堵に胸を撫で下ろしたナリーファへ、スィルは束ねた書類を渡す。

「ザルリス国王陛下が滞在期間の、陛下のご予定を全て記してあります。目をお通しになってください。何か困り事があれば、どれほど小さな事でも躊躇わず相談しに来るようにと仰っておりました」

「陛下が……ありがとうございます」

　ナリーファは予定表を胸に抱きしめた。ただの紙束なのに、とても温かく感じる。

「では、失礼します。陛下に追いつかなくては……」

　一礼したスィルが急ぎ足で去っていくのを、感謝を込めて見送ってから、ナリーファは書類を大切に抱えて部屋に戻った。

――瞬く間に二週間が過ぎ、ザルリス国王の一行が秋晴れの下をやってきた。

ナリーファはこの日、朝早くから身支度を終えて、見晴らしの良い本殿の上階にいた。白い調度品で整えられた小部屋の、窓辺に置かれた布張りのベンチに腰かけてシャラフを待つ。

ナリーファが身につけているのは、金糸銀糸で刺繍した花模様が艶やかな、緋色の衣だ。薄いヴェールも緋色で、縫い付けられた無数のビーズが美しい。

上等な繻子の靴にも細やかな刺繍が一面に施され、大粒の紅玉をあしらった首飾りと耳飾りが、窓から差し込む陽光に煌めいている。

いまだに、華やかな装いには腰が引けた。普段は装身具も、気に入っている銀の腕輪を一つつけるくらいだ。

とはいえ、正妃があまりにみすぼらしい恰好ではシャラフに迷惑をかけてしまうから、後宮に出入りの仕立屋に、派手すぎない品の良い衣類を仕立ててもらっている。

だが、本日は国賓を出迎えるので、好みは関係なく相応の装いが必要だ。

ナリーファはそわそわと落ち着かない気分で窓辺に身を寄せ、市街地の大通りをやってくるザルリス王の行列を眺める。

ウルジュラーンは砂漠の国々の中では最も国土が広く、オアシスと農牧が可能な土地を有している事が強みだが、岩山の多いザルリスは豊富な金の鉱山が国を富ませていた。

馬やラクダの引く車が何台も続き、武装をした隣国の騎兵が周囲を厳重に警護している。完全武装の隊列は圧巻で、これなら砂漠の旅人を襲う剽盗も裸足で逃げ出すだろう。

列の中で最も目を引くのは、金色の装飾をふんだんに施したひときわ豪奢な馬車だ。六頭の白馬に引かせ、その馬も金糸刺繍の布飾りを身につけている。

市街地には大勢の民が見物に出ていた。豪奢な馬車の近くにいる騎兵が時おりラッパを吹いて、よく見ようと身を乗り出す群衆に道をあけさせる。

（きっとあれが、ザルリス国王陛下とニルファール王女の馬車ね）

緊張で心臓がドキリと跳ね、ナリーファが胸元を手で押さえると、背後から声がした。

「待たせたな」

振り向くと、いつの間にかシャラフが後ろにいた。

「陛下……」

ラッパの音で、扉が開いたのにも気づかなかったようだ。慌ててナリーファが立ち上がると、シャラフが隣に来て窓の外を眺めた。

「相変わらず、ザルリス王は派手好きだな。なかなか気の良い親父さんだから、そう硬くならなくとも大丈夫だ」

そう笑った彼も、ナリーファと同じく賓客を迎える盛装だ。とはいえ、いつもより豪奢な白い上着を羽織り、大ぶりの装飾を幾つかつけているくらいだが、貧相には見えない。

王者の風格を滲ませているのは、身につけている品ではなくシャラフ自身だとナリーファは思う。

つい見惚れていると、シャラフがナリーファをじっと見て顔をしかめた。

「あ、あの……何か……」

侍女達は衣装は勿論、化粧も濃くなりすぎないよう丁寧に施してくれたが、何か拙いところでもあったのだろうか？

狼狽えてナリーファが頬に手を当てると、腰を抱き寄せられた。そして、吐息がかかる距離で囁かれる。

「しばらくはまた、夜しかお前と過ごせなくなるんだ。今のうちに補充させろ」

「っ!?」

驚愕に見開いた目を閉じる間もなく、唇を合わせられた。舌に甘く噛みつかれてゾクリとした感覚が背筋を走る。身震いしたナリーファの耳元で、揺れた飾りがシャラシャラ鳴った。

侍従が扉を叩いて呼びに来るまで、すっかりシャラフに『補充』され続けたナリーファは、少々足元がふらつきそうになるのを必死に堪えて、ザルリス王を迎えに出た。客を迎えるのは、正面玄関にある白い大理石の大階段だ。

賑やかな行列が王宮の門をくぐり、金で飾った馬車が大階段の手前に着くと、一際高いラッパの音色と共に、全体の動きがピタリと止まる。

細長い絨毯を抱えた召使達が馬車に駆け寄り、ステップからシャラフのところまで、綺麗に整備された前庭の砂地に絨毯を広げ、恭しく扉を開く。

すると、眩しい陽を背後に、馬車の中から大きな体躯が現れた。

ザルリス国王バフムドは、肩幅が広く岩山のようにがっしりした偉丈夫だった。褐色の肌に赤黒い硬質な髪で、口元や顎は形良く整えた濃い髭が覆っている。眉は太く濃く、貫禄のある強面だ。

絨毯の上を大股に歩いてきたバフムドは、シャラフの前に立つと胸に手を当てて丁重に礼をする。そして顔を上げると、白い歯を見せてニカリと笑った。

「即位式以来ですな、シャラフ殿。しばらく会わぬうちに、いっそう逞しくなられた」

バフムドの太い指や腕には金の輪が幾つもはまり、ターバンには大粒のアメジストが輝いている。シャラフが言っていたようになかなか派手好きのようだ。しかし、不思議と下品には見えない。

満面の笑みを浮かべるバフムドは、威厳がありながらも見るからに寛大そうで、周囲に好感を与える人物だった。

「ようこそ、バフムド殿。そちらもお元気そうで何よりです」

シャラフも胸に片手を当てて、丁重に返礼をする。

二ヶ国の王の挨拶は、形だけの丁重さだけではなく確かな温かみのあるものだった。

ナリーファはそれを聞きつつ斜め後ろで静かにお辞儀をする。

「そちらが正妃ナリーファ殿ですかな？」

ザルリス王はナリーファへチラリと視線をやると、シャラフに問いかけた。

「ええ。我が王妃です」

ナリーファの肩を抱き寄せたシャラフが、さりげなく『王妃』と訂正した。

「銀の月のように美しく、人の心を安らかにさせる女性だと、ナリーファ殿の評判は我が国にも広まっておりますぞ。寝物語を記した書物を私もさっそく手に入れたが、実に面白かった。シャラフ殿は素晴らしい幸運を娶りましたな」

ザルリス王はささやかな訂正を気に留める風でもなく、笑みをいっそう深める。聞き逃したのか、あるいは細かい事は気にしない性質なのかもしれない。

ナリーファへ手放しの賞賛をする様子は快活そのもので、娘の輿入れを断られた件を本当に気にしていないように見える。

「恐れ入ります」

過分と思える賞賛へ、ナリーファは恐縮しながら深々と頭を下げた。

「愛娘もナリーファ様の評判を聞き、ぜひともお会いしたいと、それは熱心にせがまれましてな。厚かましい願いではありましたが、同行を快く了承いただけて、娘共々に感謝しております」

ザルリス王がそう言いつつ、肩越しに振り返った。それを合図に、侍女に日傘を差しかけられた一人の女性が、しずしずと馬車を降りてくる。

目を見張らんばかりの美女だった。

白磁の肌は微かに薔薇色を帯び、愛らしいぷっくりした唇とすんなりした鼻梁、切れ長の晴れた空の色の瞳が、小さな顔に位置良く収まっている。すらりと背が高く、琥珀色の長い波打つ髪は幾房にも分けて複雑に編まれ、黄金と蒼玉の髪飾りがとても似合っていた。

彼女がニルファールだと、その場にいた全員が見ただけでわかったはずだ。

ニルファールは瞳と同じ明るい空色の衣装をまとい、大きく開いた胸元からは柔らかく盛り上がった白い胸の谷間が覗く。その胸元を、やはり金と蒼玉の首飾りが彩っており、手足の装飾品も青と金で統一されていた。

「ニルファール、ご挨拶を」

父親に促されたニルファールは、粛々と身を屈める。

「ザルリス王国第十二番目王女ニルファールにございます。このたびは不躾な願いをお聞き届けいただきまして感謝の言葉もございません」

非の打ちどころのない礼儀正しさを見せる美貌の王女に、前庭へ集まっているウルジュラーンの王宮の者達は息を呑み、すっかり見惚れていた。

ナリーファもその一人で、ただただ目の前の美しい王女に感心するばかりだ。

彼女はナリーファよりも二歳年下のはずだが、堂々たる大人びた様子で、まさに王女という高貴な身分が相応しく思える。

「お噂はかねがねお聞きしております。できる限りのもてなしをいたしますので、どうぞお寛ぎいただきたい」

シャラフが微笑んで高貴な女性への礼をとると、ニルファールも微笑み返した。大輪の花が開くさまを思わせる、うっとりするほどに艶やかな笑みだ。

砂色の髪を持つシャラフと、琥珀色の髪に白い肌のニルファールは、それぞれ西から来た母の容姿を受け継いでいるせいか、並ぶと互いの色合いがとても映えて見えた。

　二人の姿は美しい物語の一場面にも思え、ナリーファは感嘆に息を呑む。それから、微かな痛みがツキリと胸を刺すのを感じた。

　ニルファールは、噂に聞くよりも遥かに美しく魅力的な王女だった。

　シャラフは彼女の姿絵も見ず縁談を断ったそうだけれど、もし断る前に一目でも会っていたら、ナリーファだけで良いなどという意見を変えていたかもしれないと、つい考えてしまったのだ。

「ナリーファ様、お目にかかれて光栄ですわ」

　ニルファールから微笑みかけられ、ナリーファは我に返る。

「わたくし、以前よりナリーファ様にお会いしとうございましたの。後ほど、ぜひお部屋へご挨拶に伺わせてくださいませ」

「こちらこそ、光栄に存じます」

　声が上擦るのを堪え、ナリーファは深々とお辞儀をした。

「長旅でお疲れでしょう。部屋へ案内させますのでお寛ぎください」

　シャラフが合図し、侍従と侍女達がザルリス国王父娘を客室へ案内する。

「ナリーファ様。お部屋に戻りましょう。いつお客様がいらしても準備万端です」

「ええ。ありがとう」

パーリに囁かれ、ナリーファはぎこちなく微笑んだ。

肩越しに振り返ると、シャラフがスィルとカルンを両脇に置いて、熱心に話し込んでいるのが見えた。

真剣な横顔はドキリとするほど素敵だが近寄り難く、邪魔をしてはいけないと思ってしまう。

各国の妃の中には、後宮で安穏と暮らすだけを良しとせず、積極的に王を補佐し助言する活動的な妃もいる。きっと、ニルファールならそうした妃になれるだろう。

異母兄達に勝ち抜き、這い上がった強いシャラフには、そんな賢く活発な妃こそが相応しいのではないかと、新たな棘がもう一度胸を刺すのを感じた。

（私、なんという事を……）

だが、すぐにナリーファは内心で己を恥じた。空想も、過ぎれば妄想という毒になる。

（陛下には、こんなに大切にしていただいているのだから）

自分がニルファールと比較してどうであろうとも、シャラフから大切にしてもらっているのは事実だ。それに感謝こそすれ、うじうじと余計な事を思い悩むべきではない。

そう考えると少し気が楽になり、ナリーファはパーリと後宮に戻った。

その晩は、バフムドとニルファールを迎える宴があったのだが、シャラフがいつもより幾分か遅い程度の時刻に後宮へ来たので、ナリーファは驚いた。

「もう祝宴は終わられたのですか」

バフムドはなかなかの酒豪と聞く。宴が終わるのは良くて深夜か、場合によっては朝まで続くのではと思っていたのだ。

「意外か？　まぁ、バフムド殿の酒豪ぶりは有名だからな」

ナリーファの膝に頭を載せて寛ぎながら、シャラフは疑問を汲み取ったらしくニヤリと笑った。彼は指先で、じゃれるようにナリーファの顎を軽くくすぐる。

「今日も、危うく朝まで付き合わされそうだったが、スィルに飲み比べを挑んでくれたおかげで、そうそうに主賓が潰れてお開きになった」

「スィルさんが、バフムド陛下と飲み比べを？」

「ああ。スィルはあれで底なしに飲む。そこらの酒豪が束になっても敵わんぞ」

細身で中性的な容貌をしたスィルは、酒より珈琲でも優雅に啜る方が似合いそうな雰囲気だが、人は見かけによらないものだ。

「それよりも、香油を変えたのか」

急にシャラフが身を起こし、ナリーファを抱き寄せて首筋に顔を埋める。スン、と耳の後ろを嗅がれ、ドキリと心臓が跳ねた。

まだ湿り気の残る短いサンディブロンドが首筋をくすぐり、鼓動がいっそう激しくなる。

「ニルファール様から香油をお土産にいただきましたので、そちらをつけたのですが……」

普段、ナリーファはジャスミンの香油を好んで使っているのだが、今日は湯上がりに、ニルファールから貰った薔薇の香油をつけたのだ。

ニルファールは竜涎香という希少な香油のとても良い香りを漂わせていた。麝香をより爽やかで上品にしたような独特の香りは、ニルファールの高貴な雰囲気にピッタリで、同性ながらうっとりしてしまうほどだった。

そんなニルファールから贈られた、華やかな雰囲気の薔薇の香気をつけ、彼女には遠く及ばずとも、自分にも少し自信が備わった気がしている。

シャラフが香りの違いに気づいてくれた事に、もしかして褒めてくれるのではと、柄にもなく期待しているくらいだ。

しかし、彼女の名を口にした途端、シャラフが微かに眉を顰めた。

「ニルファール王女はお前と、特に問題なく過ごしたようだと報告を受けたが、どうだった？」

「はい。ニルファール様はとてもお優しくて博識で、すっかりお話に聞き入ってしまいました」

ナリーファは微笑んで答えた。昼間の事を思い出すと、自然に表情が明るくなる。

昼過ぎに後宮へ訪ねてきたニルファールは、内心身構えていたのをナリーファが恥ずかしく思うほど、感じ良く接してくれたのだ。

高価な薔薇の香油と金細工のブローチを土産に貰い、ナリーファも女官の助言で用意しておいた、絹の反物と希少な茶葉を贈った。

それから居間でニルファールに茶を勧めて話をしたのだが、彼女は非常に博識で、自国の主産業である鉱脈や工芸、鍛冶技術の知識に長けており、また話し上手だった。

王女の彼女は実際に険しい鉱山に赴いたりはしないが、高名な地質学者や技師などを王宮に呼んでは、常に多くの事柄を学ぶよう努めているそうだ。

『幾ら美しくとも、中身のない女性はいずれ飽きられてしまいますわ。ですから、わたくしの容姿を褒めてくださる殿方がいかに多くとも、慢心せぬよう自戒しておりますの』

艶やかに微笑んで、ニルファールはそう言っていた。

ナリーファはシャラフに物語を話すのは好きだけれど、本来は決して雄弁な性質ではない。むしろ、普段は聞き役に徹している。

ニルファールから隣国の話を夢中で聞くうちに、あっという間に夕刻になっていた。

『こんなに楽しく過ごしたのは久しぶりで、すっかり長居をして失礼いたしました……もしナリーファ様がご迷惑でなければ、滞在中にたびたびお話しできませんでしょうか？』

名残惜しそうに立ち上がった彼女に尋ねられ、ナリーファは大喜びで頷く。

『ぜひ。こちらこそ、お願いしたく存じます』

そうして、明日はさっそくナリーファの方からニルファールの客室を訪ねる約束をして別れたのだった。

「……ふぅん。それなら結構だ」

シャラフは女性のお喋り内容までは興味がなかったらしく、それだけ言うと、ナリーファの首筋をもう一度嗅いだ。

「いい香りだとは思うが、いつもの方が俺の好みに合うな」

耳元で低く呟かれ、またもや心臓が大きく鼓動を打つ。

いつもの方が良いとあっさり言われてしまったのに、なぜか落胆どころか安堵している自分がいた。

薔薇の香油は、シャラフが留守にしている時にでもつけよう。

ナリーファは激しく動悸する胸を、そっと手で押さえた。こんなにドキドキしては、心臓が壊れてしまうのではと心配になるほどだ。

「そ、それでは、明日からはまた、いつもの香油にいたします」

「そうしてくれ」

シャラフが目を細め、ナリーファの頬に軽く口づけをしてから膝にまた頭を載せる。

ゆったりと目を閉じる王の短い砂色の髪を撫でながら、ナリーファは今夜話す予定だった物語を、たった今思いついたものに変更しようと決めた。

——悪い魔法で恋人を花に変えられてしまった王子が、百万本の花畑から、嗅ぎ慣れた香りを頼りに愛する人を探し当てる話だ。

その翌日からナリーファは、昼の間はニルファールと共に過ごすようになった。

毎日どちらかの部屋を訪ね、庭や王宮内を散策しつつお喋りし、昼食も一緒に取る。

そして、ザルリス国の一行が訪れてから四日目の、よく晴れた午後。

「——ナリーファ様と過ごしていると、楽しいばかりではなく、心から安らげますわ。ナリーファ様のような方が私の姉上に一人でもいらしたら、どんなに幸せだったでしょう」

秋の花が盛りの本殿の庭を歩きながら、ニルファールがポツリと呟いた。少し悲し気な彼女は、それでも気丈に微笑む。

どこの後宮も女の戦場と言われる。ザルリス国の後宮でも、表面上こそ仲良くしているものの、寵姫や側妃達が王の寵愛を激しく競っているそうだ。

「勿体ないお言葉を……私こそ、ニルファール様と楽しく過ごせて毎日幸せですわ」

あまり気の利いた事が言えないのを歯痒く思いつつ、ナリーファはせめて自分の素直な気持ちを口にする。

ニルファールも母を早くに亡くしていた。父王には溺愛されているものの、腹違いの兄弟姉妹にはそれで嫉まれているそうだ。

その話は、パーリを経由してニルファールの腹心らしき侍女から聞いた。アイシャという二十代前半の泣き黒子が特徴的な侍女だ。

もっとも、アイシャは女主人の境遇を、ただ面白半分にパーリへ話したのではない。ニルファールがシャラフに輿入れを断られたのは、ナリーファが意地悪く妨害したせいなどという噂が広まっているけれど、女主人はそれを気にしていないと伝えるためだった。

内密に終わった輿入れ話が吹聴されたのも、ニルファールに恥をかかせたい異母兄弟の嫌がらせだろうし、ナリーファが意地悪をしたという噂も信じていない。だが、噂に対して直接の弁解も野暮だから、これも単に侍女の噂話という形で伝えてくれたのだ。

『……実のところ、バフムド陛下は愛娘をまだ国外へ嫁がせたくないと、輿入れを断られて安堵していたくらいですし、父王様の愛情にニルファール様も感激していました。今回の同行も純粋に見聞を広めたい故で、同じ内容をシャラフ陛下にもお聞かせするはずです』

アイシャがそう語っていたとパーリに聞かされ、ナリーファも心の底から安堵した。それで疑問もすっきり晴れ、こうしてニルファールと心置きなく楽しく過ごせているのだ。

今も連れ添って歩くナリーファとニルファールの、それぞれ斜め後ろにパーリとアイシャが付き従っている。

「ナリーファ様は本当にお優しいですわね。……それにしても、どこを拝見しても見事なお庭ですこと。この女神像も素晴らしいわ」

ニルファールが、庭を飾る雪花石膏の女神像に目をやり、しんみりした空気を吹き飛ばすように明るく笑う。

（辛い事も多いでしょうに、ニルファール様は強いお方ね）

ナリーファは感心しつつ相槌を打とうとしたが、不意にくいっと衣服の袖を引っ張られた気がして口を閉じた。

見ると、傍らにある茂みの陰からシャラフが手を伸ばし、ナリーファの袖を掴んでいる。もう片手の指を一本、自分の唇に当てて、静かにしろと合図しながら。

「～っ⁉」

あわや大声で叫びそうになったが、ナリーファは悲鳴を呑み込む。

「ナリーファ様？」

こちらを振り向きかけたニルファールに、涼やかな男性の声がかけられた。

「これはニルファール様、ご機嫌麗しゅうございますか？」

スィルだった。しかもどうした事か、いつも生真面目で硬い表情の彼が、秀麗な顔に蕩けそうな微笑を浮かべている。

「あら、貴方は確か……」

「直にお言葉を交わすのは初めてですね。シャラフ陛下の補佐役を務めております、スィルと申します。図々しくもお声をかけてしまった事をお許しくださいませ」

声音すら、どうしたのかと思うほどに甘く柔らかい。常の堅苦しい雰囲気と大違いなせいか、美男子など見慣れているであろうニルファールも視線を釘付けにされていた。スィルが、美辞麗句をちりばめた言葉でさらにニルファールとアイシャの注意を引いているうちに、ナリーファは素早く茂みの陰に引っ張り込まれてしまった。

しかも、それを見ていたパーリは、シャラフに協力をする気満々になったらしく、茂みの前にさりげなく立ち塞がり、ナリーファ達を隠す。

「陛下、これは一体……」

ナリーファが声を潜めて尋ねかけると、抱き竦められた。茂みの隙間は狭く、花の香りが濃く充満している中で有無を言わせずに唇を塞がれる。

だが、しっかりと重なった唇は、すぐに離れた。

「会議に向かう途中だったんだが、お前の姿が見えたからな。スィルに無理を言って協力してもらった」

名残惜しそうにナリーファの唇を指でなぞり、シャラフがニヤリと笑う。直後、真剣な表情になり眉根を寄せた彼は、ナリーファの耳元に口を寄せ、低く囁く。

「ニルファール王女と会う時は、僅かな時間でも自分の侍女から離れるな。絶対に、目の届く範囲がザルリス側の人間だけという状況は避けろ」

ナリーファに関して、シャラフはどうも過保護すぎる傾向がある。自由に外出するにしても、侍女を必ず伴えとは日頃から言われている事だ。

しかし、いつになく強い命令に、ナリーファは無言で頷いた。

「いいな、必ずだ」

重ねて念を押したシャラフは、ナリーファの頬に軽く口づけ、茂みの枝をそっと掴んであまり音が立たぬよう開いた。

パーリの背後からそろそろとナリーファが出てきたのに気づくと、スィルは「おみ足を止めまして失礼いたしました」と、優雅に腰を折ってニルファール達の前から去る。

恐らく、シャラフも茂みの裏伝いに離れたはず。

時間にすれば、僅か二、三分の事だった。茂みに背を向けていたニルファールとアイシャは、ナリーファが少しだけ姿を消したのにも気づかなかった様子だ。

「スィル卿とは本殿でたまにすれ違いますが、父に匹敵する酒豪でも、女性には堅そうだとばかり思っておりました。あのように楽しいお方だなどと意外でしたわ」

「え、ええ……私も意外でした……」

上機嫌で振り返ったニルファールに、ナリーファは顔が引き攣るのを必死に堪え、笑顔で答える。心臓は壊れそうに脈打っているし、冷や汗一杯だ。パーリも大袈裟なくらい満面の笑みで、うんうんと頷いていた。

「無理もありませんわ。堅物の学者とて、ニルファール様に夢中になってしまいクビにされた者が何人もいたではありませんか」

アイシャがにこやかに言うと、ニルファールはまんざらでもない様子で「そうね」と悠然と微笑む。

その、クビになった学者達をいささか気の毒に思わないでもないが、ニルファールのように美しく聡明な女性には、どんな男性も惹き付けられてしまうのだろう。

ナリーファは納得しながら、またニルファールと楽しく庭を歩き出した。

――その翌週の午後。

ナリーファはニルファールの客室にて、彼女に頼まれた書き物に集中していた。アイシャとパーリは壁際に静かに控えている。

「まぁ、やはり東の文字は綺麗ですこと」

書き上がった大きな紙を眺め、ニルファールが感嘆の声を上げて手を打ち合わせた。

何枚もの大判の紙は、縦二列に大きく分けられている。

左側には砂漠地帯で広く使われている公用語にて、色や物の名前などの単語から「おはようございます」といった日常挨拶に、少々難しい言葉まで様々なものをニルファールが記している。

右側にはナリーファが、東の大国で使われている文字で、同じ意味の言葉を書き込んだ。

つまりこの紙は、どちらかの文字が読めれば、もう片方の文字が読めなくとも、意味がわかる仕組みとなっていた。

ウルジュラーンやザルリスでは砂漠の公用語だけで不足ないが、東端のミラブジャリードでは、東の国の言語と砂漠の公用語が同等に使われている。読み書きのできない者でさえも、会話でなら二つの言語を自然に覚えるのだ。

「以前から東の文献に興味がございましたものの、東の文字に堪能な女性が見つからずに困っていたのです。教師がわたくしを無礼にも口説こうとする事が続いたので、男性教師をつけるのには辟易してしまいましたの。ナリーファ様、誠に感謝いたします」

艶やかに微笑んだニルファールは、本日は絶妙な濃淡をつけた薔薇色の衣類と、赤や紫の宝石をあしらった装身具で身を飾り、まるで薔薇の妖精の女王に見える。

身につけるものには拘るという彼女は、自国から大量の衣類や装身具を持参していた。

ここに来た時のように華やかな装いを、普段からしているそうだ。

侍女達には、ナリーファもせっかくだから毎日華やかな装いをしたらどうかと勧められたが、やはり落ち着かない。賓客と過ごすのに失礼のない程度にしている。

「ニルファール様には興味深いお話をたくさん聞かせていただいているのですもの。少しでもお役に立てれば光栄ですわ」

今日もニルファールは綺麗だと素直に思いながら、ナリーファは彼女に、手の平に乗るほどの大きさに厚手の紙を切ったカード束を渡す。そこには、大判の紙に記した束の国の文字を、頼まれた通り一枚に一つずつ記していた。

「ありがとうございます」

ニルファールは微笑んで、カードの一枚を手に取ると、同じ文字が記された大判の紙の隣に並べ、「これが、『今までお世話になりました』という意味ね」と呟いた。

そして彼女は、壁際に控えていた侍女のアイシャへ顔を向ける。

「そろそろお茶の時間ね。ここを片付けて支度をなさい」

「かしこまりました」

アイシャは折りたたんだ紙とカードの束を文机に片付ける。それから部屋の呼び紐を引くと、隣室に控えていたザルリスの侍女達が来て、飲み物や菓子を準備し始めた。

薔薇水に茶、ピスタチオを挟んだ蜂蜜漬けのパイ、クルミやアーモンドを砕いてまぜた砂糖菓子などが運ばれ、甘くて美味しそうな香りが漂う。

パーリはザルリスの侍女達の中にするりと溶け込んで、無駄なく動いている。侍女達が支度を終えて壁際に下がると、ニルファールがパーリへ視線を向けた。

「いつもお連れになっているあの侍女は、パーリという名でしたか？　若いのに気が利いて働き者のようですし、ナリーファ様は良い侍女をお持ちですわね」

「ありがとうございます。パーリは私がここに来た時からずっと尽くしてくれていまして、心より感謝しておりますわ」

パーリが称賛された事が嬉しく、ナリーファは笑顔で丁重に礼を述べた。

「まぁ、道理で信頼を置かれていらっしゃると思いました。ところで……」

ニルファールは茶を一口啜り、椀を置くと表情を改めた。

「このような事を申し上げるのは、わたくしがナリーファ様を実の姉よりもお慕いしている故と、ご理解いただきたいのです。どうか、お怒りにならずに聞いていただけます？」

「はい……何でしょうか？」

突然、深刻そのものの様子になった彼女に、ナリーファがたじろぎつつ頷くと、ニルファールは気まずそうに長い睫毛を伏せる。

「ナリーファ様は毎晩、シャラフ陛下へ空想の物語をお聞かせしているそうですが、それは考え直した方が宜しいのではないかと、とても気になっておりますの」

「……？」

思いがけない言葉に、ナリーファは目を瞬かせた。まさしく、鳩が豆鉄砲をぶつけられたような、間の抜けた顔になってしまったと思う。

一方でニルファールは、愁いを帯びて美貌がいっそう際立つ表情で、遠慮がちに話し出す。

「国王というものは権力の頂点であると同時に、大変な重圧と責務を担う立場ですわ。若くして王座につかれたシャラフ陛下でしたら尚の事、多くの見識を身につけ自分を高めるために、僅かな時間でも惜しいはず。口に出さなくとも、本当はナリーファ様に他の話題を求めているのではないでしょうか？」

「……」

彼女の言う事を今一つ理解できず、ナリーファは言葉もなく再び目を瞬かせた。

「女に学問など不要と断言する男は星の数ほどおりますが、シャラフ陛下はそのような考えの持ち主ではないと、父は申しておりました。以前にお会いした時、学ぶ意欲があれば女性にもその機会を与えるべきだという意見を聞き、感激したそうです」

熱弁するニルファールは、返答がないのを気にする様子はなく、熱心に喋り続ける。

「ナリーファ様は、あれほどの多くの物語を語れるお方ですもの。さぞ高名な教師に教りを施された教育を受けてきたのでしょうね。であれば、娯楽に過ぎないつくり話よりも、もっとシャラフ陛下のお役に立てる学識の話題を……」

そこまで言いかけ、ニルファールはナリーファの強張った表情を見て、慌てふためき椅子から腰を浮かせた。

「気分を害してしまい、申し訳ございません！　ナリーファ様の寝物語を楽しむ人は大勢いるそうですのに、まるで不要なもののように申し上げるなど浅慮でした。部外者の戯言とお忘れください」

「い、いいえ……気分を害してなどおりません」

急いで首を横に振り、ナリーファは訂正する。

万人が同じ価値観を持つはずもなく、ニルファールがナリーファの創作した物語をどう評価しようと自由だ。不用品と断言されても、少し悲しくこそあれ、憤る気はない。

それがつい、表情を強張らせてしまったのは理由がある。

シャラフは、ナリーファが部屋の外へ出るようになってから、昼間どんな風に過ごしたのか知りたがり、散歩をしたとか、調理場で菓子づくりを見学させてもらったなどと話すと、とても楽しそうに聞いてくれたものだ。

だが最近は、ニルファールと楽しく過ごしたと聞いても素っ気ない相槌を打つだけだった。それどころか不機嫌そうな雰囲気を感じる。

ナリーファが早々にその話題をやめて寝物語を始めると、そちらは以前と変わらず楽しそうに聞き入ってくれる。その後で抱かれるのも同じだ。

ニルファールと仲良くできていると知れば、シャラフは喜んでくれるかと思ったのに不思議だった。

昨日、回廊で偶然に会ったスィルへさりげなく尋ねたところ、ザルリス国との会談も至極順調だそうで、ますますシャラフの不機嫌な理由がわからなかった。だから、そのせいもあってつい妙な顔をしてしまったのだ。

それに――

「……恥ずかしながら、私は故国で満足な教育を受けませんでした。日頃は親しく話す相手もおらず、一人で物語を空想して楽しむようになったのです」

ナリーファは俯き、惨めな気分で白状した。

一応は王女の身なので、読み書きくらいは教えられたが、良家の娘なら当然習う琵琶や作法の教師はつけられなかった。

裁縫にしても自分で衣服の綻びを直すために、下働きに基礎を教えてもらったくらいだ。ここに来てから刺繍の本を見て練習を始めたけれど、まだ腕前は上出来といかない。

だから、普通の王女なら好きな相手に綺麗な刺繍を施したハンカチの一枚も贈れるだろうに、シャラフに自分の拙い刺繍など渡せず、物語を書き記して渡したのだ。

「まぁ、辛いお話をさせてしまいましたね」

ニルファールが口元に手を添え、痛ましげな表情になった。

「もはや過ぎた事です。それに、陛下は……」

ナリーファは言いながら、背筋を冷たいものが走るのを感じた。膝の上で知らずに手を握りしめる。

「陛下は……寛大なお方ですから、私には実のある話など無理だと、他の話が欲しくなっても我慢してくださっているだけかもしれません」

溜め息のような情けない小声で、ナリーファは重苦しい考えを吐き出した。

今しがたニルファールの意見を聞いて、ふと思い当たったのだ。

シャラフは毎晩、役にも立たない寝物語を求め、聞いてくれる。

だが最近では、本殿でザルリス国王と毎日会っているのだから、その愛娘ニルファールの賢さを聞く機会も多いはず。

聡明で向上心の強いニルファールに引き換え、消極的で寝物語しかないナリーファの無能さに、次第に苛立ちを覚えてきたとしても不思議ではない。

ナリーファがニルファールと過ごした話をするたびに苛立った様子を見せるのも、そう考えると納得できる。

シャラフは少年時代から戦上手だったそうだが、王位を目指した彼はただ武勇を誇るだけではなく市井の事柄なども熱心に学んだと、側近兄弟から聞いている。王座についた後も日々、政務の合間の勉強を怠らないそうだ。

ニルファールが言う通り、僅かな時間でも惜しいはず。

それでもシャラフは優しいから、相変わらずナリーファを許容し続けてくれているのかもしれないけれど……

俯いたナリーファの向かいで、ニルファールが気の毒そうに小さく息を吐く。だが、彼女は不意にニコリと微笑むと、ナリーファの両手を包み込むようにして握った。

「では、わたくしから聞いたと、我が国の鉱山事業や金属工芸について、シャラフ陛下にお話してはいかがでしょう」

「ニルファール様……？」

「ザルリスとウルジュラーンは交易も盛んですから、シャラフ陛下も我が国の産業には興味を示されると思いますの。さらに、わたくし達が仲良く過ごしている証ともなり、両国に良い絆ができたとお喜びになるはずですわ。ナリーファ様もそう思いますわよね？」

「は、はい」

両手を握りながら熱心に言われ、ナリーファはほぼ反射的に頷いていた。強い語気の言葉に、よく考えもせず従ってしまう癖は、いまだに抜け切っていない。

だが、ニルファールの申し出を心の中で反芻してみても、彼女の意見はもっともだ。何より、大好きなシャラフにこれ以上不愉快な思いをさせたくはなかった。

「陛下に今夜、ニルファール様に教えていただいた学識のお話をしましょうかと、お尋ねしてみますね」

そう答えると、ニルファールが上機嫌な笑みで頷く。

「そうなさってくださいませ。陛下がご了承なさってくだされば、滞在中はわたくしの知る事をできるだけお教えいたしますわ」

艶やかに微笑んだニルファールは、まるで女神のように神々しく見えた。

彼女に礼を言い、ナリーファはパーリと客室を後にする。

「――ナリーファ様……少しだけ、宜しいでしょうか？」

静かな後宮の中を歩いて部屋に戻る途中、唐突にパーリから話しかけられ、ナリーファは足を止めた。いつも明るい彼女は、妙に思いつめている風に見える。

「どうしたの？」

尋ねると、パーリは辺りに人がいないか見回し、ナリーファを見上げた。

「ニルファール様は親切で仰ったのでしょうが、学問でなければ何も役に立たないなど、私は思いません」

「パーリ……」

「私は陛下が即位なさってすぐ侍女見習いで奉公に上がり、後宮で様々な寵姫様のお世話の補佐をさせていただきましたが、陛下はどんなに利発と評判の寵姫様とも、建前で一晩同じ部屋に過ごすだけでした。陛下がまた会いたいと望まれたのは、ナリーファ様だけです」

「……あの頃の陛下は、よく眠れなかったそうなの。私が申し出てお話しした寝物語が、偶然に陛下が知っている懐かしいお話で、それで気に入ってくださっただけなのよ」

パーリに白状しながら、ナリーファは言いようのない息苦しさを味わった。

そうだ……きっかけは、本当にただの偶然だ。シャラフは弱り切っていたところで、たまたま懐かしい物語を聞き、その語り手だったナリーファを好ましく思ってくれたのだ……

「最初は偶然でも、陛下がそれからずっとナリーファ様と一緒に過ごすのをお望みになり、愛していらっしゃるのは事実です。不要か必要かは、陛下自身の行動が示しております」

話しているうちに感情が昂ってきたらしく、パーリは眉をどんどんきつく顰める。

「人生に潤いがまったく必要ないのなら、ニルファール様が宝石や金細工で身を飾るのも不用な行為ではないでしょうか。ナリーファ様の物語は、陛下にとってかけがえない潤いになっているはずです！」

「ありがとう……貴女がそう言ってくれるのは、本当に嬉しいわ」

悔し涙まで滲ませているパーリに、ナリーファは心から告げた。

「とにかく、この件は陛下にお伺いしようと思うの。貴女も言ったように、不要か必要かは、陛下自身がお決めになるわ」

「はい。差し出がましい事を口にして、申し訳ございませんでした」

頭を下げるパーリに、ナリーファは急いで首を横に振る。

「そんな事はないわ。パーリにはいつも気遣ってもらって感謝しているのよ」

パーリはナリーファを心配して、言い辛い内容も口にしてくれたのだ。そういう人がいるのは、本当に幸せだと思う。

「パーリ、ありがとう。貴女も、私のかけがえのない人よ」

ツンと鼻が痛くなるのを感じながら、ナリーファはもう一度、感謝を告げた。

――その晩。寝衣に上着を羽織(はお)ったナリーファは、寝室の窓から夜空に浮かぶ細い三日月を見上げていた。

時刻はそれなりに遅くなっていたが、シャラフはまだ来ない。ザルリス王が来て以来、特に宴席がない日でも、彼がここを訪れる時刻は以前より遅くなっていた。

ザルリス王との会談は一度では済まず、何日にもわたって行われる。関税や共同で計画している水路についてや、両国の旅人を襲う剽盗(ひょうとう)や害獣の対策など、議題は山ほどあるのだ。その上で通常の政務もこなさなくてはならないのだから、多忙は当然である。

月の光に照らされた夜空が、濃紺から漆黒(しっこく)へと微妙な美しい色合いをつくり出している。幻想的な美しさにナリーファが魅入(みい)っていると、背後で扉が力強く叩かれた。

ナリーファは思わず、ビクンと肩を跳ねさせて振り返る。すぐ迎えに出なくてはいけないのに、思っていた以上に緊張しているらしく、足がうまく動かない。掠(かす)れた声が喉(のど)から漏(も)れる。

「陛下……」

扉が開かれるのを、ただ立って見つめる自分は、酷くぎこちない笑みを浮かべていたてくる。

ようだ。シャラフはたちまち眉を顰め、大股で窓辺にいるナリーファのもとへ近づいてくる。

「浮かない様子だが、何か悪い事でもあったのか？」

「い、いいえ。そうではなく……」

消え入りそうな声で否定し、ナリーファはゴクリと唾を呑んだ。

「陛下が宜しければ、今夜からは寝物語ではなく……もっと役に立つ事柄をお話ししようかと……」

緊張しながらシャラフを見上げると、彼はキョトンと目を丸くした。

「役に立つ？　どういう意味だ？」

「実は……」

首を傾げた彼に、ナリーファは午後にニルファールから言われた事を話す。

「――そうか」

聞き終わると、シャラフは短く答えた。そして無言でナリーファの腕をとり、引きずるようにして寝台へ連れていく。

ナリーファを寝台に座らせ、自分はその向かいで胡坐をかいて座った彼が、腕組みをして険しい顔で睨みつけてきた。

「へ、陛下……あの……」

怒らせてしまったのだろうかと、ナリーファが身を竦ませ口籠もっていると、シャラフは息を吐いて片方の眉を上げた。

「どうした。ニルファール王女から教えてもらった事を聞かせてくれるのだろう？　学問の講義なら、寝転がって聞くわけにもいかんからな」

「は、はい！」

パーリは弁護してくれたが、やはりニルファールの意見が正しかったのかと、ナリーファは心の中で苦しい息を吐く。

もしもシャラフが物語の方を望むなら、彼はきっぱりとそう言っただろう。

しかし、自分でも考えていたはずだ。初めて会った時の彼は重度の不眠で、心身共に疲弊しきっていただけだったのだと……。弱った時に、少しばかり安らぎを求めるのは無理もない。

そして、今ではもうすっかり元気になったのだから、彼が娯楽に過ぎぬつくり話より、もっと価値のあるものを求めるようになるのは自然な事だ。

食事だって、胃が弱っている時には粥が最適でも、回復すれば肉や魚といった栄養のあるものを必要とするではないか。

ナリーファは内心で頷き、今夜はニルファールから先日教えてもらった、隣国の鉱山技師の資格試験について話し始めた。

5　指輪と信頼

一夜、また一夜と時は過ぎていく。

うだるような暑熱（しょねつ）もようやく薄れ、ウルジュラーンの王都は涼（すず）やかな秋を迎えていた。ザルリス王がこちらに来てから三週間余りが過ぎ、滞在も残すところ数日である。

「はぁ……」

薄い寝衣の上にガウンを羽織（はお）り、一人で寝所に入ったナリーファは、寝台脇の椅子に腰をかけて溜め息をついた。湯浴（ゆあ）みを終えたばかりの身体からは、仕上げに塗りこめたジャスミンの香がほのかに立ち昇る。

あの晩以来、ナリーファはすっぱりと自分のつくった物語を話すのをやめ、昼間にニルファールから教わった事柄をシャラフに話して聞かせるようになった。

シャラフもまた、ナリーファの膝を枕にしてのんびりと聞く事はなくなり、向かい合わせに難しい顔で座り、黙って聞く。

「勉強になるな」

終わると、素っ気なく一言だけ言う彼の様子は、特に嬉しそうにも見えなかったが、娯楽ではないのだから当然かもしれない。

とにかくシャラフは、そうした話をやめろとも寝物語に戻せとも言わないから、満足しているのだろうとナリーファは結論づけていた。

ニルファールはいっそう張りきって、熱心に難しい知識を教えてくれる。彼女の隣室に滞在しているバフムド陛下も、それを喜んでいるらしい。昨日の帰り際に偶然鉢合わせしたのだが、娘と仲良くしてくれて嬉しいと礼を言われた。

けれど……

周囲に誰もいないのを良い事に、ナリーファはもう一度、陰鬱な溜め息をついた。

ニルファールのおかげでシャラフに有意義な時間を提供する事ができるようになり、隣国の王も大喜び。ついでに無知だったナリーファも、ニルファールから様々な事を教わる事ができた。良い事尽くめだというのに、どこか気分が重苦しい。

以前なら、ニルファールに聞いた話をもとに、鉱山に隠れ住む小人の物語などを空想し、シャラフに聞かせていたかもしれない。

しかし、そうしたものを、シャラフはもはや求めていない。それだけの事なのに、どうしてこんなに気持ちが重くなるのだろう。

気怠い身体を椅子の背に預け、ナリーファは虚ろに天井を見上げる。

身体に残る疲労感は、この妙な気分のせいだけでもなかった。

毎晩、ニルファールから教わった話を語り終わると、シャラフはさっさとナリーファを押し倒して、執拗に激しく抱くようになった。時にはあの媚薬も使い、貪りつくすみたいに抱き潰し、明け方近くまで離してもらえない事もある。

とはいえ、激しく抱きはしても乱暴な扱いをするわけではない。何度も愛していると告げられ、離し難い宝物のように抱きしめられるのだ。

そのせいで朝は身体が辛かったりするが、ニルファールと毎日会う約束をしているので、のんびり過ごすわけにもいかない。

（陛下がご満足しているのなら、それで良いはずなのに……）

ナリーファは心の内で呟き、脳裏に砂色の毛皮の逞しい豹を思い描いた。

寝物語を語らなくなっても、眠れば今も毎晩、夢の中で舞姫の姿の母に会う。それから、シャラフの髪と同じ毛並みの色をした豹が来て、そっと寄り添ってくれるのだ。

その穏やかな夢だけは変わらず、ナリーファを安堵させた。

温かな夢の思い出に浸り、ぼんやりと天井を見上げていたら、不意に寝所の扉が叩かれた。

「はい！」

弾かれたようにナリーファが椅子から立ち上がると、シャラフが入ってくる。

「もうこんな時刻か」

彼は扉を閉め、棚に置かれたネジまき式の時計に視線を走らせた。

つられて時計に視線をやったナリーファは少々驚いてしまう。ぼんやりしていたので気づかなかったが、もう深夜近くになっている。

しかし、シャラフはいまだ政務用の長衣のままだった。

「思いのほか用事が長引いてしまってな……。今日は行かないと言伝するかどうか、何度か迷ったんだが……」

珍しく歯切れの悪い調子で言いながら、彼は気まずそうに目を泳がせた。シャラフは短い髪をガシガシと苛立たし気に掻いてから、ナリーファへ視線を戻す。

「どうしてもお前に会いたかった。すまん、無理をさせたな」

「っ……と、とんでもございません」

たちまち熱くなってきた頬を押さえるナリーファは、嬉しくて口元が緩むのを堪え切れなかった。

シャラフに求められている……それだけで陰鬱な気分が吹き飛び、歓喜が湧き上がってくる。

「ナリーファ……」

シャラフも顔を綻ばせ、柔らかな声音でナリーファを呼ぶ。

力強い腕が伸びてきて、彼に抱き寄せられた瞬間、独特の香気がナリーファの鼻孔をくすぐった。

――竜涎香の……ニルファールのつけている香りだった。

途端に幸せな気分が霧散し、心臓が凍り付きそうな感覚に襲われる。

「ニルファール様の……」

抱きしめられながら、思わず彼女の名を口にしていた。いつも綺麗な響きだと思っていたその名が、やけに苦く感じられる。

ナリーファは用事が長引いて遅くなったと言われたのを、ただ政務で遅くなったという意味に受け取っていた。でも、シャラフの用事とは、本殿にいたニルファールと会う事だったようだ。

まさか香が移るほど彼女を抱きしめたのかと、ナリーファは確かな嫉妬を覚えた。

無意識に発してしまった呟きは、酷くシャラフを怒らせてしまったらしい。

彼は唐突にナリーファを胸から引き剥がすと、胴を掴んだまま睨みつけ、怒りの籠もる唸りを上げた。

「黙れ」

「っ!!」

たった一言の、有無を言わさぬ鋭い声に、ナリーファは息を忘れる。

恐ろしさに全身が竦み、寝台へ押し倒されて貪るように唇を塞がれても、一切抵抗をしない。

正確には、できなかった。

燃えるような怒りを宿した双眸に気圧され、指一本満足に動かす事ができず、ただ震えていた。

しかし――

引き裂きそうな勢いでナリーファの寝衣へ手をかけたシャラフが、ふとその動きを止めた。

凄まじい怒りの気配はまだ引いていなかったが、蒼白になったナリーファから手を離し、顔を背けて苛立たし気に溜め息を吐く。

「……嫉妬だな」

殆ど聞こえないほどの小声で低く言ったかと思うと、彼はそのまま寝台を下り、振り返りもせず部屋を出ていった。

立ち去る彼の後ろ姿を呆然と眺めるという、以前にも覚えのある状況に気づき、ナリーファの口元に自嘲の笑みが浮ぶ。

だが、その歪んだ笑みはすぐに消え、後悔と涙が代わりに押し寄せてきた。

今度こそ自分は、シャラフを本当に怒らせた。彼が、寵愛を巡る女の嫉妬をどれだけ嫌っているか知りながら、それをやってしまったのだから……

――翌朝。目が覚めた時、ナリーファは寝台に一人きりで、胎児のように膝を抱えて横たわっていた。

(私……椅子にかけて陛下を待っていたはずなのに……いつの間に眠ってしまったのかしら?)

昨夜、陰鬱な気分のまま、寝所に一人きりでぼんやりと椅子に腰をかけていたのは覚えているが、記憶しているのはそこまでだ。

昨夜についてさらに思い出そうとした途端、ゾワリと背筋を冷たいものが走り、ナリーファは無意識に額へ手を当てる。

いつ床に入ったのかも覚えていない上に、何も夢を見なかったのだ。

この十数年間、こんな風に夢を見なかった晩は二回だけ。それはミラブジャリードにいた頃、暴行目当てで忍び込んできた男を撃退した時の二晩だった。

しかし、あの時は起きたら部屋中が酷い有様で周囲も大騒ぎだったのに、今は敷布は乱れも殆どなく、眠っている間に身じろぎ一つしなかったようだ。隣の部屋から、侍女達が動いているらしい微かな物音がするのみ。静かな朝だ。

ただ、瞼を開ける前になんとなく感じていた通り、いつも傍にいるはずのシャラフがいなかった。眠るナリーファを大人しくさせられるのは、彼だけだというのに……

重苦しい身体を引きずって起き上がり、ナリーファは昨夜の事を思い出そうとしてみたが、駄目だった。ポッカリと抜けている記憶は、どうしても呼び覚ませない。

代わりに、スィルから渡されたシャラフの日程表を思い出す。

シャラフは今日、夜明けに近い時刻からザルリス王と、王都から少し離れた荒野へ狩猟に行くはずだ。

狩猟は、弓矢や剣に鉾といった武術や馬術の鍛錬にもなり、上流階級の社交にも欠かせない。スィルとカルンも同行するそうで、天幕で一夜を明かし、ここには明日の日暮れに戻ると日程表に記されていた。

カーテンの隙間から朝日が僅かに覗いているので、とうにシャラフは出立したのだろう。

ずっと眠っていたはずなのに、ナリーファはなぜか、彼が早くにここを出ていったのではなく、昨夜よりいなかったのだと確信していた。

（でも……）

よくよく考えてみれば、この状態は何も驚く事ではない。

出立が早いのだから、昨夜も忙しかったシャラフが本殿の自室で眠り、わざわざ後宮の奥にあるここまで来ないのも当然だ。

それに、大抵の人は夢をはっきり覚えていない日の方が多いのだし、寝台で転げ回ったりもしないのだ。

（いつ寝台に入ったかも覚えていないなんて、きっと思ったよりも疲れが溜まっていたのね……）

まだすっきり明るい気分にはなれなかったが、そう結論づけたナリーファは、なんとか気を取り直して寝室を出た。

隣室では、侍女達が特に変わりない様子で朝の支度をしていた。

「おはようございます、ナリーファ様。陛下は予定通り、夜明けと同時に本殿を出立なさったそうです」

パーリに明るく挨拶(あいさつ)され、ナリーファは一瞬息を呑む。

やはり、昨夜シャラフは後宮に来なかったのだ。わかり切った事のはずなのに、なぜかいっそう胸の重苦しさが増した気がした。

殆(ほとん)ど食欲がなく、茶と少量の果物だけで朝食を済ませてから、ナリーファはパーリを連れてニルファールの部屋へ向かう。今日は彼女が、自国で名高い職人のつくった宝飾品を見せてくれる事になっているのだ。

「ナリーファ様」

しかし、後宮を出る寸前、唐突にパーリが足を止めた。彼女は辺りの回廊に人の気配がない事を素早く確認し、ナリーファを見上げる。

「どうしたの？」

「もし宜しければ、ニルファール様に本日はお伺いできないとお伝えしてまいりましょうか？　差し出がましいとは思いますが、最近どうもお疲れのようですし、陛下も今夜は戻られないのですから……あの……難しいお話を伺う必要も……」

パーリは気まずそうに語尾を濁(にご)す。

寝物語が不要だとニルファールに言われた日の帰り道、密かに異議を唱えてくれた彼女は、シャラフが学識の話を聞くのに反対しなかったと聞くと、気の毒なほどがっくりしていた。

その件に関して、パーリはそれきり何も言わなかったが、ナリーファが気を重くしているのを敏感に察知し、心配してくれたようだ。

「ありがとう。でも、大丈夫よ。ニルファール様も、私のためにわざわざお時間を割(さ)いてくださっているのだから……」

パーリの優しい気持ちを有難く思ったものの、ニルファールの気遣いを無下にするのも躊躇(ためら)われ、ナリーファは首を横に振った。

「さぁ、急ぎましょうか。ニルファール様が身につけている宝飾品はどれも素晴らしいから、実は昨日から拝見できるのを楽しみにしているのよ」

これ以上、パーリに心配をかけまいと、ナリーファはニコリと微笑んで歩みを速めた。

「――こちらが、我が国の歴史上、最も腕が良いと言われた細工師の品です」

ニルファールが精巧な金細工の指輪を一つ取り、ナリーファへ手渡す。

広いテーブルに敷かれた白絹の上には、彼女が持参した数十個もの宝飾品が載り、まばゆいばかりの輝きを放っていた。指輪に腕輪や足輪、首飾りに髪飾りもある。

「綺麗……」

ナリーファは感嘆を籠めて平凡な一言を呟いた。あまりの美しさに小手先の賛美などする余裕は消え、ただ率直な感想のみが残ってしまったのだ。

小さな指輪には、蔓唐草や蓮華、象に仙女などが、信じがたい細かさで彫られている。それも、一つ一つの細工が美しいだけでなく、全体が見事なバランスを保って繋がれていた。視線が吸い寄せられ、いつまでも魅入ってしまいそうな雰囲気がある。

名残惜しかったが、繊細な細工にうっかり傷でもつけてしまわないか心配になり、ナリーファは急いでニルファールへ指輪を返す。

「あまりに綺麗で、私のような小心者は手にしているのが怖くなるほどです」

苦笑しつつニルファールへ正直に告げると、彼女は優雅に微笑んだ。

「無理もございませんわ。これはその美しさから『天上の指輪』と言われる、ザルリス王家秘蔵の品ですもの。わたくしの誕生祝いにと、父が特別に贈ってくれましたのよ」

指輪をテーブルの一角に置き、ニルファールが誇らしげな口調で言った。

そして今度は、別の金細工の指輪を取り上げる。

「先ほどの指輪をつくった職人は、残念ながら既に故人ですが、その工房で技術を引き継いだ弟子達もなかなかの腕前ですわ」

宝飾品には、金だけを使った品もあれば、翡翠(ひすい)に紅玉(こうぎょく)、柘榴石(ざくろいし)、べっ甲などを使用したものもあった。

ある程度大きな国ならば、見どころのある各種の工房を支援し、職人の育成に力を入れている。勿論(もちろん)、慈善や親切心による理由ではない。支援する事により、産業の活性と発展を促(うなが)せれば、自国の利益になるからだ。

多数の宝飾品について、ニルファールはどこの工房の作か全て覚えているようだ。一つ一つ手にとっては、「この工房の職人は、輸入宝石と組み合わせた細工が得意なので、交易商人に支援されておりますの」などと、話してくれた。

良い弟子の育成に材料の確保から、仕入れ先との駆け引きまで、一つの宝飾品ができ上がるまでには様々な人や仕事が関わっている。

すっかり感服したナリーファは、テーブルの上で輝く宝飾品達を眺め、改めて宝飾品に関わった人々への敬意を抱いた。……ついでに、宝飾品工房や材料を運ぶ隊商の物語も楽しく空想したけれど、それは自分の胸の内だけにしまい込む。

昼近くになって話も一段落したところで、五人いるニルファールの侍女達が、慎重な手つきで宝飾品を箱にしまい始める。

パーリもお茶の用意などなら、すぐ彼女達に混じって手伝うものの、何しろこれはニルファールの高価な私物である。手伝って良いのか迷っていたようだが、アイシャに促されて一緒に片付け始めた。

宝飾品は全て収めるべき小箱が決まっており、侍女達はてきぱきと高価な品を収めていく。そんな中、アイシャが空の小箱を手に切羽詰まった声を上げた。

「ニルファール様！　天上の指輪がございません！」

ザワリと、室内の全員が息を呑む気配がした。

ナリーファとパーリ、ニルファールと彼女の侍女五人全員の目がテーブルに集中するが、敷かれた絹の上には一つの宝飾品も残っていない。

「他の箱に入れ間違えたのではなくて？　よく確かめなさい」

ニルファールに言われ、侍女達が慌ててテーブルの上で宝飾品の箱を全て開け直したけれど、あの美しい指輪はどこにも紛れていなかった。

テーブルの下に落ちたのかもと、侍女達は這いずるようにして絨毯の上を探ったが、一向に見つからず、緊迫した嫌な空気が膨らんでいくばかりだ。

「この部屋にあるはずなのだから、必ず見つけなさい！　うっかり失くしたでは済まない品なのよ！」

常に落ち着き払って優雅なニルファールが、珍しく侍女達に声を荒らげた。しかし、王家秘蔵の指輪で、しかも敬愛する父に貰った大切な品とあれば焦るのも無理はないだろう。

（どこにいったのかしら……？）

ナリーファもテーブルの下をそっと覗いたり、自分の膝上を確認してみるものの、何も発見できなかった。最後に見た時を思い出してみようともしたが、あれだけ多数の宝飾品がテーブルに並べられていたのだ。幾らあの指輪が群を抜いて美しかろうと、テーブルから消えた事にすぐには気づけないだろう。

ニルファールは室内を探し回っている侍女達を苛々と睨んでいたが、やがて深い溜め息をついた。

「いつまでも無駄に床を這いずっているわけにはいかないでしょう。貴女達、二人組になって互いに身体検査をなさい」

盗みを疑うような言葉に、ナリーファは思わず目を見開いた。

侍女達もぎょっとして互いに顔を見合わせていたが、アイシャだけは冷静な表情を崩さず、粛々とニルファールへ一礼する。

「かしこまりました」

彼女はパーリに近づき、その肩を軽く叩く。

「パーリさんは私と組みましょう。皆も、何をぼうっとしているの？　やましいところがないのなら、この場で身の潔白を明かした方が私達のためだと、ニルファール様はご配慮してくださっているのに」

「そうよ。早くなさい」

ニルファールに促され、侍女達がほっとした表情になる。ナリーファも安堵した。いつになく険しい彼女の様子にヒヤリとさせられたけれど、無闇に疑いをかけたのではなかったのだ。

このまま指輪が見つからなければ大変な騒ぎになる。この部屋にいた者が後々の厄介な嫌疑を避けるためにも、隠し持っていない事を証明しておいた方が良い。

ナリーファも調べるようにとは、流石にニルファールも言い辛いだろうから、後で自分から申し出なくてはと胸中で頷く。

「ではアイシャさん、まず私からお願いしても宜しいですか？」

パーリが笑みを浮かべ、アイシャに頼んだ。その明るい声音に、緊迫した雰囲気が随分と軽くなる。

他の侍女達もパーリにならうようにこやかに声をかけ合い、二人ずつ互いのポケットや結んだ髪の中などを調べ始めた。

ニルファールの侍女達が身につけているのは、この王宮のお仕着せとは違うものである。だが薄手のブラウスに上着を羽織り、踝丈のスカートになめし革の靴を合わせるのはほぼ同様であり、細部や柄が違うだけで基本的には同じだ。

ニルファールは自分が命じた事であるから、じっと侍女達を見つめていたが、ナリーファはあまりそちらの方を見なかった。王女から信頼を受けている侍女達や、ましてパーリが盗みをするはずもない。不要に疑り深い眼差しを向けるのは失礼だ。

それよりも、この部屋の絨毯は鮮やかな黄色とオレンジ色を基調にしたものなので、この色合いでは金の指輪が落ちていても見つかりにくいのではと気になった。

熱心に絨毯を眺めていたら、不意に鋭い声が上がった。

「パーリさんだったのね！」

「っ⁉」

ナリーファが絨毯から顔を上げると、アイシャが険しくパーリを睨みつけている。その指に摘まれた美しい黄金の指輪が、室内に差し込む陽光を受けて燦然と輝いていた。

ニルファールや他の侍女達からも一斉に視線を向けられる中で、パーリはポカンとした表情で立ち尽くしている。

しばしアイシャの持つ指輪を見つめていた彼女は、ゆっくりと首を動かして皆を見回したところで、ようやく現状が呑み込めたらしい。見る見るうちに青褪め、唇が戦慄き出す。

「え？　え……？　なんで……？　知らない……私、知りません……」

震える声でパーリが呟いた次の瞬間、乾いた音が鳴り響いた。アイシャがパーリの頬を、平手で打ったのだ。

「嘘を言わないで！　知らないのなら、なぜニルファール様の指輪が貴女のポケットに入っていたのか、説明なさいよ！　貴女が盗んだからでしょう！」

「盗んでなんか……ほ、本当に、知らないんです……入れた覚えなど……」

打たれた頬を押さえて震え声で訴えるパーリを、アイシャがいっそう険しく睨みつけた。

「まだとぼける気なの⁉」

アイシャが再び手を振り上げたのを見て、ナリーファはとっさに椅子を蹴って立ち上がる。

「やめて！」

無我夢中で叫び、アイシャの腕に縋りつく。

「お、お願い、やめて……お願い……パーリは、盗みなど……」

「ナリーファ様、ですが……」

「お黙り、アイシャ」

凛とした声音に振り向けば、ニルファールが椅子から立ち上がり、冷たい視線をこちらに向けている。アイシャを睨みつける彼女は、冷え冷えとした声を発した。

「分を弁えなさい。一介の侍女に過ぎぬお前が、他国の侍女を勝手に罰した上に、ウルジュラーン正妃たるナリーファ様へ口答えなど、無礼にもほどがあります」

「も、申し訳ございません……」

ビクリと肩を跳ねさせたアイシャは、パーリと同じくらい青褪めていた。

「お前には後で鞭打ち百回の罰を与えます。すぐに部屋を出て謹慎なさい」

淡々と言い放つニルファールへ、アイシャは黙って頭を下げる。それからナリーファへも深々とお辞儀をすると、指輪を己の主人へ差し出して部屋を出ていった。

扉が閉まると同時に、ニルファールが深い息を吐いてナリーファへ視線を向けた。一歩、二歩と優雅に近づいてきた彼女は、ナリーファのすぐ向かいで足を止める。

「ナリーファ様。わたくしの侍女の無礼を、心よりお詫び申し上げます」

彼女は丁重に頭を下げたが、その声も表情も冷ややかだ。

「い、いえ……それよりも、パーリは……」

小さく首を横に振り、パーリが盗みなど何かの間違いだと訴えかけると、ニルファールの視線がさらに温度を下げた。

つい先刻まで仲良く話していた彼女が、まるで別人のように恐ろしく見え、恐怖がナリーファの喉を締め上げて声を詰まらせる。苦い唾が湧き、背中を冷や汗が伝い落ちた。

「ええ。パーリは、ナリーファ様の侍女でございますから、アイシャが勝手に手を上げるなど、とんでもございませんわ。そして、指輪を盗まれたのはわたくしですもの」

ニルファールの口元が優雅な弧を描いた。欠片も笑っていない視線が、ひたとナリーファに向けられる。

「ですから、わたくしがお願い申し上げますわ。どうぞ、盗人に相応しくその女の両手を切り落として王宮を追い払うよう、ナリーファ様が兵に命じてくださいませ」

「そんな……っ！」

ナリーファは悲鳴じみた声を張り上げた。

盗人の片手、もしくは両手を切り落とすという残忍な処罰は、この近隣諸国に昔から伝わっている。小さなパン一つのために両手を切られた者さえいたらしい。

だが、最近ではよほどの罪を犯さなければ、そのような処罰はされないはずだ。まして、自分がそんな事を命じるなど、想像もしたくない。

パーリはすっかり血の気が引いた顔でガタガタと震え、残っていたニルファール付き侍女達は黙ったままおろおろと顔を見合わせている。

「天上の指輪の価値を考えれば、本来は死罪が妥当ですわ。ですが、お優しいナリーファ様にそこまで命じさせるのも酷かと、せっかく妥協しましたのに……ご不満ですの？」

ニルファールの最後の一言は、鋭い響きがあった。

別人のように豹変したニルファールが怖い。怖くて苦しい。

息苦しさに、ナリーファは大きく胸を喘がせる。声も出せずに口を開け閉めしていると、ニルファールが苛立たし気に眉を顰めた。

「わたくしは、親愛なるナリーファ様だからこそ秘蔵の指輪をお見せしましたのに、ナリーファ様は、この指輪が大した品ではないとお考えなのでしょうか」

「そ、そのような、事は……」

「でしたら、盗人には相応の処罰を下すべきです。わたくしは先ほど、アイシャの主人として責任を果たすべく罰を申し渡し、貴女様へ無礼を謝罪いたしました。ナリーファ様も、不始末を犯した侍女の主人たる責任を果たしてくださいませ」

「っ……！」

残酷とはいえ、ニルファールの言い分は筋が通っている。さらに、彼女の有無を言わせぬ強い口調がナリーファを萎縮させた。

怖くてたまらない。何も考えず従ってしまえば楽になると脳裏で囁く声を、ナリーファは必死で押し込めた。

意気地のない自分は、真っ向から立ち向かって大怪我をさせられるのが怖くて、いつも強い相手には無条件に服従する事を選んできた。

でも、ここで言いなりになれば、残虐な罰を受けるのはナリーファでなくパーリだ。パーリが盗みなどするはずはない。そして、信頼という甘い感情だけではなく、ナリーファは受け入れがたい強烈な違和感を覚えていた。

「ば……罰を命じる必要は、ありません。パーリは、盗んでいないと申しております……」

引き攣った声を絞り出すと、ニルファールの眉がピクリと跳ねた。

「お優しい事ですわね。ですが、口ではなんとでも言えますわ。盗んでいないのでしたら、彼女は指輪をどうして隠し持っていたのでしょう？」

せせら笑うニルファールの声に身を竦ませながら、ナリーファは恐怖に麻痺しかける頭を懸命に働かせる。

先ほどから引っかかっている違和感の正体を必死に考え……不意に、気がついた。

物語には心の美しい登場人物ばかりではなく、悪者が多く登場する。常日頃から人を

騙し盗む者や、普段は真面目なのに出来心で罪を犯す者もいる。

ナリーファは物語の盗人役に、先ほどのパーリのような行動は決してさせない。

「……どうしてパーリのポケットに指輪が入っていたかはわかりかねます。片付けの際に滑り落ちてしまったのかもしれません。見ていない以上、私はそれを断言できませんが、他の理由から、彼女が盗んだにしては不自然だと判断いたしました」

今にも声が萎みそうになるのを、物語の一場面――無実の罪を着せられた娘を弁護するつもりになって懸命に堪えた。

気弱な自分自身ではおどおどしてろくに言い返せないが、物語のセリフを語るなら、傲慢な王にも雄弁な弁護人にも自在になれる。

「もしパーリが指輪を盗んだなら、身体検査を命じられた時点で慌てふためき、何としても隠そうとするのではないでしょうか。それなのに、彼女は一番初めに自分を調べてもらうよう頼みさえしたのです。そして、指輪はたちまち発見されました」

身体検査の時の様子をはっきり思い出したのか、侍女達が息を呑む気配がした。

「見つけられてから盗んでいないと言い張ったところで、嘘だと糾弾されるのは明らかです。ですから私は、パーリが指輪を盗んで嘘をついているとは、どうしても思えません！」

最後まで言い切ると、室内に恐ろしいほどの静寂が満ちた。

侍女達が固唾を呑んで見守る中、ニルファールが険しい表情のまま、ナリーファとパーリを交互に睨む。

「それでは明日、シャラフ陛下が狩猟から戻られましたら、わたくしはこの件を父に訴える事にいたします。ナリーファ様が盗人の肩を持ち、言い訳を並べて罰しようとしないのは、同じ罪を犯したに等しいはず。そうシャラフ陛下へ正式に抗議いたしますわ」

唐突にシャラフの名を出され、ナリーファは心臓が止まりそうなほどの衝撃を受けた。

大きく目を見開くと、ニルファールが丁寧に紅を塗った唇を吊り上げる。

「勿論、ナリーファ様が今すぐに思い直し、盗人に適切な処罰を下してくださるというのであれば、わたくしもそのような事はいたしません。どうなさいます？」

冷淡な問いに、ナリーファは唇を噛んだ。

シャラフならば、よく訴えを聞きもしないでパーリを処罰する事は決してないと信じているが、盗人同然と悪し様に訴えられるのは辛い。

それでも、自分が嫌な思いを避けたいがために、パーリを生贄にして残酷な処罰を命じるなど、到底できなかった。

「私はやはり、パーリを盗人とは思えませんので、ニルファール様のお気の済むように訴えてくださいませ。その上で、陛下のご判断を仰(あお)ぎます」

ナリーファがニルファールへ頭を下げて言うと、パーリが一歩進み出る。

「お、お願いです、ニルファール様……私は盗みなどしておりません。それは本当です。ですが、陛下に訴えるのは私だけになさってください。ナリーファ様は何も……」

泣きながら訴えるパーリと、青褪(あおざ)めているナリーファを、ニルファールは冷ややかな目で見下ろしていたが、ふっと息を吐いた。

「そこまでおっしゃるのでしたら、もう宜しいですわ。指輪も見つかったのですし、今日の事はナリーファ様のお顔を立てて不問にいたします」

「ニルファール様……？」

ナリーファが唖然(あぜん)としていると、ニルファールは自分の侍女達へ視線を向ける。

「貴女(あなた)達、呼ぶまで外へ出なさい。ナリーファ様とパーリへ、少し落ち着いてお話をしたいの」

「かしこまりました！」

四人の侍女達は、緊張から解放された面持(おもも)ちで急ぎ部屋を出る。

扉が閉まってすぐ、ニルファールが表情を和(やわ)らげた。

「ナリーファ様、不愉快な思いをさせてしまい、大変申し訳ございませんでした」

先ほどとは打って変わった優しい声音と言葉に、ナリーファは耳を疑う。パーリも呆然としていると、ニルファールが沈痛な面持ちで眉を下げる。

「アイシャはわたくしへの忠義が深いあまり、頭に血が上って盗みと断言してしまったのでしょう。ですが、本当はわたくしもナリーファ様と同じく、故意に盗んだにしては少々不自然だと思いましたの」

ニルファールは溜め息交じりに言い、パーリへ向き直った。そしてビクリと肩を震わせたパーリへ、自分の美しいハンカチを差し出す

「貴女にも怖い思いをさせましたね。さぁ、これは差し上げますから、涙をお拭きになって」

「い、いえ……とんでもございません。このように高価な……」

絹の刺繍入りハンカチとニルファールを交互に見つめ、パーリは戸惑っていたが、ハンカチを手に握らされ、おずおずと泣き濡れた顔を拭う。

呆気に取られているナリーファ達へ、ニルファールは頬に片手を当て悲しそうに顔を曇らせた。

「ご理解くださいませ。幾ら不自然な状況とはいえ、パーリのポケットから指輪が発見された以上、他の侍女達の手前では、あのように厳しい態度でけじめをつけるしかなかっ

たのです」

「けじめ……？」

ナリーファが呟くと、ニルファールは「ええ」と神妙に頷く。

「あれをただの偶然で片付け、あっさりと許してしまえば、侍女達はわたくしを甘い主人と侮りますわ。魔が差して、本当に盗みを働く者が出るかもしれません」

ふとニルファールが、愁いを込めた表情で目を伏せた。

「それに、ザルリスの後宮にて、わたくしは父に贔屓されていると酷く嫉まれております。血の半分繋がった兄弟姉妹にさえ気を許せません。わたくしを侮るようになった侍女達は、そうした相手へ即座に媚びを売り、わたくしを裏切るでしょう。ナリーファ様も後宮にお生まれならご存じでしょうが、後宮の使用人達は強い主人へすぐになびきます」

「……ええ」

控えめに、ナリーファは頷いた。

この国の後宮にいるのは現在ナリーファのみで、侍女達も皆仲良くやっており、争い事などとは無縁だが、普通はそうでないとも知っている。

多くの女性が王の寵愛を競いながら暮らす後宮の在り様は、故国のミラブジャリードで見ていた。数いる側妃や寵姫に仕えていた使用人達は、時おり自分の主人を裏切って他の妃からの嫌がらせに手を貸したりもしていたのだ。ナリーファを、仕える価値のない王女だと蔑み嘲る侍女や下働きもいた。

寵愛を競い合う女主人達に仕えている使用人達は、やはり心が荒んでいくのだろうかと悲しく思ったものだ。

「で、では……本気でパーリの処罰を願ったのではないのですね……？」

そう尋ねると、ニルファールはニコリと微笑んだ。

「勿論ですわ。ナリーファ様でしたらきっとご自分の侍女を庇ってくださると信じておりました。それに、万が一にナリーファ様が厳しい処罰を命じられても、わたくしが後ほど温情をかけるという形でとりなすつもりでしたの」

「そうでしたか……」

ほっと息を吐いたナリーファへ、ニルファールが少々気まずそうな顔を向ける。

「ええ……ただ、アイシャがパーリに暴力を振るいナリーファ様にも無礼を働いたのは事実ですが、わたくしへの忠義から犯した過ちですわ。どうか彼女に温情をかけ、鞭打ちではなく厳重注意に下げてあげても宜しいでしょうか？」

心苦しいと言わんばかりの様子で尋ねられ、ナリーファはすぐさま頷いた。

「ぜひ、そうなさってください！」

パーリに弁解もさせず糾弾したアイシャの行為は確かに酷いが、一度の平手打ちの代償が鞭打ち百回ではやりすぎだ。

パーリもやはりアイシャを恨む気はないらしく、コクコクと頷いてくれている。

「ありがとうございます」

ニルファールが晴れやかな笑みを浮かべ、両手を軽く打ち鳴らした。

「これですっきりしました。明日は心置きなく、市井へのお忍びを楽しめますわね」

「……明日？」

当然のように言われ、ナリーファは思わず目を瞬かせた。

ニルファールは自国でもよく護衛をつれて市街地へのお忍びを楽しんでいたそうで、こちらでも帰国前に一度くらいお忍びをしたいと、父に頼んでいるところだと先日言っていた。

しかし、明日のお忍びなど初耳だ。

戸惑っていると、ニルファールが首を傾げる。

「ええ。シャラフ陛下が父に、自分達ものびのびと狩猟を楽しむのだから、わたくしとナリーファ様も少し羽根を伸ばしても良いのではと、とりなしてくださいましたの。昨夜、シャラフ陛下はナリーファ様にお話しすると仰っていましたが、お聞きになっていませんか？」

「いえ……まだお聞きしていなくて……」

シャラフはナリーファ以外には、自分の留守中に部屋を一歩も出るなとまで命じた事はなかったのだとか。

婚礼記念日の襲撃といい、シャラフには今も敵が少なくない。だから側近兄弟は、ナリーファをたびたび軟禁状態にする事をやりすぎだと思いつつ、シャラフが心配する気持ちもわかる故に言うのを躊躇っていた。だが、ナリーファが正妃になった理由を誤解していたと知り、我慢の限界にきたそうだ。

『俺が過保護に囲いすぎたあげく肝心な事をろくに説明しなかったせいで、ナリーファはいもしない寵姫に遠慮し続けていたんだと、兄弟二人がかりで責められた。事実だから仕方ないがな』と、以前、シャラフは気まずそうに言っていた。

今では彼の留守中でも、気をつければ自由に外出して良い事になっている。

けれど、当のシャラフから何も聞いていない上に、留守中に王宮外にまで出るのは流石に良い顔をしないと思っていたので意外だった。

「あら。では、うっかりお伝えしそびれてしまったのかもしれませんわね。昨夜シャラフ陛下とそのお話をしましたのは、随分と遅い時刻でしたから……」

ニルファールが微笑み、窓の外の空をうっとりと眺めるみたいに、優雅な仕草で上体を動かす。薄い上着が翻り、すぐ傍にいたナリーファの鼻孔を、竜涎香の香りがくすぐった。

（あ……）

その瞬間、ナリーファは雷にでも打たれたような衝撃に全身を貫かれ、声も出せず硬直した。

（違う……私は、昨日……陛下に……）

ポッカリと空虚になっていた昨夜の記憶が、まざまざと脳裏に蘇る。

昨夜、シャラフと会っていた事を、はっきりと思い出した。

――『どうしても会いたかった』と言われ、幸せな気分で抱きしめられた後、彼の衣服から微かに漂ってきた竜涎香の香りも、その後にどうなったかも……

あれは真夜中の、ほんの僅かな間の出来事だった。だから、既に休んでいた侍女達は、シャラフが昨夜は来なかったと思っていたのだ。

「ナリーファ様、ご気分でも悪いのですか？　それとも先ほどの騒ぎの後では、わたくしとの外出など気乗りいたしませんでしょうか？　無理もございませんが……」

無意識に震えていたナリーファの両肩へ、ニルファールがそっと触れる。不安そうに眉を下げる彼女に、ナリーファはぎこちない笑顔を向けた。

「い、いいえ。陛下の留守中に、お忍びの許可をいただけるなど驚いてしまって……ニルファール様とのお出かけは初めてですから、楽しみですわ」

すると、途端にニルファールが満面の笑みになる。

「嬉しい！　やはりナリーファ様はお優しい方ですわね。シャラフ陛下も毎晩、わたくしの部屋を訪れるたびに、ナリーファ様と仲良くしている事を喜んでくださいましたの」

「陛下が、そう仰(おっしゃ)っていましたか……」

ナリーファは呟く自分の声が、やけに淡々として感情の籠(こ)もっていないものに感じた。

最近、シャラフが遅かったのは政務や会談だけが原因ではなく、ニルファールと毎晩会っていたためだったのだと知り、頭を鈍器で殴られたような衝撃を受けていた。

「ええ！　それにシャラフ陛下は、わたくしの輿入(こしい)れ話を絵姿も見ないまま一度は断ったものの、実際にわたくしと会って、考え直してくださったそうです」

華やいだ声を上げたニルファールが、口元に手を添えて楽し気に笑う。

「考え、直す……？」

聞き慣れない異国の言語みたいに響いた言葉を、ナリーファはたどたどしく繰り返した。

「そうですわ！　ナリーファ様がわたくしと毎日楽しそうに過ごしているから、第二夫人にしても後宮で争う心配がないと安心したそうですの。話を聞いた父も、わたくしを手放しがたく思っていたものの、いっそうご立派になったシャラフ陛下へ嫁ぐのならと、大喜びしておりますわ」

微かに頬を染めたニルファールの笑顔は、艶やかな花を思わせる、誰しもが魅了されそうになる綺麗な笑顔だった。

その笑みを前に、ナリーファは自己嫌悪と絶望に目の前が黒く塗り潰された気がした。

昨夜、苛立たし気にナリーファから顔を背け『……嫉妬だな』と呟いたシャラフの声が、耳の奥に何度もこだまする。

そもそも、後宮にナリーファ一人しかいないという、今の状態の方が異様なのだ。

自分自身でさえ、かつては、シャラフには他に寵姫が大勢いると思い込んでいたではないか。

それなのに、今ではすっかり貪欲になっていた。

ニルファールのような美姫になら誰でも惹かれると理解しつつ、それでも自分だけがシャラフに愛されて当然と思っていたのだ。

ただの賓客なら、夜分に部屋を訪ねるなどありえない。正式に後宮入りをしていなくとも、既にシャラフは彼女を側妃として扱っているという事だ。

それでも、シャラフは毎晩ナリーファのもとにも来て、愛していると言い、大切にしてくれていた。

（なのに、私は……）

昨夜、シャラフが去った後の事を思い出し、ナリーファは俯いて唇を噛む。

昨夜の自分は、シャラフがニルファールの香りをつけていただけで嫉妬をするような女だと呆れられたのかと、恥ずかしくて居た堪れなかった。

どんなに辛い時にも、空想の物語を思い描けば辛さを忘れられたのに、昨夜は駄目だった。幸せな男女を思い浮かべても、それはシャラフとニルファールの姿になってしまい、自分は醜い心根の貪欲な怪物に思える。

もう何も考えたくないと泣いているうちに、いつの間に寝入ってしまっていた。

そして起きた時には、なぜか昨夜の事をすっかり忘れていたのだ。

まるで、臆病な自分を傷つけまいとするように……

「ああ、ナリーファ様とお出かけなんて、楽しみでたまりません！　護衛はわたくしが連れてきておりますし、目立たない馬車もご用意しています。あちこち見て回りましょうね！　シャラフ陛下にも父にも、きっと楽しい報告ができますわ」

艶やかな笑みで告げるニルファールに、ナリーファは黙って頷くしかなかった。

自分よりずっと小さな国の王女で、しかも王子を産んだわけでもないナリーファが正妃なのを、ニルファールの立場なら面白く思わなくても当然だ。だというのに、彼女は嫉妬や憤慨する素振りなど微塵も見せない。心の広い女性だ。

（陛下がニルファール様に惹かれるのも当然だわ……）

馬車から降りてきた、輝くばかりに美しい隣国の王女を見て、王宮の人々が息を呑んだ日の事を思い出す。

あの時、実際にシャラフが彼女に会っていたら縁談を断らなかったのではと、自分だって考えてしまったではないか。

なんにせよ、後宮の権限は王にある。シャラフが決めた事なら、そこに住む自分は従うだけだ。

重苦しい心にそう言い聞かせ、ナリーファはニルファールと明日の昼過ぎに出かける約束を交わし、彼女の部屋を後にした。

長い回廊を歩いて静かな後宮の区間に入ると、パーリが唐突に足を止め、深々と頭を下げた。

「ナリーファ様。私を信じてくださって、ありがとうございます」

俯いたまま、パーリは細い肩を震わせる。

「あの指輪がいつポケットに入っていたのか、まるで気がつかなくて……大変なご迷惑をおかけいたしました」

掠れた声に、また彼女の目に涙が滲んでいるのだろうと、顔が見えなくても容易にわかった。

「パーリこそ大変だったわね。ただニルファール様も仕方なくなさった事で、私がどう答えようと、とりなしてくださるつもりだったのだから……」

宥めるとパーリは小さく鼻を啜り、先ほどニルファールに貰ったハンカチで顔をごしごしと拭いた。皺だらけになってしまった絹のハンカチに視線を落としたまま、彼女はポツリと呟く。

「でも……私は、ナリーファ様に信じてもらえなければ、きっと……」

その先をパーリは口にせず、ナリーファも聞かなかったが、彼女が何を言いたかったのか想像はついた。

もしも今日、ナリーファが保身に走りパーリに厳しい処分をすると言っても、彼女は後でニルファールに許されて無傷で済んだだろうけれど……

今までパーリは、心を込めてナリーファに尽くしてきてくれた。それなのに、ナリーファから保身のためにあっさり見捨てられ盗人扱いされたら、たとえ身体に傷を負わなくとも、彼女の心には深い傷が刻まれたに違いない。

ニルファールはそこまで考えが回らなかったのだろうか。あるいは同じように後宮育ちの王女でも、隅っこで息を潜めていたナリーファと、皆に嫉まれながらも強く生きているニルファールでは、ものの受け止め方がまったく違うのだろうか……

考えても、結論は出なかった。

「今日はパーリも、もうゆっくり休んだ方が良いわ。部屋に戻りましょう」

促すと、パーリは黙りこくったまま、大人しくナリーファの後をついてくる。

側妃も寵姫もいない後宮は静かで、二人の足音が響くだけだ。

磨き抜かれた大理石の床を歩き、後宮の最奥にある部屋に戻ると、パーリが一礼して下がる。ナリーファは一人で寝室へ行き、天井まで届く窓を虚ろに見つめた。

最近はいつも、ニルファールと夕暮れまでお喋りしていたのだが、今日はまだ陽が高い。カーテンの開いた窓の外では、美しい庭と噴水が陽の光に照らされている。けれど、今はそれに何の感動も覚える事はなかった。

指輪騒ぎで昼食も取り損ねていたが、まるで食欲がない。

鮮やかなオレンジ色の夕陽が景色を染めても、銀色の月と無数の星が空に浮かんでも、ナリーファは感慨もなくそれを眺めているだけだった。何を見ても心に響かず、何の物語も浮かばない。

「ナリーファ様、宜しければスープだけでも召し上がりませんか？」

夕食も断ったのだが、心配した給仕係の侍女がスープを持ってきてくれた。

「ありがとう……心配をかけてごめんなさい」

職務以上にこちらを案じてくれる侍女の優しさに、申し訳なさと感謝が入り混じる。

無理やりスープを飲み込み、なるべく何も考えず、湯浴（ゆあ）みをして床に入る。

魂（たましい）の抜けたような状態で寝入ったせいか、その晩も夢を見なかったけれど……

――翌朝ナリーファは、シャラフとの間に起きた事も、ニルファールの言葉も、全てきちんと覚えたまま、陰鬱（いんうつ）な目覚めを迎えた。

6　巧妙な偽り

ウルジュラーンの王都は幾つもの区画に整備され、各所に小規模ながら賑やかな市場が点在する。

しかし、商業の中心はなんといっても王宮の近くにある大市場だ。広大な敷地に、多くの小ドームを持った堅固な石造りの建物で、内部には数多の通路が交差し、多種多様な商品を揃えた店が並ぶ。

大市場の近くには隊商の宿泊宿も多く、遠い地から運ばれてきた商品が続々と搬入され、商品はさらに小売業者を介して他の市場に流れていく。

石造りの高い天井には、明り取りの窓が各所に設けられ、昼過ぎの市場内を照らす。

王都の膨大な消費を支えるこの場所は、今日も喧騒に満ちていた。

みずみずしい果物が籠に積み上げられ、揚げ菓子の屋台では甘い匂いが渦を巻く。

そこかしこで客を呼び寄せる声が飛び交う中、香油店の主人が、ちょうど通りかかった二人連れの女性へ声をかけた。

「そこのお二人様、うちは東西からもたらされた最高の品を格安にて取り揃えておりますよ！　最上級の薔薇(ばら)香油、伽羅香木(きゃらこうぼく)に、なんと竜涎香(りゅうぜんこう)が一瓶で金貨十枚！」

二人連れの女性は、どちらもヴェールで髪と顔をすっぽり隠しているが、僅(わず)かに覗く目元から、共に年頃の女性と察せられた。

片方の女性はクリーム色に茶色の縁取(ふちど)りの衣服を着ており、もう一人の衣服は空色を基調にしたものだった。派手ではないが質の良い生地と仕立てで、繻子(しゅす)の靴も上等品と見て取れる。

特に、空色の衣装の女性は、衣服の裾(すそ)から見える珍しい色白の手足に、小ぶりの宝飾品を多く身につけていた。金細工の腕輪や足輪に宝石付きの指輪など、総額にすればかなりのものだ。籠(かご)を持った女中らしい少女が一人、彼女達の後ろでお供をしている。

お忍びで遊びに来た裕福な家の若い奥方かご令嬢だろうと、店主は素早く値踏みした。

「まぁ、竜涎香(りゅうぜんこう)？　近頃は偽物も多いと聞くけれど……」

空色の衣装を着た女性の方が足を止め、よく響く上品な声をヴェール越しに発する。

「誓って本物ですよ。あの高貴な香りは、誰にでも相応(ふさわ)しいものではございません。お客様のようにお顔を隠しても滲(にじ)み出る気品が隠せない女性に捧げるための、特別なお値段なのですから、他の人には内緒にしておいてくださいね」

特別、という言葉に力を込めて囁き、店主は揉み手をしながら愛想笑いを浮かべた。

商売の経験から、裕福な身なりの女ほどこの言葉に弱いと知っている。

実のところ、店の品は竜涎香に似せて他の香油を調合した偽物だが、今まで見破られた事はない。上手い口上と合わせ、見栄っ張りの金持ち女から随分と稼いできた。

後宮ほどではなくとも、金持ちの家なら複数の妾がいて夫の寵愛を競い合っている。

珍しい品を特別な値段で提供される自分……その扱いが、『常に一番でありたい』という女の虚栄心をくすぐるのだ。

案の定、空色の衣装の女性はまんざらでもなさそうな笑い声を上げた。

「では、見せていただこうかしら」

「はいはい、こちらでございます。お連れの方も如何ですか？」

店主はいそいそと香油の瓶を取り出して女性に渡すと、彼女の隣に立っている連れ合いの女性にもニコニコと商品を勧め出した。

「いえ、私は……」

淡いクリーム色のヴェールをつけた女性は控えめに首を横に振る。こちらも美しい声だったが、いかにも奔放な連れの女性とは違い、随分と大人しそうな雰囲気だった。

「竜涎香がお好みでなければ、他の品もございますよ。銀の鈴を振るような、たおやかなお声の貴女様には、こちらの百合を主軸に調合したものなど……」

商魂逞しく別の瓶を取り出そうとした店主へ、白い繊手がすっと突き出された。金の腕輪をシャランと鳴らして、空色の衣服を着た女性が香油の瓶を素っ気なく突き返している。

「貴方は幸運ね。今日のわたくしは機嫌が良いの」

「へ……？」

「わたくしに、このような紛い物ものを相応しいと寄越した無礼は忘れてあげるわ」

クスリと笑った女性は、口を開けたままポカンとしている店主を残し、さっさと連れの女性を促して立ち去っていった。

「……やはり、偽物だったのですか？」

香油店の前から去りながら、クリーム色のヴェールを身につけた女性――ナリーファは、声を潜めてニルファールに問いかけた。

今日はお忍びだけあって、二人ともこうして顔を隠し、侍女もパーリだけを伴っている。

「真っ赤な偽物ですわね。それなりに上手く似せた香りでしたから、本物を知らぬ小金持ち程度なら、十分に満足させられたでしょうけれど。ああ、市井はこれだから楽しいわ」

空色のヴェールで顔を隠したニルファールがコロコロと笑うのを、ナリーファは驚きと感心が混じり合った気持ちで眺めた。

金貨十枚は大金とはいえ、本物の竜涎香ならもっと高額のはずだ。値段を聞いて怪しいと思ったが、ニルファールは偽物と承知で詐欺師相手に遊んでいたらしい。

世の中の人々は高級品を買える者ばかりではなく、金メッキとガラス玉の装飾品や、高級なものに似た香りの、安い香油を買って楽しむ者もいる。

だが、客が安価な偽物と承知の上で買うのなら良いが、偽物を本物と言って売るのは詐欺だ。

あの店主は随分と口が上手そうだったから、今まで偽物を多く売りさばいてきたのかもしれない。しかし、どんなに巧みな偽りでも、続けていればいずれどこかで露見する。ニルファールが、市井にお忍びに出るのに竜涎香では目立ちすぎると、本日は薔薇の香油をつけていたのは、店主にとって不幸だっただろう。そのせいで本物を常日頃からよく知る彼女に、うっかり声をかけてしまったのだから。

そしてまた、偽の竜涎香を見破ったニルファールが、お忍び中という事もあり役人に訴えなかったのを、店主は幸いと思うべきだ。

これに懲りて悪い商売をやめてくれればいいが……と、ナリーファがぼんやり考えている隣で、ニルファールはまた軽やかに歩き出す。

あちこちの店先をひやかしては店員を軽く受け流し、この大市場へ初めて訪れたとは思えない慣れた様子だ。先ほどの香油のあしらいといい、流石は自国でもお忍びを好んでいるというだけある。

初めてここに案内してもらった時に、物珍しさと賑わいに圧倒され右往左往していた自分とは大違いだとつくづく思う。

――今日は起きてからずっと気が重く、出かけるのにもあまり気乗りはしなかったのだが、パーリを伴って約束通りにニルファールと裏庭で待ち合わせた。

彼女は、ナリーファが醜い嫉妬心を抱いていると微塵も思わないで仲良くしたいと誘ってくれたのだから、その好意を無下にするなどとてもできない。

ただ、あの指輪の件があったばかりだ。パーリもニルファールと顔を合わせ辛いだろうと、本当は他の侍女を連れていくつもりだった。

だがニルファールから今朝、ぜひパーリに大市場の案内を頼みたいと申し込まれてしまったのだ。

以前ナリーファが、パーリは大市場に詳しいので、彼女に案内してもらってお忍びを楽しんだと話したのを覚えていたのだとか。

その言伝を持ってきたのはアイシャで、すっかり落ち込んだ様子の彼女は、パーリに直接謝る目的もかねて言伝役を命じられたようだ。

繰り返し謝るアイシャを、パーリは責めなかった。

アイシャが日頃からニルファールに忠実な姿を見ていたからだろう。

パーリがもう気にしていないとアイシャに言い、大市場の同行を快諾してくれたので、三人でニルファールの用意した飾り気のない馬車に乗ってきたのだった。

ナリーファは天井の明かり窓を見上げ、先ほどよりも若干移動している太陽を見る。

（……もうじき、四時の鐘が鳴るのではないかしら）

ここには王宮のように高価な時計があちこち置かれている事はなく、代わりに大鐘が一時間ごとに鳴っては時刻を告げる。

午後三時の鐘が鳴ってから、もう一時間近くは経過しているので、じきに次の鐘が鳴るだろう。

シャラフ達は夕暮れ頃——恐らく七時頃までに王宮へ戻る予定だが、早々に十分な成果があがれば予定より帰還が早まる可能性もある。

後宮に籠もっていても問題ないナリーファはともかく、シャラフとザルリス王が戻った時に、賓客として本殿にいるはずのニルファールが出迎えないのは、流石に拙いはずだ。

それに、ニルファールは王宮に戻る前に、寄りたい場所があるという。

彼女が幼い頃、『姐や』と呼び慕っていた侍女が、結婚して今はウルジュラーンの王都に移住しているというのだ。父へ無理に同行を願ったのも、そもそもは彼女に会いたかったからだと、行きの馬車の中でニルファールは懐かしそうに言っていた。

しかし、元侍女もニルファールからの便りで久々の対面を楽しみにしていたのだが、折悪く王女の来訪直前に両足を骨折し、数ヶ月はろくに歩けなくなってしまった。

輿の迎えを出して王宮へ呼ぶ事もできたが、安静が必要な怪我人に無理をさせるよりも、お忍びで見舞い品を渡しに行きたいとニルファールは考えたそうだ。その思いやりの深さにナリーファは感心した。

それに、シャラフに見初められたニルファールはここにずっと住むのだから、元侍女がすっかり回復したら、改めてゆっくり会えるだろう。

(陛下……)

シャラフと最後に会った時に起きた事を思い出すと、胸が鋭く痛む。

戻って彼と顔を合わせるのが気まずかった。それどころか、もう顔を合わせてももらえないのではという不安もあるが、ここにいつまでもいるわけにもいかない。

「ニルファール様、そろそろお時間が……」

パーリも時間が気になってきたらしく、そっと囁いた。

彼女の持つ大きめの籠には、美味しそうな葡萄や乾燥イチジクにナツメヤシなど、ニルファールが買い込んだ見舞い品が入っている。

ニルファールが振り向き、窓から見える陽を眺めた。

「あら、楽しすぎて時間を忘れるところでしたわ。ナリーファ様のおっしゃる通り、パーリに案内してもらえて本当に楽しめました。パーリ、ご苦労だったわね」

「お役に立てたのでしたら光栄にございます」

上機嫌な様子で労われ、パーリが粛々とお辞儀をする。

昨日の騒ぎなど微塵も思い起こさせない和やかな空気に、ナリーファは内心で安堵した。

ニルファールは、どこを見ても面白いと満足するナリーファと違い、自分の目的をはっきりと言う。

よってパーリは、ニルファールが面白い大道芸人が見たいとか喉が渇いたとか言うたび、楽しい見世物を探してきたり、飲み物を素早く買ってきたりと、甲斐甲斐しく働いてくれた。迷路のような広い大市場（グランド・バザール）を熟知しており、さらに機敏で気が利くパーリでなければ、とてもニルファールの要求に応（こた）えられなかっただろう。

パーリには幸せに暮らしてほしい。だから、これからシャラフの寵愛（ちょうあい）を深く受けるだろうニルファールに、パーリが認められるのは喜ばしい事だと、素直に思えた。

ナリーファ達が大市場（グランド・バザール）を出て馬車置き場に着くと、少し離れてついていた護衛の男性が、預けていた馬車を手早く準備する。

無口で大柄な中年男性で、腰に剣をつけた平服姿だ。ナリーファとパーリは今日初めて顔を見たのだが、ザルリスの武官だという。

お忍びへの出発前に、『ナリーファ様は市井（しせい）にお忍びの際に、鬼神と名高いカルン卿（きょう）を護衛につけていらっしゃるそうで、羨（うらや）ましい限りですわ。この男は卿（きょう）にこそ及ばないでしょうが、それなりの腕前ですからご安心くださいな』と、ニルファールに紹介された。

いつも陽気で、おどけた様子も多いカルンだが、武将としての腕は確かだと聞く。あの重そうな大剣を自在に振るい、戦場の敵や盗賊達には鬼神と恐れられる勇猛さは、ザルリスにも伝わっているようだ。

「……どうぞ」

馬車の支度を終えた武官に低い声で促(うなが)され、ナリーファ達が乗り込むと、御者台(ぎょしゃだい)に座った彼は、王宮とは反対側の街はずれへ向かって馬を走らせ始めた。

敷石で舗装された道を、軽快な音を立てて馬車は進んでいく。

「姐(ねえ)やは占いが得意で、幼い頃はよく幸運の兆(きざ)しを占ってくれましたわ。たとえば『赤い花を見つける』など、占いに出た兆(きざ)しを見た後には、本当に良い事が起きましたの」

ナリーファと向かいに座ったニルファールは、嬉しそうに思い出を語り始めた。馬車の中でヴェールを外しているので、綺麗な笑顔がよく見える。

「わたくしが見舞いに行くと使いの文を出しましたら姐(ねえ)やは大喜びで、また懐かしいその占いをしたいと返事に書いてありました。すぐに済みますから、ナリーファ様もぜひ一緒に占ってもらいましょう」

楽しそうに誘われ、ナリーファは驚いた。ニルファールの旧知とはいえ、ナリーファには見知らぬ相手である。まして、短時間しかとれぬ久しぶりの再会に水を差すのは忍びない。見舞いの間は、パーリと馬車で待つつもりだったのだ。

「あまり長くいられないのですし、積もるお話もあるのではないでしょうか？　私はパーリと馬車で待つつもりですから、どうかお気になさらず……」

気を遣って誘ってくれたのかと思い、遠慮すると、ニルファールは大きく首を横に振った。

「とんでもございません！　ウルジュラーン正妃様を、召使のように馬車で待たせるような無礼をしましたら、わたくしが傲岸不遜な女になったと、姐やに泣かれてしまいますわ！　あ……ですが、庶民の家に入れなど、かえってナリーファ様にはご無礼でしょうか？」

　おずおずと困り切ったように上目遣いで見上げられ、今度はナリーファが慌てて大きく首を横に振った。

「無礼だなどと、そんな！　ご迷惑でないのでしたら、喜んでお伺いさせていただきます」

　決して、庶民の家に入りたくないから断ったのではないと、焦りながら答えると、たちまちニルファールが笑顔になる。

「きっと、ナリーファ様にも良い幸運の兆しが見つかると思いますわ。勿論、パーリも見てもらうといいわ」

「いえ、私は……ニルファール様のお知り合いのお手を煩わせるなど、勿体なく存じます」

「いいから、遠慮する事はないわ。幸運は身分を問わず訪れるものですからね」

パーリにも優しく微笑みかける彼女を見て、こんな優しい人に、少しでも嫉妬したなんて……と、ナリーファは悔いた。

そうこうしている間にも馬車は進んでおり、ふと窓から外を見たナリーファは、いつの間にかすっかり辺りに人気のない道へ来ているのに気づいた。

姐やは街はずれに住んでいる、とニルファールは言っていたが、ここは想像していた街はずれよりもさらに先だ。

確かこの辺りは、今はあまり使われていない古い倉庫があるだけだと、以前にお忍びに出た時にカルンが教えてくれた。

パーリも窓の外を見て、何か言いたそうにもじもじしている。

御者をしている武官は大市場までよどみなく馬車を走らせていたが、何しろザルリスの人間だ。こちらの地理には不慣れなはずである。道を間違えたのかもしれない。

ナリーファ達の困惑を汲み取ったのか、ニルファールが片手を窓の外に示しながら口を開いた。

「言い忘れておりましたが、姐やの夫は少々変わり者の大工で、こちらの倉庫の一つを買い取り、住居に改築しているそうですの。なかなか住み心地は良いそうですし、姐やは綺麗好きでしたから、見かけは風変わりでも中はそう見苦しくないと思うのですが……」

「まぁ、そうでしたの」

行き先を間違えたわけではなかったのかと安堵し、ナリーファは微笑んだ。

立派な住居を好む者もいれば、あえて山奥の岩穴を選んで住む隠者など、色々な好みの人がいるのだ。倉庫を改築して住む者がいたっておかしくはない。大工なら改築はお手のものだろう。

「心地良く住んでいるのでしたら、きっと素敵なお家ですわ。とても楽しみです。ねぇ、パーリ？」

「はい！　それにここは王都の中心に近いのに静かですから、お怪我をなされた方がゆっくり療養なさるのにも最適と思います」

パーリも明るく相槌を打ってくれ、ニルファールが満足そうにニコニコしつつ頷く。

すると馬車が速度を落とし始め、幾つか立ち並んだ倉庫の中でも一番端の倉庫の前で止まった。

「わたくしも来るのは初めてですが、ここのはずですわ」

一見、他の倉庫と同じく、何の変哲もない頑丈で簡素な木組みの建物に見えるが、ニルファールは楽しみでたまらないようで弾んだ声を上げる。

御者台から下りた男は手近な柵に馬を繋ぎ、まずニルファールが馬車を降りた。続けてナリーファ、最後に土産の籠を抱えてパーリが降りる。

古いがなかなか頑丈そうな倉庫を見上げ、中は一体どう改築されているのだろうかと、ナリーファが期待に胸を膨らませた時だった。

「な、何するんですか！　離して‼」

背後から唐突に、パーリの叫び声が響き渡る。驚いて振り向くと、ニルファールの護衛であるはずの男が、まるで誘拐犯のごとくパーリを小脇に抱え上げていた。足元に籠と、零れたナツメヤシや葡萄の粒が散乱している。

パーリはジタバタと暴れているが、小柄な少女が屈強な大男に敵うはずもない。

驚愕にナリーファが凍り付いている間に、男は素早くパーリを片腕で引きずっていき、大きな扉を開ける。

すると古い板を張っただけの、改築など微塵もされていない、薄暗い空っぽの倉庫が見えた。

男がパーリの身体を両腕で高々と持ち上げたのを見て、彼が何をする気かナリーファは瞬時に察した。

「パーリ‼」

彼女は無我夢中で地面を強く蹴って跳躍し、男が乱暴に倉庫へ投げ込んだパーリを受け止める。

だが、強い力で叩きつけるように投げ出された少女の身体を流石に支え切れず、一緒にもつれ合って固く埃っぽい木の床に倒れ込んだ。

なんとかパーリが頭から叩きつけられるのは防げたが、ナリーファもしたたかに肩を打ち付け、痛みで目の前に火花が散った。

「うぅ……」

痛みに呻きながら身を起こそうとしたナリーファの視界に、頑丈な扉が閉まっていく光景が映り込む。

暗い扉の間に見える日差しの中では、ニルファールが見た事もないほど酷薄な、残虐そうな笑みを浮かべていた。

「っ⁉」

ナリーファが指先を伸ばすも、重々しい音を立てて扉が閉まった。続けて、閂をかけたような音が聞こえる。

木の扉は頑丈だが古く、あちこちに節穴や亀裂ができていた。扉が閉まっても亀裂から陽光が差し込んでいるため、周囲は完全な闇にはならない。

ナリーファは取っ手を掴んで必死に扉を開けようとしたが、やはり外から閂をかけられたらしくまったく開かない。

「痛……ぅ……ナリーファ様、申し訳ございません。お怪我は……」

パーリも起き上がり、痛みに顔をしかめながらナリーファへ尋ねる。

「私は大丈夫よ、でも……ニルファール様、なぜこのような事を⁉　開けてください！」

ナリーファが張り付いている扉の辺りには小指ほどの節穴があり、その隙間から外にいる男と、その横で悠然と微笑むニルファールが見えた。

「駄目ですわ、ナリーファ様。こちらに嫁いだ姐やなど、わたくしには最初からおりませんから、占いの代わりに教えてあげます。お前に訪れるのは幸運の兆しではなく、ミラブジャリード正妃メフリズ様の使いによる、無残な死よ」

「な……っ」

いまだに恐ろしくてたまらない女性の名と、壮絶な悪意の籠もる言葉が、ナリーファを戦慄させた。

「なぜ、貴女が……メフリズ様と……」

声を震わせてしどろもどろに問うと、美しい王女は白いほっそりした指で自らの胸元を示し、にこやかな声を発する。

「わたくしは慈悲深い王女ですわ。身の程を弁え、わたくしの下で大人しく引き立て役に留まる相手には幾らでも優しくしてあげます。ですが……」

ニルファールの朱唇が、ニタリと不気味な弧を描いた。

「つまらぬ女の分際で、わたくしより高く評価される相手には容赦しない主義ですわ。これまで、わたくしよりも父に可愛がられようとした姉妹や寵姫は皆、周囲から孤立させ父の不興を買うように陥れて、何もかも奪ってあげましたの」

優しいと評判の王女は、なんの躊躇いもなく己の悪事を語る。ナリーファは衝撃によろめきかけた足を踏みしめ、僅かな希望に縋った。

「嘘……ですよね？　ニルファール様……メフリズ様の名前を出されたのも……何か、ご冗談で……」

「冗談？　嘘だったのは、お前と仲良くする素振りの方だというのに、本当におめでたい馬鹿ね」

「ニルファール様……」

「でも、わたくしは今まで陥れた相手を、誰一人として死罪にはいたしませんでしたわ。だって、わたくしに全て奪われ嘆き苦しむ姿を長く楽しみたいのに、あっさり殺してはつまらないでしょう？　おまけに、幽閉や追放に減刑を願ってさしあげる事で、わたくしはより慈悲深いと評価されますしね」

楽しそうに笑うニルファールは、顔立ちこそ変わらず美しいはずなのに、身震いするほど醜悪に見えた。隣にいるパーリも、吐き気を堪えるような表情で青褪めている。

「それなのに、ナリーファ……お前を殺さなくてはいけないのは、実に残念ですわ。本当は、わたくしがこちらで第二夫人となった後に、不義密通の罪でも着せて幽閉してさしあげるつもりでしたのよ」

「そんな……」

「お前も姑息な妨害などせず、シャラフ陛下にわたくしを娶らせていれば命は助かりましたのにねぇ」

わざとらしい溜め息をついたニルファールの言葉に、ナリーファは瞠目した。

「私が妨害……？　それに、陛下は貴女を見初められたのでは……？」

思わず呟いた途端、ニルファールが急に顔色を変えた。彼女は憤怒も露わに眉を吊り上げる。

「なにを白々しい！　どうせ、わたくしの悪口でもシャラフ陛下にせっせと吹き込んだのでしょう！　メフリズ様がおっしゃる通り、お前は気弱なくせに、閨で媚びを売るのだけは上手かったようね！　ここに来て即座に陛下の寵愛を独占し、他の女を全て追い払ったくらいですもの！」

怒声と共に、厚い扉を突き破るのではないかと思うほどに怒りの籠もった視線でこちらを睨みつけるニルファールは、恐ろしい迫力だった。

「ご、誤解です！　寵姫様達の降嫁について、私は最近まで何も知らずにいたくらいで……」

思いがけぬ言いがかりにナリーファは弁解したが、ニルファールは聞く耳を持たず、興奮し切った様子で怒鳴り続ける。

「お黙り！　一年前にわたくしの輿入れをシャラフ陛下に申し出た時も、お前が汚い手口で妨害したのでしょう！」

「そ、そのような噂を誰かが面白おかしく吹聴したようですが、身に覚えはありません。ニルファール様の輿入れの打診も、最近まで存じませんでした」

ニルファールは気にしない素振りでいたものの、やはり噂を鵜呑みにして怒っていたのかと、ナリーファは蒼白になる。

だが、その言葉にニルファールはますます激高し、金切り声で喚いた。

「面白おかしく、ですって⁉　このわたくしの評判を聞きながら、絵姿も見ず輿入れを断るなど、お前が妨害した以外に考えられないわ！　だから、部下に命じてそう広めさせたのよ！　それなのに陛下が自分の意思で断ったとわたくしを嘲るような噂も流れたせいで大恥をかいたわ！」

「あ、貴女が、私が妨害したと噂を流して……？」

もはや驚きすぎて、ナリーファはポカンと間抜けに口を開けてしまった。すると、噂は気にしていないとアイシャに告げさせたのも全て、ナリーファの反応を窺うためだったのか。

「そうよ！　お前が妨害したのでなければ、このわたくしを拒否する男性などいるわけがないでしょうが！」

「……」

あまりにも身勝手で一方的な言い分に、ナリーファは声もなく口を開閉する。パーリも、怒りと呆れが入り混じった表情をしていた。

ニルファールは怒鳴りすぎて息が切れたらしく、肩を上下させて呼吸を整えていたが、若干落ち着きを取り戻したのか口の端を吊り上げる。

「腹が立ってお前について調べるうちに、メフリズ様と偶然知り合ったの。あの方は、お前がシャラフ陛下の寵愛を得た事で調子づき、昔のささやかな意地悪に過分な復讐を企てるのではないかと恐れていたわ」

またもやとんでもない言いがかりに、ナリーファは目を剥いた。

故国でメフリズからされていた事は、ささやかな意地悪という言葉でなど済まされるものではない。

亡くなった母が安らかな眠りを放棄してナリーファに寄り添い、夢の中で戦舞姫に鍛えるという風変わりなやり方で守ってくれなければ、とっくに殺されていただろう。毎日のように行われていた嫌がらせも、心に深い傷跡として残っている。

それでも過去の痛みより、シャラフに悪い評判をたてたくない気持ちの方がずっと強い。彼の力を頼って復讐を企てるなどと、決してするつもりはなかったのに……。

呆然としていると、ニルファールがまた苛立たし気に顔を歪めた。

「わたくしが父にこちらへの同行を許されたと聞いたメフリズ様は、お前を密かに連れ出してくれれば始末すると申し出ましたの」

そこで、ニルファールは何かを思い出したように、クスリとおかしそうに笑った。

「そうそう『眠れる獅子姫』のお話も、メフリズ様に聞きましてよ。迂闊に寝込みを襲う方法や眠り薬で攫うやり方は危険だと教えられましてね。あまりにも馬鹿馬鹿しいので信じがたかったのですけど、念のため忠告を聞く事にしましたわ。あのみっともない寝姿の話は本当ですの？」

嘲りをたっぷり含めて笑われ、ナリーファは反射的に俯きそうになったのを堪えた。端からどんなに滑稽な話と見られようと、あれは母が自分を守ってくれている証なのだ。

「眠れる……？」

ナリーファの寝相についてまったく知らないパーリが、わけがわからない様子で首を捻るが、説明している余裕はない。

また、ニルファールもただ馬鹿にするために問いかけただけで、自分の話に夢中のようだ。

「お前程度の女が、どうしてシャラフ陛下の寵愛を受けているのか不思議ですが、ウルジュラーン正妃になっているのは事実。しかも王宮は警備が厳重な上、外出時には鬼神の勇将が護衛についているので、メフリズ様も困り果て、わたくしに協力を持ちかけたそうですの。高慢な女性が必死になる姿は惨めですわねぇ」

メフリズも小馬鹿にしているらしいニルファールは、口元に手を当ててクスクスと笑い、ふと真顔に戻った。

「……けれど、メフリズ様に引き渡すのは最後の手段だと考えていたのよ。シャラフ陛下もわたくしと毎晩お会いするうちに、いかにお前が閨で媚びようともわたくしを後宮に望むと思ったから、それからこの手でゆっくり追い詰めるつもりだったのに……お前は、どんな厭らしい手段で自分を売り込み、わたくしを貶めたのかしら⁉」

「いい加減になさってください！　ナリーファ様はそんな方ではありません！」

唐突にパーリが怒鳴った。呆気に取られていたナリーファの隣で全身をわなわなと震わせていたパーリは、ついに怒りを爆発させたようだ。

「陛下がナリーファ様以外の妃を欲しがったなんて、やっぱり嘘だったんですね！　貴女は、自分が選ばれなかったのを認めたくないから、人のせいにして喚いているだけではありませんか！　みっともないにもほどがあります！」

「パ、パーリ……」

ニルファールの言いがかりは確かに酷いと思うが、流石にそれははっきり言いすぎではないかと、ナリーファはあわあわと狼狽える。

「たかが侍女風情が、よくも……」

ニルファールは赤くなるのを通りこし、青褪めて唇を戦慄かせていたが、これ以上無様に怒鳴るのは矜持が許さなかったのかもしれない。彼女は何度か大きく深呼吸すると、引き攣った笑みを浮かべた。

「では、忠実なパーリに良い事を教えてあげましょうか。わたくしは昨日まで、ナリーファを殺してもお前は許してあげようと思っていたのよ。だからアイシャに命令して、天上の指輪をお前が盗んだように見せかけたの」

「え……っ⁉」

ナリーファとパーリは、驚愕の声を発した。

「全て奪い取るなら、権力や寵愛だけでなく、腹心の召使からの信頼も取らなくては。ナリーファのように気の弱い者は、少し脅せば侍女など簡単に見捨てますものね。すぐわたくしの言いなりになってパーリへ処罰を言い渡すと思っていたのに」

ニルファールは肩を竦め、溜め息をついて続けた。

「見捨てられ傷ついたパーリを、後でわたくしが密かに助けてやり、わたくしならどんなに脅されても守ってあげたのにと慰めて、ナリーファを酷い主人だと見放させるつもりでしたのよ。今まで、似た手口で何人も手に入れましたのに、まさかあそこまで庇うとは予想外でしたわ」

「ひ、酷すぎる……アイシャさんも……」

上擦った声で非難したパーリに、ニルファールが皮肉に満ちた笑い声を返す。

「酷いとは、わたくしやアイシャではなくナリーファに向けるべきではなくて？　臆病者のくせに妙な意地を張った主人の巻き添えで、お前も一緒に殺される事になったのよ」

それを聞き、ナリーファは弾かれたように叫んだ。

「ニルファール様！　私は貴女を貶めなどしておりません。それを信じていただけなくとも、パーリを巻き添えとお認めになるのなら、せめて彼女は助けてください！」

「ナリーファ様⁉　私は殺されたって、こんな人の慈悲に縋りなんか……」

「まぁ、ここにきてまだ偽善者ぶるとは、余裕がありますのね。でも、もう遅すぎますわ」

ニンマリと、ニルファールが酷薄そうな笑みを浮かべる。

「お前達が死ぬのは確定よ。それだけでなく、ナリーファはわたくしを酷い目にあわせ、シャラフ陛下を裏切って逃走した稀代の悪女だと、とびきりの汚名を着てもらいますわ」

「私が陛下を裏切る……？　どういう事ですか……？」

底知れぬニルファールの不気味さに戦慄しつつ尋ねると、彼女は小馬鹿にした様子で鼻を鳴らした。

「お前がただ行方不明になったら騒ぎになるでしょう。わたくしとメフリズ様の計画を知っているのは、アイシャだけですもの」

察しの悪い相手を憐れみながら言い聞かせるように、ニルファールは目を細めて口元を歪める。

「外出の許可を貰ったなど嘘よ。父もシャラフ陛下も、わたくし達が出かけた事など知りませんの。そして、護衛として連れてきていたこの男は、ザルリスの武官などではなくメフリズ様が雇った者で、馬車もこの男の持ち物ですわ。彼はわたくしを王宮まで送り、身につけている宝飾品を報酬として受け取ってからここにすぐ戻る。そしてお前達をミラブジャリードに連れていき、メフリズ様の目の前で確実に殺すの。そうだったわね？」

傍(かたわ)らの大男を見上げてニルファールが言うと、彼は無言で頷いた。

「まさか……私が自分の意思で逃げたと、陛下に嘘を仰(おっしゃ)るつもりですか……？」

ニルファールの語った内容から、彼女の立てている筋書きが予想でき、ナリーファはゴクリと喉(のど)を鳴らす。

「ええ。お前がわたくしを唆(そそのか)して外出させ、人気(ひとけ)のない場所で金品を奪われ殺されるところだったと、シャラフ陛下と父へ涙ながらに訴えてさしあげますわ。あれだけ大市場(グランド・バザール)に詳しいパーリなら、逃走用の馬車や護衛をこっそり調達するのも簡単だと、納得してくださるでしょうね！」

勝ち誇った声で宣言したニルファールは高笑いする。

「では、わたくしはもう帰ります。お前達は死の迎えが来るのを、絶望しながら待ちなさいね」

周到で陰湿な計画に声もなく震えているナリーファとパーリへ、ニルファールは嘲(あざけ)りを投げて踵(きびす)を返す。そうして、さっさと馬車に乗り込んで去ってしまった。

うっすらと傾きかけた陽が、ウルジュラーン王宮の丸い屋根を黄金色に照らす。

狩りを終えたシャラフ一行は、予定よりも随分と早く王宮へ帰還していた。

シャラフもバフムドも狩猟の名手である上に今回は獲物にも恵まれ、午前中には十分な成果をあげたからだ。無闇に獲物をとり尽くさないのが、過酷な環境で生きてきた先祖より伝わる知恵でもある。

必要な毛皮や肉をとった残りは、荒野を生きる肉食の鳥や獣のために残し、大地の神々に感謝を告げて狩猟を終えてきた。

「ニルファールは新しい毛皮を欲しがっていたから、良い土産ができた。素晴らしい狩りでしたな、シャラフ殿」

「ええ……」

バフムドがご機嫌そのもので馬を進めている一方で、並んで馬を歩ませるシャラフの胸中はひたすら重苦しかった。かろうじて表情には出さないが、快活に話しかけてくるバフムドに相槌を打つのが精一杯だ。

王宮を出立する前の晩、ナリーファに酷い事をしてしまったと、ひたすら後悔している。一刻も早く帰り、彼女に謝りたいと、心に浮かぶのはそればかりだ。

そんな焦りを抱きつつ、ようやく王宮門に到着したシャラフは、ふと首を傾げた。

シャラフ達に慌てて敬礼する門番や出迎えの兵は、落ち着かない様子だが、予定より随分と早い帰還に驚いたという感じでもない。

見れば、王宮の門に入ってすぐの場所に人だかりができており、ザルリスとウルジュラーンの兵や使用人が入り交じって、困惑しきりといった様子で顔を見合わせている。

「何かあったのか？」

シャラフが馬から下り、たまたま近くにいた兵を掴まえて尋ねると、彼はビクリと肩を震わせた。

「へ……陛下、その……」

狼狽(うろた)えている兵をよく見れば、彼は以前にナリーファが毒サソリに刺されそうになったと報告しに来た、後宮の警備を務めている年配の男だった。

「お前は確か、後宮の警備だったな。なぜ持ち場を離れてこんな場所にいる？」

言いようのない悪寒(おかん)が背筋を走り、自分の声が低く剣呑(けんのん)になっていくのを感じる。

「そ、それが……実は、たった今しがた、ニルファール様が……」

「お父様ぁ！」

震える兵士の声を、甲高い女性の泣き声が遮(さえぎ)った。

人だかりがさっと割れ、その中から現れたニルファールの姿にシャラフは目を見張る。常に煌びやかに着飾っていた王女は、まるでたった今追いはぎに会ってきたような姿になっていた。衣服も靴も泥だらけで薄いヴェールはビリビリに破け、いつも呆れるほどジャラジャラ着けている宝飾品は一つもない。衣服の飾りボタンまで毟り取られている。

「ニルファール⁉　一体、どうしたんだ！」

バフムドが馬から飛び下り、地面に座り込んでいる愛娘へ駆け寄った。立ち上がったニルファールがよろめきながら父親に抱き着く。

「聞いてくださいませ、お父様！　わたくし、ナリーファ様を信じておりましたのに……」

泣きながら父親に縋りついたニルファールの言葉に、シャラフはピクリと眉を上げる。

「ナリーファが？」

「シャラフ様にもお辛い事でしょうが……ナリーファ様は、わたくしを唆して外へ連れ出し、金品を奪ったあげくに逃亡したのです！」

「な……っ⁉」

「あのパーリという侍女が馬車などを密かに用意していたそうで……陛下達の留守中にお忍びしようと強引にわたくしを誘い、馬車に乗せて人気のない木立に連れていきました。そして、雇った御者に命じてわたくしの宝飾品を奪った上に、殺そうとまで……」

クスンとしゃくり上げつつ、ニルファールは訴え続ける。

「ナリーファ様は、怪しまれず王宮を出るために、わたくしからお忍びに誘われたと嘘をついたそうです。こちらの、ナリーファ様付の侍女達に聞いてくださいませ。あげくに、逃走資金として、わたくしの身につけているものを奪う事にしたと、笑っておりました」

「なんだと……」

バフムドが歯軋りと共に唸り、ニルファールが身を震わせる。

「ですがナリーファ様も、慈悲の心が少しは残っていたのでしょう。お父様にせめてもう一度でも会いたいと、わたくしが必死に命乞いをすると、命までとるのはやめてくださいました。代わりに、そのまま薄暗い木立へ置き去りにされましたが……」

そしてニルファールは、慣れぬ悪路に苦労しつつも必死に歩き、今しがた王宮へたどり着いたところだと、話を締め括った。

先ほどシャラフ達が戻ってきた時、皆が騒然としていたのはそういう事情だったらしい。

「ナリーファ様が、シャラフ陛下にこれを渡すようにと……」

掠れた細い声で言いながら、ニルファールは小さな紙片を摘まんでシャラフに差し出す。

そこに記された流麗な文字は、確かに見覚えのあるナリーファの筆跡だった。故国のミラブジャリードに良い思い出のない彼女だが、そこで使われていた東の国の文字は綺麗で好きだと言っていた。こちらではあまり使わないので忘れないようにと、たびたび書いていたのを目にしている。

しかし、筆跡に見覚えはあっても、シャラフは東の国の言葉に堪能ではない。

「スィル、これには何と書いてある？」

スィルに紙片を見せて問うと、彼は僅かに眉を顰めたが淡々とした声で答えた。

「今までお世話になりました、という意味に存じます」

その声は、他の者達にも当然ながら届き、いっそうざわめきを生んだ。

周囲にいる者のうち、ザルリスの兵や使用人は明らかに憤慨しているが、ウルジュラーンの者達は困惑を隠せない様子だった。

ナリーファは部屋の外へ頻繁に出るようになって以来、自然と王宮に仕える者達と顔を合わせる機会も増えた。そして、正妃の地位にありながら驕る事もなく、誰にでも親切な彼女は、皆にとても好かれている。

そんなナリーファが突然こんな犯行をするとは信じられず、かといってニルファールの様子からはっきり反論するのも憚られ、困っているというところか。

あまりの事態に、シャラフの両隣に控えるカルンとスィルも唖然としており、バフムドは憤怒に顔を赤黒くさせ、巨体を震わせていた。

「わたくしに優しくしてくださったナリーファ様が、あんな凶行に及ばれるなど、信じられませんでしたが……以前、市井で知り合った男性を好ましく思っているような事をおっしゃっておりました。もっと自由が欲しいとも……」

「それで、ニルファールを巻き込んで後宮から逃げ出したのか⁉　とんでもない女だ！」

我慢の限界を超えたらしいバフムドが、辺りの空気を震わせるほどの怒声で、娘のセリフを引き継いだ。

「シャラフ殿！　すぐに王都中を捜索させ、重罪を犯した女を捕らえねば！」

両目に怒りを滾らせたバフムドが言い放つ。その巨体へ隠れるように縋りつき立っているニルファールへ、シャラフは鋭い視線を向けた。

「ナリーファは他人を陥れる事など決してしない女だ。くだらない芝居はやめて、今すぐ真実を答えろ。お前は、二人をどこにやった？」

「芝居だなんて……っ！　わたくしを疑いますの⁉」

ニルファールが大きく目を見開いた。見る見るうちに両目に新たな涙を浮かべた娘を庇い、巨体のバフムドが一歩踏み出す。

「いくらシャラフ殿でも、聞き捨てならんな。ニルファールこそ、他人を陥れなどしない優しい娘だ。この通り、娘は無残な扱いを受けた姿まで晒しているのに、貴殿は何の根拠があって逃走した女を庇う」

「ナリーファがそうしたとは、ニルファールが言っているだけだ。バフムド殿が実際に目にしたわけではないだろう。そして、彼女が一人で戻ってきたというのなら、他に証言できる者もいないはずだ」

シャラフも決して背が低くないが、バフムドはさらに頭一つ大きい体躯だ。

濃い赤髭に覆われた顔を睨み上げてシャラフが言うと、バフムドがすぐ怒鳴り返した。

「ならばシャラフ殿とて何も見ていないのだから、貴殿が正しいと証明できまい！　妃の無礼は夫の恥とはいえ、相応の処置をとってくれるならば事を荒立てる気はなかった。だが、謝罪どころかニルファールを侮辱するのなら、こちらにも考えがある！」

赤銅色の顔を怒りでいっそう赤くしたバフムドが、腰に差した剣の柄に手を伸ばす。

それを見たザルリスの護衛官達も、援護のために一斉に剣の柄に手をかけた。

微動だせず一行を睨むシャラフの隣で、カルンも大剣をいつでも抜き放てるように構える。

「おやめくださいませ、お父様！」

一触即発の空気の中、ニルファールが父親の太い腕に縋って叫び声を上げた。

「下がっていろ、ニルファール！　お前への侮辱を許すわけにはいかん！」

「お願いです、落ち着いてくださいませ！　シャラフ陛下はナリーファ様に騙されているだけなのです！」

激高する父に、ニルファールは悲痛な声で訴える。

「ナリーファ様は、つくり話をするのがたいそう得意なお方だと、お父様も寝物語の本を読んでご存じではありませんか。きっと、ご自分を良く思わせる嘘をたびたびお話ししては、シャラフ陛下に貞淑な女と信じ込ませていたのですわ」

「しかしだな……」

「わたくしとてナリーファ様と毎日お話しして、今日まですっかり優しい方だと騙されていたのです。お父様がわたくしを想ってくださるお気持ちは嬉しゅうございますが、愛する女性に裏切られたシャラフ陛下のお辛い心境を思えば、お恨みはできません」

「ううむ……お前がそう言うのなら」

娘に宥められ、バフムドが渋々といった調子で腕を下ろす。

国王の後ろにいたザルリスの護衛達も構えを解き、カルンも姿勢を直して殺気を引っ込めた。

周囲でハラハラしながら見守っていた使用人達も安堵の息をつき、父王を止めたニルファールに称賛の目を向けたが、シャラフはいっそう彼女が嫌いになった。

狡猾な女だ。ニルファールの供述が嘘か真実かという話だったのに、父王を止めながら、さりげなく論点をずらし、自分が正しくナリーファが悪女という前提で纏めてきた。

シャラフを恨むも何も、それはニルファールが自身の供述を証明できてからの話だ。

カルンもスィルも、隣国の王が激怒した程度で狼狽える事なく冷静で、ニルファールの言動に嫌悪を覚えたようだった。

冷ややかな目で王女を眺めるスィルへ、シャラフはそっと指示を告げて下がらせる。

ある事を、大至急で確認させるためだった。

「お前は本当に優しい上に、思慮深い娘だな。ニルファールよ」

甘い声で娘を褒める隣国の王に、シャラフは舌打ちしたくなったのを堪える。

バフムドは決して悪い人物ではない。豪胆で決断力があり懐も深く、支配者としての美点は多いのだ。しかし、頭に血が上ると短絡すぎる思考に陥るという重大な欠点がある。シャラフを相手に簡単に激高し剣を抜こうとしたのが、その最たるものだ。

仮にも自分達は一国の王である。衆人環視の中で国王同士が刃を抜き合えば、それは戦が始まったのと同じ意味だ。この場にいる全員……いや、両国民が厄介事に巻き込まれる。

一人の父親として怒りたいのなら、せめてシャラフと二人きりになってから拳で殴りかかるか、王座を引退してから剣を抜くべきだ。

だから周りにいた兵や使用人は、怒りに我を忘れたザルリス国王の行動に青褪め、宥めたニルファールを盲目的に褒めた。王女という立場を使って押しかけてきたニルファールが、父王を諫めるのに両国民の事など欠片も持ち出さず、自分の事しか考えさせなかったのにも気づかずに。

手慣れた様子のニルファールは、父親を利用して自分の評価を上げる術をよく心得ているのだろう。

「……シャラフ殿、私の今の行いはいささか短気だった。それについては謝罪申し上げる」

気まずそうに咳払いをしたバフムドだったが、すぐ厳しい表情に戻りシャラフを睨む。

「だが、貴殿の正妃がニルファールにした事は許さん。ただちにナリーファと共犯の侍女を捕らえる事を要求する！」

腹に響くバフムドの怒声が、辺りの空気をビリビリと響かせる。

自分を険しく睨みつける隣国の王の視線を、シャラフは真っ直ぐに受け止め、静かに言った。

「バフムド殿が娘を信じるのは自由だが、私はナリーファを信じる。彼女は架空の物語を紡ぎはしても、人を陥れる事は決してしない。たとえ、ここの生活に不満を持ったとしても……」

不意に、一昨日の夜、寝台へ押し倒されて蒼白になっていたナリーファの顔が脳裏に蘇り、胸が痛んだ。ああやって無理やり押し倒し、泣かせて傷つけてしまったのは、これで二度目だ。

ナリーファがいい加減にシャラフへ愛想を尽かし、後宮から逃げ出したいと望んでも無理はない。だが……

「いつも……ナリーファはどんなに辛くても黙って耐えるだけだ。だから彼女は、眠って身を守る。陰謀を企てて逃げ出したりするなど、あり得ない」

「眠って身を守る？」

ナリーファの秘密を知らないバフムドが首を傾げる隣で、ニルファールが一瞬だけ顔を強張らせたのを、シャラフは見逃さなかった。

（やはりこの女は、ナリーファを嵌めたな！）

確信し、シャラフは怒りを滾らせると同時に、背筋を冷や汗が伝うのを感じた。

バフムドは、シャラフが断った縁談について触れもしないが、ニルファール自身は違うようで、今回の滞在中たびたびすり寄られて辟易していた。

靡かないシャラフに業を煮やした彼女は、ナリーファを悪女として貶めて排除し、自分を大々的に売り込むという強硬策に出たらしい。

それでもニルファールのように狡猾な女なら、万が一にでもナリーファの死体が発見されるのを用心し、この王都の中で殺して放棄はしないだろう。それより、ナリーファに眠り薬などを盛り、王都より遠く離れた場所で始末させようとするはずだ。

王都から死体を運び出そうとすれば検問所で騒ぎになるが、眠らせて庶民風の衣服を着せて顔を隠していたら、それが王妃などと警備兵にはわからない。息があるのは明らかなら、具合が悪いなどといくらでも誤魔化せる。

しかし、ナリーファには寝相に関する秘密がある。ニルファールがこの手段をとっていたら、すぐに失敗していた。

なのに、ニルファールが上手くナリーファをどこかにやれたという事は、彼女の秘密を知っていた可能性が高い。

（早く、ニルファールの犯行を問い詰められるだけの証拠を、何か見つけなくては……）

表情を変えぬまま、シャラフは内心で焦りを募らせてニルファールの言動を振り返った。

バフムドの言う通り、シャラフにしてもナリーファを信じているという想いだけで彼女を庇(かば)っている。仮にも一国の王女に強く尋問をするには、相応の証拠が必要だ。その証拠を得るために、スィルにある事を命じているが、もっと確実なものが欲しい。

ナリーファの無実か、ニルファールが嘘をついているか、どちらかを一目でわかりやすく証明できる確かな証拠が……。

「……とにかく、シャラフ殿はあくまでも貴殿の正妃を追わぬという事か。では結構。我が国の王女を害した犯人は、ザルリスの兵だけで追う」

バフムドは、理解し損ねた部分はあっさり抜かして考える事にしたらしい。片手を上げて兵に指揮をしようとした彼を、シャラフは止めた。

「バフムド殿、お待ちを。ここは貴殿の国ではなく、ウルジュラーンの王都だ。みだりに貴国の兵を放つ行為は慎(つつし)んでいただきたい」

「では、シャラフ殿は傷つけられたニルファールに泣き寝入りしろと言うのか⁉」

「お父様、もう宜しいのです！　ナリーファ様もあれほど良くしていただきながらシャラフ様を裏切ったのですもの。よほど思い詰めて罪を犯したのでしょう。どうか無理に追い詰めず、投降を呼びかける声明文などに留めてくださいませ」

声を荒らげたバフムドに、ニルファールがまた宥めるように縋りついて言葉を続けた。

「それは、辛かった事は否定しませんわ。小石と泥だらけの悪路を苦労して進み、ようやく木立を抜けても、このみすぼらしい姿を市井の者に晒して助けを求めるなどできません。物陰に隠れ人目を忍びながら王宮を目指してひたすら歩きましたの……疲れ切り、もう二度とお父様に会えないかと……」

殊勝に訴えるニルファールは、苦難を受けたと強調するように、ペタンと地面に膝をついて座り込む。

それを見た瞬間、シャラフは息を呑んだ。有無を言わさず、ニルファールの片足を掴んで空色の繻子の靴を脱がし、奪い取る。

「きゃあ⁉」

「何をするか！」

悲鳴と怒声を同時に上げた父娘に向けて、シャラフは今しがた脱がせた靴を裏返して突き出した。

「この靴底で、泥だらけの悪路を歩いた後だと言うのか？」

泥で黒くまだらに染まった表面の布と違い、真新しい革張りの靴底は少々汚れているだけだ。

皮肉にも、ニルファールが疲れ切った様子で地面に座り込むなどという過剰な演出をしてくれたおかげで、供述と相反する靴底が見えた。

「っ！　そ、それは……木立を抜けた後に、普通の道を随分と歩きましたもの……靴底の泥は乾いて落ちたのですわ」

一瞬だけ息を呑んだが、すぐに言い訳を始めたニルファールを、シャラフは嘲りを込めて睨んだ。

「実際に、泥だらけの悪路を一度でも歩いてみれば良い。こんな見かけ重視の上品な靴の底など、泥まみれになるどころかすぐに破けると思い知るだろう。お前は鉱山にも精通する博識な王女らしいが、所詮は上辺だけの薄い知識しか持たなかったわけだ」

痛烈な皮肉を込めて言うと、ニルファールが顔を歪めた。

「い、いや……これはきっと、何かの間違いだ……」

バフムドは娘を弁護する言葉を必死で探しているが、先ほどまでの怒りの気配が困惑に変わっている。狩りや戦で荒地に慣れている彼なら、よく見れば娘の靴は上辺だけ泥をなすりつけたものだと理解できるはず。それ故の葛藤だろう。

その間にスィルが戻り、今起きた事を手早く弟に聞くと、シャラフにそっと耳打ちした。

「陛下、確認して参りましたが、あの場所はやはり……」

囁(ささや)かれた内容にシャラフは頷き、ニルファールへ向き直る。

「王宮から徒歩圏内に、泥濘化(でいねいか)した木立は一ヶ所しかない。立ち枯れの木立と呼ばれる、元は小さな泉だった泥地だ」

シャラフが口にした場所は、王都の一角にある少々困った土地だ。泉の水は濁(にご)っているけれども完全に枯れていないので建物や道もつくれず、泥の中で育った植物が腐り臭気を放っている。異国の湿地帯のような状況は、この地域では珍しいものの、別に楽しい場所でもない。

そのため、賑(にぎ)やかな市街地のすぐ近くにありながら、訪れる人もなかった。

「え、ええ。わたくしが連れていかれたのはそこでしたわ。ナリーファ様から、せっかくだから市場よりも珍しい場所を見せたいと誘われましたのよ。木立の傍の道に馬車を止めて……」

そこまで言ったニルファールは、シャラフの表情がさらに冷たくなったのに気づいたらしく、急に口を噤(つぐ)んだ。

「どうした？　本当にお前が今日、そこに馬車で連れていかれたというのなら、もっと詳しく途中の道のりを話してみろ。西の街道へ続く広い賑(にぎ)やかな道を通り、途中でそこを外れて木立へ向かったはずだ」

「……窓に日よけを下ろしていました上に、ナリーファ様とお喋りをしていたので、あまり外の様子は見ていませんでしたわ。帰り道も、必死に歩いていたのでよく覚えていません」

用心深く答えたニルファールに、シャラフは冷笑を向ける。

「単に人気のない場所なら他に幾らでもある。それなのに、お前がわざわざあそこへ連れ出されたと言ったのは、殊更に酷い目にあわされたと演出するためだろう。だが、それがあだになったな」

よく見れば、ニルファールは盛大に泥だらけのわりには、浅い傷一つ負っていない。手荒な真似をされたと見せたくとも、痣や切り傷などで自慢の肌を傷つけるのは耐えられず、汚して誤魔化したというところか。

「演出ですって？　わたくしはただ、ナリーファ様に連れていかれただけで……」

声に怒りと焦りを滲ませるニルファールを一瞥し、シャラフはスィルに促す。

「説明してやれ」

「かしこまりました」

網目のように張り巡らされた王都の道を全て覚えているスィルは、懐から王都の地図を取り出して広げた。

「立ち枯れの木立まで、馬車で行ける幅の道は一本のみです。その道の下には、泉が枯れていなかった当時の古い地下水路が残っているのですが、先日そこが崩れそうで危険だと報告が入り、急きょ埋め立てを予定しておりました。ただ今確認して参りましたが、工事は予定通りに今朝から行われ、この道は通行止めとなっております」

そう言いながら、スィルはしなやかな指で地図上の道に×を書いて見せた。

「し、知りませんわ、そんな事！　わたくしはこの地に疎いのですし、きっとどこか他の道を通ったのでは!?」

顔をツンと背けて言い逃れようとしたニルファールへ、優男の文官はニコリと微笑みかける。

「私は都市整備の責任者でもあり、王都の道は全てそらんじておりますので断言しますが、他に道はございません。もっとも、ナリーファ様に命じられれば、工事人達は板を渡すなどして馬車を通らせるくらいはしたでしょう。今朝からこの道には、工事人が多数いたのですから、そのように馬車が通ったか証言する者には事欠きません。直ちに彼らを呼ぶべく、現場へ使いを出したところです」

「お、お父様！」

青褪めたニルファールが、切り札とばかりに父王へ縋りついた。

「この男はきっと、工事人達に嘘の証言をさせて、わたくしを陥れるつもりですわ！　シャラフ陛下も、ナリーファ様に裏切られたと認めたくないばかりに……どうかお父様だけは、わたくしを信じてくださいませ！」

「ニルファール……勿論、私はお前を信じている。だから、落ち着いてよく話を……」

両手で顔を覆い、わっと泣き伏した娘を、バフムドがおろおろと宥めようとした時だった。

「もうおやめになってください、ニルファール様！　今ならまだ、お二人を取り戻せるかもしれません！」

ザルリスの侍女が一人、悲痛な叫び声を上げてシャラフ達の前に飛び出し、地面に額づいた。

「アイシャ⁉」

顔から手を離したニルファールが表情を引き攣らせて、足元の侍女を見つめる。

「お前は確か……ニルファール付きの侍女だったな。面を上げて今の言葉を説明せよ」

バフムドに問われ、右目の下に泣き黒子のあるその若い侍女は、ブルブルと震えながら顔を上げた。すっかり血の気の引いた顔色になっていても、彼女――アイシャは両目に決意のようなものを湛え、自国の王を見上げる。

「陛下。ニルファール様こそが、ナリーファ様を陥れたのでございます。ご自分がシャラフ陛下に取り入り寵愛を受けるためにと……ミラブジャリードの正妃様と協力し、ナリーファ様を遠くに連れ出してから殺すおつもりなのです！」

「お黙り、アイシャ！　何を出鱈目な事を！」

ニルファールが目を吊り上げて怒鳴るが、アイシャはひるまずに告白を続けた。

「ニルファール様は今までも、陛下に目障りと思う相手の偽りの悪事を吹き込んでは、その方々を次々と陥れていたのです。異母姉オルデキハ様に、寵姫ダリヤ様……他にもいらっしゃいます。そして、私はニルファール様の手先となって働き、この手を汚してきました」

「ニ、ニルファール……お前……まさか……」

アイシャは驚愕に口を開け巨体を震わせているバフムドから、シャラフの手元へと、すっと顔の向きを変える。

「シャラフ陛下がお持ちの紙は、ニルファール様が語学の勉強と偽り、ナリーファ様に書かせたものにございます。決して裏切りの証拠ではございません」

「嘘を言うのはおやめと言っているのよ！」

ニルファールが金切り声で叫び、アイシャに飛びかかるようにして頬を平手打ちした。

乾いた音が響き、頬を赤く腫らした侍女は憐れみの目で王女を見上げる。

「私は貴女がどのような人であれ、父の高額な医療費をくださっていた事には感謝しております。ですが、その父も先月に亡くなりました。私が貴女の悪事を手伝う事で薬代を得ていたと知り、やめさせるために自ら毒サソリに刺されたのです」

それでも……と、掠れた声でアイシャは呟いた。

「私は、今さらになって自分の罪を問われるのが怖かった……だから何も言えず、ナリーファ様とパーリさんを見殺しにしようとしました。私はニルファール様と同じ……自分だけが可愛くて大切な、醜い女です」

「な、なんですって⁉　このわたくしを、醜……」

もう一度高々と振り上げたニルファールの手首を、シャラフが背後から掴んだ。

「いい加減にしろ」

低い唸り声を上げたシャラフを、ニルファールは肩越しに振り仰いで引き攣った声を漏らす。アイシャも蒼白になって目を見開き、震えている。

そんな二人を前にシャラフは、今の自分は熱砂の凶王と呼ばれるだけはある、凶悪な形相になっているだろうと思ったが、特に気にはならなかった。

ナリーファ以外の女から、どう思われようと構うものか。それよりも重要なのはアイシャが口にした『今ならまだ、二人を取り戻せるかもしれない』という言葉だ。

爆発する寸前の苛立(いらだ)ちを込め、シャラフはありったけの声量で二人に怒鳴った。

「仲間割れも懺悔(ざんげ)も、後でやれ!!　ナリーファ達が今どこにいるか、十秒以内に答えろ!!」

7　熱砂の凶王と眠れる獅子姫

ナリーファとパーリが閉じ込められた倉庫の扉は、古いが酷く頑丈だった。

思い切り体当たりをしても僅かに揺れるだけ。大声で助けを求めても返事はない。辺りは無人のようだ。

この辺りの倉庫はまったく使われていないのか、あるいは事前に貸し切って他の人間が来ないようにしてあるのだろうか。こんな事に使うのだから、無人の場所が選ばれているのは当たり前かもしれない。

しまいに手と喉が痛くなってきた二人は扉に背を預けて座り込み、額の汗を手で拭う。

特にパーリはここに来る前、ニルファールにあれこれ命じられて大市場を駆け回っていたから、くたびれ切っているはずだ。

ニルファールが去って、もう一刻近くは経つ。

ガランとした倉庫は、幾つかの空の大きな木箱が転がっているだけで、身を隠す場所や武器になりそうなものもない。窓もなく、小さな通気口は小柄なパーリが這い出すのだって無理な幅だ。

「パーリ……巻き込んでしまってごめんなさい」

謝って済む事ではないが、罪悪感に耐え切れずナリーファが呟くと、パーリが憤慨した表情で首を大きく横に振った。

「ナリーファ様。お願いですから、あの酷い王女様よりも私を信じてください」

「え……？」

「私は、指輪を盗んでいないとナリーファ様に信じてもらえて、本当に嬉しかったのです。それに、もしもあの方の思い通りになっていたら、私は騙されて悪女に飼い殺しにされていた可能性もあったわけで、それこそ生き地獄ではありませんか。ナリーファ様は、そちらの方が良かったなどと思うのですか？」

パーリはもはや、ニルファァールの名前を口にするのも耐えられないらしい。ぷぅと可愛らしく頬を膨らませた彼女を眺め、ナリーファは潤んできた目を何度も瞬かせた。

「困ったわ……巻き添えにして申し訳ないと思うのに、パーリが私を選んでくれて嬉しいの」

泣き笑いの顔で告げると、パーリもニッコリ笑う。そしてふと、真面目な顔になった。

「それに、ナリーファ様が私を信じてくださったように、陛下もそうあっさり騙されるとは思えません。あんなにナリーファ様を一筋に愛しているし、どんな人柄かをよくご存じです。陛下は女性を見る目があるから、美人でもあの王女様に目もくれなかったんですよ」

思わぬ言葉に、ナリーファの胸がズキリと痛んだ。

「陛下は確かに思慮深い方だけれど……」

ニルファールは、自分が毎晩会っていたのにもかかわらずシャラフに見初められなかったのは、ナリーファのせいだと激怒していた。

けれど、シャラフが夜中に彼女の香りをつけていたのも、嫉妬したナリーファへ苛立ちを見せたのも事実だ。

だから……もしや、シャラフはニルファールを娶るつもりだったのに、二人の間に何か行き違いがあり、彼女が輿入れを断られたと思い込んでしまっただけではないだろうか？

そうであれば、ナリーファがニルファールへの嫉妬から酷い事をしたと思ったシャラフが、彼女の嘘を信じてもおかしくない。

それを告げてもパーリを絶望のどん底に突き落としてしまうだけの気がして口籠もると、彼女は沈黙を別の意味にとったらしい。

「それは……あの王女は嘘の達人のようですから、見破れない可能性だってありますけれど……」

モゴモゴと、パーリはやや自信なさげに呟いていたが、不意に勢いよく自分の両手で頬を叩き、気合満点といった表情をナリーファへ向ける。

「こうなったら、私は最後まで往生際悪く暴れますよ！　あの男が戻ってきたら、噛みついたり引っかいたりしてやります。それでなんとか逃げ出して王宮に駆け込み、さっき聞いた事もぜ〜んぶ、シャラフ陛下とザルリス国王陛下に言いつけてやるんです！」

威勢よく言い放ったパーリだが、よく見れば小刻みに震えている。ナリーファを守らなくてはと、怯えを懸命に押し隠しているのだろう。まるで毛並みをふぅっと逆立てながら敵に立ち向かおうとする、健気な子猫のようだ。

「そういうわけで頑張ってみせますから、ナリーファ様はその隙に逃げて、助けを……」

パーリの言葉は、外から響いてきた馬車の音に遮られた。

扉の節穴からそっと覗くと、大きな木箱を幾つも積んだ荷馬車が二台見える。御者台や荷台には、合わせて七、八人の男が乗っており、ザルリスの武官を騙った大男もいた。

他の男達が「お頭」と大男を呼んでいるから、彼の部下達なのだろう。部下達は年齢も容姿もまちまちだが、いずれも人相が悪く荒んだ雰囲気だ。まだ無骨な兵士でも通る頭と違い、まともな商売の者には見えない。

「しかしお頭、あの凶王の妃を攫ったりして、本当に大丈夫なんですか？」

部下の一人が、頭の大男に声をかけた。続いて、隣の気弱そうな部下も口を開く。

「勝手に逃げたように見せかけたら、それこそ自分を裏切った女に怒って本気で探しまくるんじゃ……」

不安そうな部下達を、大男はじろりと睨む。

「てめぇらは、閉じ込められてる女を縛って運ぶだけで、あれだけデカい金額が貰えるなんて思ってんのか？ ワケありだからこその報酬だろうが。ヤバイ橋を渡ってでも大金を掴む度胸がない奴は、俺の部下には必要ねぇ。とっとと消えろ」

ドスの利いた声で凄まれ、部下達は一斉に顔を引き攣らせて首を横に振る。それを満足そうに眺め、大男は髭が囲む口元をニヤリと歪ませた。

「そうビクビクするな。あの王女様はお上品なツラして、話してみりゃ感心するくらいの悪党だ。それに俺達が捕まって口を割らされりゃ自分もヤバイんだから、追っ手を出さないよう上手くたち回るさ。検問所も、ミラブジャリード王宮の御用達って証明書を貰ってんだ。詳しく調べられねぇよ」

「そ、そりゃそうですね。すいません」

勇気づけられた部下の一人が、若干乾いたものながらも笑い声を上げると、他の部下も気が軽くなったようだ。

「流石、お頭はキレ者だ」

「早く王都から運び出しちまおうぜ」

途端に威勢を増した部下達の前で、大男がロープを手に立ち上がる。彼は咳払いをし、部下達の注目を集めた。

「念押ししておくが、妃は生かして連れてこいとの依頼だ。何しろ遠いところだからな、早々に殺して運ぶと暑さで顔の見分けも難しいくらい傷んじまう。確実に自分の手で始末したいんだとよ」

大男はさらに表情を厳しくし、部下達を見回す。

「妃は眠ると暴れ出す妙な癖があるとか聞いたが、しっかり縛り上げときゃ問題ないだろう。もし暴れたら骨の数本くらいは折ってもいいが、絶対に殺すな。舌を噛んで自害されないように気をつけろ」

「へぇ、承知してます」

部下達が神妙な顔で頷くと、大男は地面に転がったままになっていた、パーリの落とした籠へ顎をしゃくった。

「それから、中にはちびっ子の侍女もいるが、そっちはついでだ。やかましくて色気の欠片もないガキだったが、世の中にゃ物好きもいるからな。妓館に売れば幾らかにはなりそうだ。小遣いを増やしたけりゃ、あんまり傷はつけるな」

扉越しに届くおぞましいセリフを、ナリーファは青褪めながら聞いていた。隣で別の割れ目に目をくっつけて外を覗いているパーリも震えていたが、その理由は恐怖だけでないようだ。

「物好き用だなんて、勝手な事を言いたい放題！　い、色気がなくて悪かったですねっ！」

暴漢の頭からの辛辣な評価に、いたく自尊心を傷つけられたらしいパーリは、わなわなと拳を震わせ、小声で文句を言う。

小柄で元気一杯のパーリには、色香という言葉は確かにあまり似合わないが、彼女は十分に可愛らしくて魅力的だとナリーファは思う。

しかし、慰める暇はなかった。下卑た笑いを浮かべた男達が、いよいよ馬車を降り始めたからだ。

砂埃を立てつつこちらへ近づいてくる暴漢を目にしたナリーファは、背筋が悪寒に震えたかと思うと、クラリと眩暈を覚えた。

「っ……」

　だが、この眩暈の意味をはっきりと自覚していたおかげで、とっさに歯を食いしばって目を見開き、意識を失いそうになるのを堪える事ができた。

　強力な眠気に瞼が自然と閉じそうになる。瞬きするたび、瞼の裏に険しい顔をした母がチラチラ浮かび、身を守るために眠りへ誘われているのだと感じた。

「ナリーファ様、奥へ隠れてください。私が何とか……」

　切羽詰まった声で促すパーリに、ナリーファは首を横に振る。

「いいえ、貴女が隠れなさい。木箱の陰にでも隠れて、絶対に出てきちゃだめよ」

「ですが……」

「これはお願いではなく、貴女の主人としての命令です。従いなさい」

　強い口調できっぱりと言い切ると、パーリが驚いたように大きな目を見開いた。唖然としている彼女の腰帯から、ナリーファは扇を抜き取る。

「その代わりに、これを貸してちょうだいね」

　漆塗りの木骨に油紙を貼った扇は、王宮の侍女が主人を扇ぐためにいつも携帯しているものだ。ナリーファはそれを自分の帯に差し、ここに投げ込まれた際に落としていた自分のヴェールを拾い上げた。だが頭には被らず、片端だけを左手につけていた腕輪に結び付けて、長い布を肩に羽織る。

指二本分ほどの幅がある銀の腕輪は、いつも夢の中で身につけている舞姫の装飾品に似ているものだ。あまり宝飾品をつけないナリーファだが、これだけは気に入って毎日のようにつけていた。

手早く準備を整え、呆然としているパーリの肩を軽く押す。

「さぁ、早く隠れなさい。大丈夫、きっと貴女を守ってみせるわ」

「ナリーファ様……？」

見知らぬ相手を前にしたように、戸惑った表情でおずおずと後ずさるパーリへ、ナリーファは微笑みかけた。

「私は、陛下のように王族らしくもなく、パーリのように明るくも、カルンさんのように勇猛でも、スィルさんのように賢くもないけれど……」

――母君と自分を常に誇らしく思え。

耳の奥に、愛しい人の声が鮮やかに蘇る。

「私……舞だけは、ちょっとしたものよ」

ナリーファは扉に背を向け、眠気に抗うのをやめて両目を閉じた。

一瞬だけ、視界が暗闇に包まれる。だが、目を閉じているはずなのに、すぐに真っ白い世界が見える。そして、大人になりすっかり同じ背丈になった母がナリーファの前に現れた。

今やナリーファは、この白い世界は、自分がつくり上げた夢と現実の狭間だと自覚できている。

子どもの頃、頭を打って昏睡状態のまま生死の狭間を彷徨っていた時のナリーファは、一人きりの暗闇を怖がりつつも、どこか安堵していた。

大勢の寵姫や召使のいる後宮でも、ナリーファは一人ぼっちだった。大半の召使達はメフリズの命で、ナリーファを無視する。寂しいのは変わらない。また、ここでは怖いメフリズや皆の嘲笑という辛い現実も、何も見ずに済んだからだ。

だから、懐かしい思いを感じさせる緋色の蝶が現れ、亡き母の魂が蝶の姿で目覚めに導いてくれたと気づいても、ナリーファは完全に目覚めるのを拒んだ。

そして、死んだようにぐっすりと眠ればいつでも入れるこの世界を、自分の中へつくり上げた。

この世界では大好きな母に身を守る術を習い、何に怯える事もなく、全力で侵入者を排除できる。かつてここは、ナリーファにとって唯一の安全で幸せな世界だった。

そして、ミラブジャリードの後宮で初めて黒い影に襲われた時も、二度目に襲われた時も、母が鏡合わせのように動き、実際の戦い方を教えてくれた。

その夢は幸せなものではなかったから、目覚めたナリーファはすっかり忘れてしまっていたのだが、今は、それも残らず思い出せる。

(――母様。私を戦舞姫にしてくださり、ありがとうございます。私は、パーリを守りたい。そして、もし陛下にお許しいただけなくても……私は、あの方を愛しているから、決して逃げたりはしないと告げたいのです)

ズキリと胸を刺す痛みを感じながらも、心の中で呟く。

(私はもう、母様を頼り夢に逃げて、都合の悪い事を忘れてしまうのをやめます。陛下の事ならば、幸せな想いも辛い想いも、全部覚えて生きていきたい)

シャラフを怒らせた記憶を一時期失ったのは、母を頼りすぎていたからだ。自分が悪かったのだと思いつつも、ナリーファは反射的に眠り込んで逃げてしまった。辛い事を全て忘れようとしていた。

それではいけないと……シャラフを愛しているのなら、きちんと辛い事にも向き合わねばいけないと、心の奥底ではわかっていたから、記憶を蘇らせられたのだと思う。

決意を告げ終わると、こちらを見つめていた母が微笑み、すっと消えていった。

同時に背後より、錆びた蝶番の動く軋んだ音と、幾つもの不快な呼吸音が聞こえてくる。複数の黒い影が近づいているのを感じた。

今はもう母が見えなくなっても、どう動くべきか全て知っている。

ナリーファは片足を軸に素早く身体を反転させ、振り向きざまにもう片脚を蹴り上げた。すぐ背後に迫っていた黒い影は、顎先を蹴られて悲鳴を上げながら仰け反る。

かろうじて人の形をしている黒い影が、七ついた。何か叫んでいる影達の声は、モヤモヤとした不協和音になって聞き取れない。

実際は目を閉じているナリーファは、現実のものを視覚する事ができない。見えているように感じるのは気配を敏感に察知しているためで、近づく相手の姿は全て黒い影に変わる。

この世界で本来の姿をとれるのは、ここをつくったナリーファと、絶対的な柱の存在である母だけだ。

けれど、影達の立てる足音や息遣い、汗の臭い、僅かな空気の揺れなどは、驚くほど鋭敏に感じ取れる。瞬時に影の数がわかったのもそのおかげだ。金属の臭いや音はしない事から、影達が刃物を持っていないと察せられた。

伸ばされた太い腕を避け、ナリーファは肩にかけたヴェールの端を握って翻す。逆側から掴みかかろうとした影の首に布を引っかけ、相手の勢いを利用して引っ張り背負い投げにした。頭から床に叩きつけられた影はビクビクと痙攣し、気絶したらしく動かなくなる。

ナリーファはすぐにヴェールを抜き寄せ、身を低くして別の影の足に薄布を巻きつけ、転倒させた。

影はいずれも大きく重たそうだが、重心を上手くずらしてやれば、弱い力でも転ばせられる。そのまますぐに床を蹴って跳躍し、起き上がろうとした影の顔の部分を、両足を揃えて思い切り踏みつけた。

ナリーファが細身の女性でも、勢いと全体重をかけて顔を踏み潰されればたまったものではない。鼻骨の砕ける音と感触があった。

悲鳴を上げてのたうちまわる影から飛びのき、次々と掴みかかってくる影を、身を翻しながら避け続ける。右、左、左、下、上、下……影達の動きを鋭敏に察知し、柔軟に全身をしならせた。

十数年もかけて、毎晩の夢の中で教え込まれた戦舞姫の訓練は、余すところなくナリーファの身に沁み込んでいる。

五つに減った影達は明らかに激怒し、焦り始めていた。息遣いを荒くし、拳を振り上げ、四方から襲いかかってくる。

ナリーファはヴェールを括りつけた腕輪を外し、布の端を掴んで勢い良く振り回した。

固い腕輪が唸りを上げ、影達の頭や顔にぶつかって鈍い音を立てる。

だが、それほど大きな威力はなく、何度か叩きつけた末に、影の一人にヴェールを掴み取られてしまった。

そのまま強く引っ張られ、ナリーファは引きずられつつ、もう片手で腰帯から扇を引き抜く。

影のすぐ間近まで引き寄せられた瞬間にヴェールを離し、反動でよろけた影の目元と思われる部分めがけ、開いた扇を大きく横に薙いだ。

鉄扇とまではいかずとも、固い油紙と木骨でつくられた扇は、急所を傷つけるには十分な強度だった。

影は、片手で顔を覆いながら絶叫を上げてよろめく。それでもなお、もう片腕でナリーファを捕まえようとした影の鳩尾に、蹴りを叩き込んだ。

影は音を立てて仰向けに倒れ、ナリーファは荒い息を吐いて振り返った。遠巻きにじりじりとにじり寄ってくる影は、まだあと四つもいる。

しかも、いつの間にか影達の手には金属臭のするものが握られていた。仲間がやられているうちに、急いで武器をとってきたらしい。

激しい動きを続けていたナリーファの呼吸は乱れがちになり、淡褐色の肌には玉のような汗が滲み出る。

それでも、戦うしかないのだと身構えた時、聞き慣れた鋭い吠え声がした。力強い、豹の咆哮だ。

――そんな、あり得ない。

焦りと追い詰められた緊張感から、自分の願望を聞いただけだろうと、ナリーファは思った。

だって、あの豹は……本当の姿や声が見えないここでさえも、あのサンディブロンドの豹が誰なのか気づいていたから、ナリーファは穏やかに寄り添えたのだ。

そして『彼』はナリーファの醜い嫉妬に失望し、さらには自分を裏切って逃亡したと思っているはず。ここにくるなど、あり得ないのに……

だが、白い霞の中から砂色の毛並みをした豹が勢い良く飛び出してきた。

豹の前足は片方が長い剣に変わっており、影の一つに飛びかかって瞬時に切り裂く。

「陛下!!」

無意識のうちに、ナリーファはそう叫んでいた。

今までナリーファは、どれほど彼を愛していても、ここでその名を呼んだ事は一度もなかった。

全ての他者を拒否し、現実の姿も声も受け入れぬここに、誰か一人でも受け入れてしまったらどうなるか、薄々感づいていたから……

声を上げた瞬間、パチリと瞼が開いた。たちまちのうちに白い霞が消え、辺りの景色は、夕陽の差し込む薄暗い倉庫に戻る。

床には黒い影にしか見えなかった人相の悪い男達が四人転がっており……

そして――剣を構えたシャラフが砂色の髪を揺らし、一人の男と対峙している。

相手の男が勇ましいかけ声を上げて湾曲した刀を振り上げたが、まるで格が違った。

シャラフは相手の一撃を素早く避けると、絶妙な速度で踏み込み、己の剣を叩き込む。

砂漠を吹き抜ける熱風のような凄まじい剣撃に、男は一合も打ち合わせられず、肩から鮮血を噴き上げて倒れる。

残っていた暴漢は、頭の大男ともう一人、刃の厚い剣を持った屈強な体躯の男だった。

シャラフはナリーファと男達の間に立ちはだかり、油断なく剣を構えている。

「ナリーファ、よく戦ってくれた。後は任せろ」

振り向かないまま告げられ、頼もしい後ろ姿に、安堵から力が抜けていく。酷使した足ががくがくと震え、ナリーファはペタリと座り込んでしまった。

「熱砂の凶王様の妃は、眠れる獅子姫……か。ふざけた与太話かと思ったが、とんでも

ねぇ女だ！」

大男が唸り、部下に素早く目配せして同時にシャラフへ切りかかる。

熱砂の凶王の凄まじい剣技を目にしても、それなりに修羅場をくぐってきたらしい悪党達は、二対一なら勝機があると踏んだのだろう。

だが、それはあまりにも甘い判断だったと、彼らはすぐに思い知らされる事になった。

シャラフは俊敏な動きで挟撃を避け、相手が体勢を直す間もなく反撃する。最初に血飛沫を飛び散らせたのは部下の方だった。

片腕を切り落とされ、悲鳴を上げて剣を取り落とした部下の背を、大男が掴んでぐいと引き寄せた。

「お、お頭ぁ……」

肩越しに振り仰いだ部下は、涙で顔をぐしゃぐしゃにしながら縋り声を上げた。頭が助けるために引き寄せてくれたのだと思ったらしい。しかし……

「せめて役に立って死ね！」

大男はそう言い放つと、シャラフに向けて部下を突き飛ばした。悲鳴を上げた部下の身体が、不意を食らったシャラフの剣に貫通し、彼の動きを奪う。

あまりに残虐な光景だったが、ナリーファはとっさに目を背けるのを堪えた。

今、目の前にいるのは、ナリーファに現実の世界で幸せをくれた人だ。その人が、ナリーファを守ろうと戦ってくれている。

もう、目を閉じて逃げはしない。彼と同じものを見て生きたい。

「お前っ……」

シャラフが無慈悲な頭を剣呑に睨む。彼が深々と食い込んだ死体から剣を抜けないでいるうちに、大男が気合と共に切りかかる。

だがシャラフは自分の剣を抜くのに固執しなかった。彼が柄から手を離して避けた事で、大男の斬撃は本来の目標ではなく部下の死体に当たる。

その瞬間には、シャラフは哀れな末路を遂げた部下が取り落とした剣を拾い上げていた。彼は身を低くした体勢から、肉厚な刃を横に薙ぎ払う。

大男の両膝から真っ赤な花のような血が飛び散った。耳をつんざく悲鳴を上げて倒れた大男は、血まみれの足を手で抱える。

両足は半ば分断されており、恐らく二度と歩けないだろう。

シャラフの軍靴が大男の取り落とした剣を蹴り、倉庫の遥か向こう側まで飛ばす。

ちょうどその時、多数の馬蹄と人の声が近づいてきた。軍用のかけ声と鎧らしき金属音からして、王宮の兵士達に違いない。

「投獄して裁きを受けられるよう、手当てをしてやる。……もっとも、死罪は免れんだろうから、あの世でさっきの部下に謝る言葉を探しておけ」

口から泡を吐いて白目を剥いている大男に、シャラフは冷たく言い放った。

「陛下、ご無事でしたか！」

すぐに、武装した兵隊が倉庫に中に駆け込んできて、辺りは大変な騒ぎになった。

ナリーファが倒した三人は、いずれも気絶していただけで、シャラフも急所を外して切りつけていたようだ。暴漢のうち死亡したのは、仲間に殺されたのも同然な、あの一人だけだった。

腰が抜けてしまっているらしいパーリが屈強な兵士に抱き上げられているのを見て、ナリーファの唇から安堵の息が零れた。

兵達が慌ただしく暴漢を縛り上げている中、シャラフがナリーファへ駆け寄ってくる。

「ナリーファ……」

掠れた声と共に、強く抱きしめられた。与えられる温かな体温に、ナリーファの両目より自然と涙が零れ出して頬を伝う。

どうして助けに来てくれたのか、彼に聞きたい事や告げたい感謝が山ほどあるのに、歓喜で胸が一杯で上手く声が出ない。

何も言えないまま、シャラフの背に両手を回し、思い切り力を込めて抱擁を返した。

周りで見ている兵が大勢いるとか、そんな事を気にする余裕もなかった。

しかし、もっとシャラフの体温を感じていたいのに、緊張の糸が完全に切れたせいか、どっと疲労が押し寄せてくる。頭がクラクラして視界が揺れ、瞼が閉じるのに抗えない。

「陛……か……」

シャラフに縋りつきながら、ナリーファは意識を失った。


――目が覚めると、ナリーファは見慣れた後宮の私室に寝かされていた。

「ナリーファ様！　お加減はどうですか？　痛むところなどは……」

枕元にいたパーリに声をかけられ、ぽ～っとしていた意識がはっきりしてくる。

「え、ええ……大丈夫」

倉庫で埃まみれになった身体は、眠っている間に拭き清められたらしく、寝衣に着せ替えられていた。酷使して腫れていたはずの手足には湿布と包帯が巻かれていたが、軽く手首を振ってみたところ、既に痛みは引いている。

すぐに殿医が呼ばれ、ナリーファは倉庫でシャラフに助けられた後、極度の緊張と疲労で倒れたと教えられた。

あれから丸一日も眠っていたそうで、今は翌日の夕方だと聞いて驚いてしまう。カーテンを開けると夕陽が金色の輝きを放っていた。

「特にお怪我もありませんので、召し上がれるようでしたら消化の良いものを食べて、あとは普通に過ごして結構です」

一通りナリーファの脈などを計った後、殿医はそう言って湿布を外してくれた。

侍女が食事を寝台に運ぼうかと尋ねてくれたが、医師の許可も下りている。ナリーファは寝衣の上に薄い上着を羽織って起き上がり、隣室のテーブルで簡単な食事を済ませた。

しかし気になる事が色々とあったので、食べ終わってパーリと居間に二人きりになったところで、こっそり尋ねる。

「パーリ。あれから一体、どうなったのかしら？　あの……ザルリス国の方々は……」

何しろ侍女も殿医も、ザルリス国王やニルファールについて口端にも乗せない。彼らの訪れすらなかったように振る舞われ、どうなっているのかまるでわからなかった。

「ザルリス国の方々は王女様も含めて全員、今朝早くお発ちになりました。それに……これこそ愛ですよ！　陛下がナリーファ様を助けに来た経緯を聞き、私は感動で泣いてしまいました！」

ナリーファから尋ねられない限り、あまり余計な事を言わないように命じられていたのだと言ったパーリは、頬を紅潮させて話し始めた。

シャラフが、ニルファールよりもナリーファを信じると断言して王女の嘘を暴いたのだと……

――アイシャがニルファールの計画を全て白状すると、シャラフはすぐに王都の出入り口の封鎖と、例の犯罪請負人の馬車を探すように兵達へ命じた。

計画が順調にいっていれば、とっくにあの大男はナリーファを荷馬車に押し込めて、王都から運び出すべく出立している頃合いだ。

だが、シャラフはどうも胸騒ぎがしてならなかったのだとか。

とにかく王都から逃がさない事を最優先にするよう、軍師も兼ねているスィルに兵の指揮を任せ、シャラフは一足先に単騎で、アイシャから聞き出した倉庫へ向かった。

そして、すんでのところでナリーファを助けたそうだ。

「陛下が、信じてくださったのね……」

聞き終えたナリーファは、胸の奥に熱いものがこみ上げるのを感じた。

あそこまで用意周到な罠を張られたのに、シャラフはナリーファを『そういう事をする人間ではない』と信用し、懸命にニルファールの嘘を突き崩してくれたのか。

「はい。陛下はナリーファ様をよくご存じですから、あっさり騙されるはずはありません」

パーリから嬉しそうな笑みを向けられ、ナリーファは頬を赤くした。

「貴女の言う通りだったわね。閉じ込められている間も、貴女は元気づけてくれて……本当にありがとう」

パーリの手を握りしめて感謝を告げると、彼女は可愛らしい顔に照れくさそうな笑みを浮かべる。

「勿体ないお言葉です……私が今こうやって元気にしていられるのは、ナリーファ様のおかげではありませんか」

そう言ったパーリの表情が、またぱっと輝いた。

「ナリーファ様があんなに強かったなんて、まるで知りませんでした！　あのような武術は見た事もありません！　神話の戦女神のように綺麗で、優雅で！　どうして今まで隠していらしたんですか⁉」

「あ、あれは、色々と事情があって……」

興奮しきりで身を乗り出すパーリから、ナリーファは若干仰け反りつつ、どうやって説明しようかと悩む。

結局、戦舞姫だった亡き母に夢の中で舞を教わり、それで『眠れる獅子姫』と呼ばれるようになってここへ来た経緯や、最近までただ寝相が悪いだけだと思って隠していた事などを、簡潔に話した。

「……お母君は、ナリーファ様を、それほど愛していらしたのですね」

目を潤ませてそう言ってくれたパーリに、ナリーファは微笑んで答える。

「これでようやく母様にも、安心してお眠りになっていただけると思うわ」

さっき眠っていた間に夢を見たけれど、そこに母は出てこなかったのだ。

賑やかな市場や王宮に、羽根の生えた象が飛び回っていたり、子ども達が大きなお菓子の家に住んでいたり……そんなとりとめのない景色が入れ替わる、ごく普通の『夢』だった。

眠っているナリーファの枕元に、侍女達が交替でずっと付き添ってくれたそうだが、蹴りかかる事もなく、大人しく眠っていただけだという。

夢と現実の狭間にあった、あの白い世界は、もはや永遠に失われたのだ。この先もう二度と、母に舞を習う事はないだろう。

少し寂しいけれど、悲しいとは思わないのは、亡くなってからもずっとナリーファを守ってくれた母が、ようやく安心してその魂を休ませられるからだ。

いつも息を潜め、卑屈に縮こまっていたナリーファが、シャラフのおかげで誇りを持って戦舞姫として一人で戦えるようになった。これからは目を開けば、ナリーファを信じ愛してくれる彼がいる。

だから母は、今度こそきっと思い残す事なく、またいつか生まれ変わるための眠りにつけたのだ。

ふと、窓から見える噴水に視線をやれば、金色の光が照らす中に、一匹の蝶がヒラヒラと飛び去っていく影が見えた。


シャラフがナリーファの部屋へ飛び込むようにして来たのは、パーリから一連の事情を聞き終えた直後だった。

肩で息をしているシャラフは、本殿から遠い後宮のさらに最奥にあるここまで、全力で駆けてきたようだ。

一緒についてきたスィルも息を切らしつつ袖で額の汗を拭っていたが、すぐに澄ました顔で姿勢を正すと、パーリを手招きして素早く部屋から引っ張り出し、扉を閉める。

『二人きりにしますのでごゆっくり』とあからさまに言われているようで、ナリーファは顔を赤くしたが、シャラフに心配そうな声をかけられすぐそちらへ注意が向いた。

「ナリーファ、起きて大丈夫なのか？」

「はい。もう普通にしていいと、殿医様にも許可をいただきました」

言いながら、自分が寝衣姿だったのを思い出し、慌てて両腕を巻きつけてできるだけ身を隠す。

「申し訳ありません。着替えもまだで……見苦しい姿をお見せしました」

寝所では、いつも寝衣姿でシャラフを出迎えているとはいえ、今はまだ夕方だ。おまけにシャラフはきちんとした政務用の衣服を着ているから、気恥ずかしくてたまらない。

すると、シャラフが微笑んで労(いた)わるようにナリーファの髪を撫(な)でる。

「俺は、お前が何を着ていても見苦しいと思った事はないぞ」

「陛下……」

嬉しさと恥ずかしさに耳まで熱くなっていると、シャラフが居間の絨毯(じゅうたん)に胡坐(あぐら)をかいて座った。隣のクッションを示され、ナリーファもそこへ腰を下ろす。

「ザルリス国の一行が、予定を切り上げて今朝ここを発(た)ったと聞いているか？」

真面目な顔で切り出され、ナリーファは神妙に頷いた。

「はい。陛下達が狩猟からお帰りになった時の出来事なども、先ほど聞きました」

言葉を濁(にご)して表現すると、シャラフの表情が苦くなった。彼は懐(ふところ)から、折りたたまれた上質な紙を取り出してナリーファへ渡す。

「バフムド殿から、お前に渡してほしいと頼まれた。本当は、娘の行為を直接詫(わ)びたかったようだが、倒れて眠っていると聞いて遠慮したのだろうな」

「拝見しても宜しいでしょうか?」

シャラフが頷いたので、ナリーファは手紙を開いた。

少し角ばった字で記された手紙には、ニルファールが重い罪を犯しただけでなく自分もナリーファを無闇に疑い侮辱してしまったと、一切の弁解もなく陳謝が記されていた。

また、本来ならニルファールとアイシャはウルジュラーンの法で裁かれ、正妃殺害未遂で死罪に処されて当然だったが、シャラフの計らいにより自国で処遇を決める事を許されたのを感謝しているとも……

パーリから、出立時のザルリス王は別人のようにやつれ、沈んだ様子だったと聞いている。愛娘に裏切られた悲しみと落胆以上に、自分が今まで他の子どもや寵姫を何人も不当に処罰してしまった事が許せないのだろう。

読み終わった手紙をナリーファが閉じて脇に置くと、シャラフがぶっきらぼうな声を出した。

「バフムド殿は、騙されたとはいえ、間違えて権力を振るった自分が一番悪いと恥じていた。甘いと責められても、せいぜいニルファールは幽閉する程度だろうな。アイシャも同じような処遇だと思う。もっとも、俺もそれを承知で連中を引き渡したのだから、お前を殺しかけた女達に対して甘いと言われても仕方ないな」

顔をしかめたシャラフに、ナリーファは微笑んで頭を下げた。

「陛下のおかげで、私もパーリも無傷で済みました。ご寛容を有難く思っております」

仲良くしていたのは演技だったと言われても、友人を持たずに育ったナリーファにとって、ニルファールと親しく過ごした一時は確かに幸せなものだったのだ。それにアイシャが葛藤の末に懺悔してくれたから助かったわけで、彼女達に死罪など望む気にはなれない。

ニルファールに無実の罪を着せられた者達は、ザルリス王が帰還したらすぐに名誉を回復されるだろう。今さら無罪が判明しても、彼女達が負った傷はとても癒えぬかもしれないが、己の過ちを深く自覚したザルリス王は精一杯に償おうとするはずだ。

そしてニルファールは、自分の犯した罪によって、周囲の信頼も王女の権力も、全てを失い幽閉される。

彼女が今まで陥れた相手を死罪にしなかったのは、親切ではなくむしろ意地悪な気持ちからだと言っていた。だから今の彼女にとって、あっさりと死罪にされないのは、より残酷な処遇に思えるかもしれない。

でも……ずっと後宮で他者と競い合って生きてきたニルファールは、皮肉にもこれで競争から解放されるわけである。

彼女が稀有な美貌と知性を兼ね備えていたのは確かだ。ただ、その使い方を間違えた。

人より抜きんでる事に固執し、歪んだ方向に幸せを追い求めてしまったニルファールだけれど、誰とも競う必要のなくなった環境でなら、いつか自分の過ちに気づけるだろうか。

彼女に少しでも嫉妬を抱いた身として、ナリーファはニルファールの気持ちを全否定できない。

だから、どうか彼女が被害者達に本心から詫びられる日がくる事を祈っている。

「……それよりも、陛下とニルファール様の間に諍いを生じさせてしまったのでしたら、私こそ謝罪では済まされない事をしてしまいました」

今度はかなり重苦しい気持ちで、ナリーファは深々と頭を下げた。

ニルファールは自身の魅力でシャラフの寵愛を得る強い自信があったから、メフリズからナリーファ誘拐を打診されても、それを受けるのは最後の手段に考えていたと言っていた。

それが急に申し出を受ける決断をしたのは、シャラフの出立前夜に自分が嫉妬を露わにした事と何か関係があったのではと、今さらながらに疑念と後悔が押し寄せる。

何しろあの夜、怒って後宮を出たシャラフは、本殿に戻っているのだ。そこで、後宮に来る直前まで逢瀬をしていたらしいニルファールに、もう一度会った可能性も十分にある。

そこで、今しがた後宮で起きた事を彼女に話していたら、ニルファールはナリーファが輿入れの妨害をするために嫉妬してみせたと思い、滞在期間も残りあと少しのところで邪魔をされたと、強い焦りと敵意を抱くのでは……？

そういうつもりでなかったとはいえ、結果としてシャラフが一時は惹かれたニルファールを断罪する事になってしまったのかと思うと、顔が上げられなかった。

「どういう意味だ、それは？」

しかし、驚いたような声と共に、いきなり顎を持ち上げられた。

「お前のせいで、俺とニルファールが……？　一体、あの女に何を吹き込まれたんだ⁉」

「そ、その……ニルファール様は、毎晩陛下と逢瀬をしていたのにご自分が見初められなかったのは、私が妨害したせいだと仰っていたのですが……もしや、あの時に私が見苦しい嫉妬をしたせいかと……」

怒りで顔を引き攣らせたシャラフに大急ぎで説明すると、彼が目を見開いた。

「お前が、嫉妬?」

「はい……狩猟にお発ちになる前夜、陛下からニルファール様の香がしたのを指摘してしまった事です。あれしきで妬くなどと、陛下の仰りようから酷く不愉快な思いをさせてしまったと……」

「は?」

これ以上ないほど目を見開いていたシャラフは、しばしの沈黙の後、上擦った声を発した。

「お前は……大きな勘違いをしている。あれは、俺がニルファールに嫉妬しているという意味だった」

「え?」

今度はナリーファが驚愕の声を発する番だった。だって、どうしてシャラフがニルファールに嫉妬する必要があるのだろう?

そんな疑問が表情に現れていたのか、シャラフが決まり悪そうに頭を掻いた。

「ザルリス国賓の滞在中、俺は昼間何かと忙しく、お前を遠目に見かけても声すらかけにいけない。それが残念でたまらないのに、お前はまったく気にしていないようで、やっと寝所で二人になってもニルファールと楽しく過ごした事ばかり話す……情けない話だが、あの女にお前を盗られた気がして面白くなかった」

「陛下……」

思わぬ告白に、ナリーファは目を瞬かせて記憶をたどる。

毎晩、ニルファールと過ごした話題になると、シャラフが急に不機嫌になったのは、まさかそういう理由だったのだろうか。

「その上、自分のつくる物語まで、ニルファールに不要と言われたから変えようと言い出したから、余計に頭にきた。そんなにあの女に合わせたければ好きにすれば良いと、俺も腹立ち紛れに意地を張ってしまったわけだ」

「そんな……私は、陛下が本当に、役に立たない寝物語など不要と思っていたのかと……」

そう呟くと、鋭く睨まれた。

「ニルファール程度の知識を教えられる教師など大勢いる。王の職務に必要ならそれを学びもするが、俺が個人的に求めるのはナリーファのつくった物語だ。お前しか話せる者はいない。お前の物語は俺のオアシスも同然で……だから、役に立たないなどと、二度と言うな」

「っ……」

息を詰めたナリーファの前で、シャラフが眉を顰めて、苦し気な息を吐いた。

「それから、ニルファールと毎晩顔を合わせていたのは確かだが、あれは逢瀬(おうせ)というようなものではないぞ」

きっぱりと断言し、シャラフは詳細を語り始めた。

――本殿に客室を用意されていたニルファールは、シャラフがナリーファのもとに行く頃合いになると、毎晩のように回廊で待ち伏せしていたそうだ。

そして、ナリーファと仲良くして様々な知識を教えてあげているなど話しては自分を売り込もうとし、あからさまに色目を使ってくる。

そんな彼女を鬱陶(うっとう)しくは思っても、一応は賓客(ひんきゃく)なのでやたらに追い払う事もできず、当たり障りのない短い立ち話をしては、そそくさと離れていた。

ザルリス王に娘と夜の花見を勧めたりと色々工夫してみたが、アイシャも協力していたのか、ニルファールは上手く抜け出しては執念深く付きまとう。

本殿から後宮へ行く道のりは一本きりなので、どうしても通らねばならない回廊の繋(つな)ぎ口に陣取られていれば、避(さ)けようがない。

ニルファールと出くわすのを我慢するかナリーファへ会いに行くのを我慢するかの二択で、後者を選ぶのは耐えられなかった。

そして狩猟に行く前夜も、真夜中だったというのにニルファールは辛抱強く待ち構えていた。あの、甘ったるい竜涎香の匂いをむせ返りそうなほどつけており、侍女とはぐれて歩き疲れたなどと言いながら、躓いたふりをしてシャラフに抱き着いたのだ。

いつもならそんな見え透いた行為はかわしていたのに、ナリーファを自分の我が侭で遅い時刻まで待たせてしまったという焦りから、気もそぞろになって避けられなかった。

すぐにニルファールを引き剥がして、一緒にいたカルンに部屋まで送り届けるよう彼女を押し付けたものの、香りが微かに移ったのには気づかなかったのだとか。

そして後宮の最奥でようやくナリーファに会い、生き返った気分で抱きしめた途端、ナリーファの口からニルファールの名前が出て、その瞬間ついに我慢の限界を迎えた。

あの毒サソリのような女の名前をこれ以上ナリーファの口から聞くのが堪えられず、『黙れ』と乱暴に押し倒した。

だが、ナリーファに怯え切った表情で見上げられ、すんでのところで我に返る。

初めて彼女が後宮に来た晩、不眠と疲労に追い詰められていたシャラフは、友誼という名目で押し付けられた小国の王女へ、相手国の顔を立てるために仕方なく会った。

こうして贈られてくる女は、シャラフの寵愛を得ようと媚びるか、悪評に萎縮するかだ。ナリーファに怯え切った様子でひれ伏されても、あの時は何も思わなかった。

それが……今は、酷く応えた。

残虐非道などと無責任な悪評をどれだけ広められようと構わないが、ナリーファにまた怯えられ拒絶されるのだけは辛くてたまらない。

　女が好きそうな化粧や流行の話の一つもできない無骨なシャラフよりも、親切そのものの態度で接する同性のニルファールの方が、ナリーファが気を許しやすくて当然だ。ニルファールがシャラフへ取り入ろうとする下心など気づいていないようだから尚更だろう。

　そして、ニルファールから吹き込まれた学識を教えてもらうという案を、意地で拒否しなかったシャラフは、自分も一緒になってナリーファの物語を否定したも同じ事だと今さら気づいた。

　愚かな嫉妬を抱いた上に、意地を張り続けて事態を悪化させて……その結果が、これだ。

　酷い自己嫌悪に動揺したシャラフは、頭を冷やそうと部屋を後にしたのだった。

「――もうお前に無理強いはしないと約束しておきながら、乱暴な真似をして本当に悪かった」

　話し終えると同時に深く頭を下げられ、ナリーファは慌てふためいた。

「とっ、とんでもございません！　それに私とて、あれだけニルファール様と仲良くしていながら、嫉妬したのにには変わりませんし……自分だけが陛下に抱きしめてもらいたいと……」

　ついそんな事まで白状してしまった途端、シャラフが顔を上げて急にニヤニヤし始めた。力強い腕がナリーファを抱き寄せる。

「あれくらいの嫉妬なら可愛いもので、むしろ結構な話だ。俺が他の女を抱いても平気だと言われるより、ずっと良い」

「で、ですが……陛下は、後宮で争われるのはお嫌いだと……」

　自分をしっかりと抱きしめる体温にどぎまぎしながら問うと、すぐ間近にある彼の鋭い両目が優しく細められた。

「ああ、嫌いだ。俺は他の王子と同じく十歳まで後宮で育ち、子どもながら寵姫達の争う姿に心底辟易した。力のある男ほど多くの女を囲い養うのが、過酷な環境に生きていた祖先の知恵だと諭され、頭では納得できても感情では受け入れがたい……」

　懐かしさと同時に様々な複雑な感情を思い出したように、シャラフは遠い目をした。

「いつも寂しそうな母君と、仲睦まじいスィルとカルンの両親を同時に見ていたから、余計にそう感じたのかもしれない。いつか、たった一人だけで良いと思える相手を見つけて愛したいと思っていた」

　シャラフが片手でナリーファの頬をそっと撫でる。硬い大きな手の平が皮膚を滑り、くすぐったさに似た愉悦が走った。

んっ、と小さく息を詰めて肩を竦めたナリーファを、シャラフがいっそう愛おしげに見つめる。

「俺は、ナリーファを唯一の妃にすると決めているから、お前を正妃ではなく『王妃』と呼ぶんだ」

「え……」

以前から抱いていた疑問の答えを唐突に明かされ、ナリーファは目を瞬かせた。

「後宮に多くの女を養い囲うのも王の義務だと言うのなら、俺はその義務を放棄する代わりに、より多くの民が豊かに暮らせるよう国に尽くす」

優しくこちらを見つめながらも、真剣な光を宿す瞳に、ナリーファは呆然と見惚れる。

シャラフが暴君でない事は、知っていた。

それでも昼間に部屋の外へ出るようになってから、パーリや侍女達と楽しくお喋りをしたり、市井へお忍びしたりするうちに、もっと多くの事を知るようになった。

シャラフは即位して以来、国政の改良に努め続け、高い家柄でなければつけなかった官職にも試験を設けて、平民でも能力次第で登用できるようにした。

前王の悪政を立て直し、収賄などに消えていた国の予算をきちんと確保し、開墾地の整備や学校の建設などの公共事業にあてている。それにより、多くの貧困層へ仕事が与えられた。

でき上がった開墾地は次の働き場になるし、学校は優れた人材を育成し、国民の生活向上の役に立つ。

その結果、役人の質も上がり、犯罪率や失業者の数は大幅に減った。

皆の暮らしを守るべく尽力しているシャラフは、国外の無責任な悪評とは裏腹に、自国民からは高い評価を得ている。

「ナリーファ。この先、誰が何と言おうとお前は、俺の唯一の王妃でいろ」

あまりにも幸せすぎて、これは夢ではないかと疑わしく思うほどだった。声を詰まらせていると、唐突に唇を舐められる。

「返事はどうした？」

焦れたように囁かれ、ナリーファは上擦った声と共に頷く。

「っ……は、はい」

そのまま目を閉じて、吸い寄せられるみたいにして唇を合わせていた。軽く触れ合っていた口づけが徐々に深くなり、吐息が色づき始める。

「へ、陛下……あの……」

まだ夕刻なのに、このままでは止まれなくなりそうな気配を感じ、胸元を押し返そうとしたが、いっそう強く抱きしめられてしまった。

「もう普通にして良いのだろう？　ナリーファが起きたら付きっきりで過ごせるよう、急ぎの仕事は全て終わらせてきた」

背中から腰まで衣服の上からするりとなぞられて、背骨を走り抜けた愉悦に、ナリーファは思わず短い声を上げる。

シャラフが喉を鳴らして笑い、口角を上げて、潤んだナリーファの目を覗き込む。

「それに、お前も十分その気になっているようだ」

「そ、そんな……きゃっ⁉」

急に横抱きにされ、隣の寝所に連れていかれる。

柔らかな寝台に押し倒され、シャラフが覆い被さってきた――が、彼は身を起こし、ナリーファを向かい合わせに座らせると、唐突に切り出してきた。

「お前さえ良ければ、近々に王妃の部屋を本殿に移したい。俺の私室の傍に、ここと同程度の部屋を用意するつもりだ」

「本殿に、ですか？」

面食らって尋ね返すと、シャラフが頷く。

「ああ。前々から考えていたんだが、ここは毎晩通うには本殿から離れすぎている。それに、お前が俺の傍で暮らしていれば、会いに行くのをいちいち客人に邪魔される事もなかったわけだしな」

少し苦い顔でニルファールの件を濁して言った彼は、気を取り直したように軽く首を振って話を続けた。

「大勢の寵姫を娶る気がないのなら、いっそ後宮の概念に拘る事もないと、スィルが王宮の改築という形で提案してくれた。だが、ナリーファが幸せに暮らせなくては意味がないからな。ここを気に入っているのなら、改めて計画を練り直すので遠慮なく言え」

ゴクリと唾を呑み、ナリーファは告げられた事を頭の中で反芻する。

ナリーファは三年ほど暮らしているこの部屋を、決して嫌いではない。

ただ……部屋の外に出始めてから、ここはあまりにも静かすぎると思うようになった。

一人しか妃の住まぬ後宮はいつも人気がなく、少し寂しい。せっかくの美しい庭もナリーファだけのために整えられていると思うと、有難いというより、申し訳ない気分にさえなってくる。

何よりも……

「このお部屋は有難く使わせていただいておりますが……陛下のお傍で暮らせるのでし

たら、それ以上の幸せはありません」

緊張に高鳴る胸を手で押さえつつ答えると、シャラフが驚いたように目を見開いて、パッと顔を輝かせた。

彼はナリーファより年上で、鋭い目つきは周囲から恐れられるほどなのに、こうして顔を輝かせると、とても純粋な少年みたいに見えるから不思議だ。

「そうか」

満面の笑みで短く答えた彼に、改めてまた押し倒される。

手早く寝衣の帯を解かれ、ナリーファはあっというまに一糸まとわぬ姿にされた。露わになった胸をシャラフが掴み、先端に唇を寄せる。熱い舌で舐められ、すぐに尖ってきた先端を強く吸い上げられた。

痛みまじりの快楽に鳥肌が立つほど感じてしまい、ナリーファはシャラフの頭を胸に押し付けるようにかき抱き、敷布の上で身をくねらせた。

下腹部の深い部分が火照り始め、花弁の隙間からとろりと蜜を溢れさせる。

脚の付け根が酷く疼き、ナリーファは呼吸を浅く速くしていく。腰や太ももをさわさわと撫でられると、蜜を零す部分が切なく疼いてたまらない。

「あ、ぁ……陛……シャラフ……」

褥での呼び名を口にしながら、淫らな願いを口走ってしまいそうになり、慌てて両手で口を覆う。

それでも無意識に太ももをこすり合わせていると、気づいたシャラフが楽しそうに口端を吊り上げた。

「お前は普段、欲しいものや不満を何も口にしないのに、こうして閨では無言で強請るんだからな。可愛すぎて始末に悪い」

「やっ……ち、違います……」

真っ赤になっているだろう顔を背けようとしたが、顎を掴まれて彼の方を向けさせられ、熱っぽい声で囁かれた。

「俺を、これ以上夢中にさせてどうする気だ」

唇が深く合わさり、舌を絡めて口腔を激しく貪られる。

骨ばった長い指が秘所に伸ばされ、湿った音を立てて花弁に触れる。甘い痺れが足先から全身を駆け抜け、ナリーファは合わせた唇の合間でくぐもった嬌声を上げた。

割れ目を撫でるように往復してから敏感な突起をこねられ、たちまち達してしまう。

弓なりに反らせた身体を大きく震わせているうちに、蜜に濡れて光る花弁をかき分けて骨ばった長い指が押し込まれた。

「あぁっ！」

達したばかりの鋭敏な身体には強烈すぎて、ナリーファは全身を強張らせ、枕の端を強く握りしめる。

「や、あうっ、まだ……だめっ、あっ、う……っ」

涙をぼろぼろと零しながら訴えれば、シャラフは獲物を前に舌舐めずりする肉食獣のような表情になった。

徐々に本数を増やしつつ抜き差しされる指の動きに合わせて、淫靡な水音が立つ。ナリーファの腰が意思とは無関係に揺らめき、荒い呼吸と艶やかな嬌声が入り混じって室内に響く。

そうして受け入れる場所を十分に蕩けさせてから、シャラフは自分も衣服を脱いだ。太腿に熱く張り詰めた感触が当たり、快楽を散々に教え込まされたナリーファの身体が、期待と歓喜にゾクリと震える。

濡れて解れた秘所に雄の先端が押し付けられ、彼女は背筋にゾワゾワと感じる愉悦に、思わず喉を鳴らして唾液を呑み込んだ。すると、ゆっくり押し込まれる。

「ん、ぅ……」

もう数えきれないほど受け入れているのに、最初はやはりきつく、自然と眉根が寄ってしまう。シャラフの背に両腕を回し、縋りつくように抱きしめた。

「大丈夫か……？　どこか痛むところはないか？」

全部収めると、シャラフが額に汗を滲ませて息を吐き、ナリーファの額に張り付いた前髪をそっと除けた。

殿医の許可があっても、体調を気遣ってくれているのかもしれない。そう思うと、心臓がきゅうと鷲掴みにされたようにときめいた。

「はい……平気です……それに、あの……」

そっと彼を見上げると、シャラフが首を傾げる。

「何だ？」

「あ、ええと……」

やっぱりやめておこうかと羞恥に苛まれつつも、ナリーファはこれは大切な事なのだと自分に言い聞かせ、目を瞑り思い切って訴えた。

「望めるのでしたら……私は、陛下とのお子が欲しいです……」

ウルジュラーンのように、王位継承者以外の男児は全員処刑などという法を持つ国は他にない。大抵の国では王の兄弟は官職などにつき、後宮の女性は国王の子を産めば、生涯にわたりかなり優遇された生活が約束された。

そしてシャラフは、王の兄弟を処刑するという悪法を既に廃止しているが、何もナリーファはこれ以上の厚遇を望んで今の言葉を口にしたわけではない。

国王とは、世継ぎが必要な立場だ。

ナリーファはシャラフを愛していて、彼に一人きりの王妃と求められて嬉しい。

だからこそ、世継ぎの問題で苦悩させたくはなかったし、いつか耳にした家臣達のぼやきのように、周囲に他の側妃を勧められたくもなかった。

自分がシャラフを独り占めしたいという、ナリーファの素直な欲求でもある。

「……ナリーファ」

シャラフが低く唸ったかと思うと、噛みつくように口づけられる。

「すまないが、加減できそうもない。思い切り抱くぞ」

欲情を宿した宣言に、彼を受け入れる身体の奥が、きゅんと反応する。

ナリーファの腰を掴み、シャラフが攻め立て始めた。奥まで叩きつけるみたいにして深く貫かれ、こすり上げられる。

情交の音と嬌声が激しさを増す中、容赦なく穿たれ、鮮烈な愉悦に目の前が真っ白になった。

「っ、あああ！」

ナリーファは高い嬌声を上げ、限界まで背を仰け反らせ、打ち揚げられた魚のように身を痙攣させる。

淡褐色の裸身はしっとりと汗に濡れ、眦から喜悦の涙が零れた。

交わりながら、どちらからともなく唇を合わせ、夢中で互いに舌を絡ませ合う。ひときわ強く奥へ突きこまれ、目の前がまた快楽に白んだ。

跳ね上げたつま先がぎゅっと丸まり、身体の奥で熱いものが爆ぜるのを感じた。

褐色の逞しい背にしっかりと抱き着き、ナリーファは何度も身を震わせて、注がれる飛沫を受け止める。

しかし、シャラフは一度だけでは終わらず、何度もナリーファを抱いた。

その間に陽は完全に落ちて月が昇り、真夜中になってから、ようやくナリーファはシャラフに抱きしめられて眠りについたのだった。

8　そして二人はいつまでも幸せに……

ニルファールや暴漢の持っていた密書は、メフリズがナリーファを誘拐し殺害しようと企(たくら)んだ決定的な証拠になった。

ミラブジャリード国王……つまりナリーファの父は、数いる娘の一人が正妃に虐(しいた)げられようと、そよ風ほども気にしなかった。だが、熱砂の凶王と名高いウルジュラーン王から、妃殺害未遂(きさき)の責任をとれと抗議されると流石(さすが)に震え上がった。

すぐさま正妃と、犯行に協力していた王太子から地位を剥奪(はくだつ)し、罪人の焼き印を押して投獄したと、ナリーファは後から報告を受けた。

メフリズ達は、二度と陽の当たるところに出てこられない。

決して好意を持てない相手とはいえ、気分の良いものではなかったが、これでもうパーリのようにナリーファの周囲にいる人々まで巻き添えを食らう恐れはなくなった。

またナリーファは、どうしてずっと自分を放置していたメフリズが、急に犯行に及んだかという経緯も聞いた。

――メフリズは最初、ナリーファが熱砂の凶王に殺されるどころか正妃になったと聞いて驚き、いずれシャラフの力を借りて自分に復讐するのではと、恐れた。

そこで戦々恐々とウルジュラーンへ見張りを差し向けていたものの、ナリーファは正妃として権勢を振るうどころか、自室に引き籠もっていると聞いて安心したのだとか。

シャラフがナリーファを王妃にしてただ一人寵愛しているというのは、きっと自分と同じように、部屋に閉じ込め苛めて憂さ晴らしをしているのだと都合よく考えたのだ。

ところが、ある時を境にナリーファが急に外へ姿を見せるようになり、しかもシャラフとの仲睦まじい姿が市井でも評判だと、交易商人から耳にしたメフリズは再び戦慄した。

今までナリーファが大人しくしていたのは、自分を油断させるためで、今度こそ復讐にくるのではと猜疑心に駆られたメフリズは、いても立ってもいられなくなった。

再度ウルジュラーンへ諜者を放ち王宮を探っていたところ、輿入れを断られたニルファールがナリーファを恨み、暗殺は無理でもせめて嫌がらせにと、雇った男に毒サソリを庭へ放り込ませたのを知った。

もう随分前に、後宮の庭に忍び込んでいた毒サソリは、そうした事情で放たれたものだったのだ。

そして、その際に目撃されていた行商人を装っていた男達は、ニルファールとメフリズがそれぞれ雇った者だった。偶然にも出会った彼らが、互いの雇い主に同じ人物を消したがっている相手がいる事を報告したのだ。

メフリズが、協力しようとニルファールに話を持ちかけたのは、そういう経緯だった。

――ザルリス国の一行が去ってから、二十日余が経った。

ウルジュラーンの王宮はすっかり普通の生活に戻り、ニルファールの件については密かな噂くらいは流れても、公に口にする者はいない。

その日の昼過ぎ。ナリーファは本殿の二階にある新しい私室の窓から、眩しい太陽に照らされる王都を眺めていた。

ここは、以前に使っていた部屋と同じ広さだが、ナリーファの好みに合わせて内装をしつらえてもらった。豪華さよりも居心地の良さを重視し、爽やかな色調の寛げる空間になっている。

しかし、ナリーファが一番気に入っているのは、回廊を挟んで向かいがシャラフの私室という点だ。最近では、シャラフの執務が終わってから夕食も一緒に取っている。

完全に無人となった後宮は少々の改築を施し、文官達の仕事部屋や会議室などに活用されるそうで、そちらも工人が順調に仕事を進めている。

これを聞いた時にはパーリも、『それにしても、家臣の方々がよく後宮の廃止など認めましたね』と、驚愕していたし、ナリーファも不思議に思っていた。

その疑問にこっそり答えてくれたのは、カルンとスィルだ。

『最初は大反対が起きたよ。陛下が、今はナリーファ様だけを妃にしていても、いずれ気が変わるのを期待していた奴も多かったしさ。でも、陛下が後宮に入り浸って女遊びをする代わりに、ずっと国のために頑張ってきたのをちゃんと認めて、味方してくれた家臣もいた。それに……兄貴が大張り切りで、誰も文句つけようのない綿密な計画を立てたからね』

カルンから愉快そうに横目を向けられたスィルは、いつも通りの生真面目な表情で、ナリーファに分厚い計画書の束を見せた。

『私は、非効率な事柄がこの世で何よりも嫌いです。この広い建物をナリーファ様一人にお使いいただくより、王宮の一部として有効活用する方が、遥かに有益と判断いたしましたので、今回の提案をさせていただきました。ナリーファ様には、無礼な事をしたと感じられるかもしれませんが、どうぞお許しください』

『そのようには決して思いませんわ。感謝しております』

淡々と言うスィルに、ナリーファは顔を綻ばせて礼を言った。

国王の恋愛感情だけで後宮という伝統をなくすのなら、もっと反対があったはず。国の支配者たるシャラフは、反対する者をねじ伏せる力を持ってはいるけれど、無闇にそれを振るう人ではないし、ナリーファも望まない。

合理性の面でも十分な価値があると、スィルが主張してくれたから、この案が穏やかに実行できたのだと思う。

シャラフの計画に協力してくれた人達、皆に感謝しながら、ナリーファは真下へ視線を下ろす。

花壇に秋の花が盛りの中庭には、美しい蝶や働き者の蜂が蜜を目当てに飛び回っている。

羽根を持つ小さな生き物には、王宮の手入れされた花も道脇の花も大差なく、ただそこに美味な蜜があるかという事だけが重要なのだ。

長閑な景色に微笑むナリーファは、開け放した窓から吹き込む心地良い風に目を細めた。その時だった。

不意に、一匹の蜂が大きな羽音を立てて、ナリーファのすぐ傍から室内に飛び込んできた。蜜蜂よりももっと大型の鋭い針を持つ蜂は、何かに刺激されたのか、殺気立った羽音を響かせ、部屋の中を縦横無尽に飛び回る。

「きゃあ！」

悲鳴を上げたのはナリーファではなく、すぐ近くで書棚の整理をしていたパーリだった。

「ナリーファ様、逃げてください！　刺されると大変です！」

パーリはちょうど手にしていた薄い大型の本をパタパタ振り、懸命に蜂を追い払おうとするが、なかなか上手くいかない。

興奮しきった蜂はパーリの本を避けると、窓際のベンチに腰かけたままのナリーファへ、尻の針を突き出して襲いかかってきた。

「ナリーファ様!!」

パーリが叫び声を上げるのと同時に、先ほどの悲鳴を聞きつけた衛兵が扉を開けて駆け込んでくる。

「大丈夫よ」

ナリーファは微笑み、二本の指で針を摘まんだ蜂を見せる。顔に刺さる寸前で、ナリーファは蜂の動きを見切って止めたのだ。

あの白い世界はなくなってしまったけれど、ナリーファがそこで得たものはなくならなかった。起きていても、今では自分の意思で俊敏に動ける。

この蜂のように素早く飛んでこようとも、止めるのはさして難しい事でもなかった。

衛兵とパーリへ静かにしてくれるよう頼み、ナリーファは窓から腕を伸ばして蜂を逃がす。特に強い毒のある蜂でもないため、無闇に殺したくはなかった。

フラつきながらも無事に蜂が飛び去ったのを見て、ナリーファはほっとした気分で窓を閉める。

「ご、ご無事で何よりでございます。失礼いたしました」

唖然としていた衛兵が慌てて退室し、パーリが深い息を吐いて額の汗を拭った。

「申し訳ございません。せっかくご指導していただいているのに、私ときたら狼狽えてばかりで、とてもナリーファ様のように動けません」

しょげかえった様子で頭を下げるパーリに、ナリーファは慌てて首を横に振った。

「少し付き合ってもらっているだけなのだから、そう気負わないで」

あの事件の後、ナリーファはシャラフにも、寝相が直った理由を告げた。

そして、夢の世界はなくなったけれど、母から習った舞を錆びさせたくないと言ったナリーファに、シャラフは素敵な贈り物をくれた。

彼は本殿の隣にある静かな棟の一画に、ナリーファ用の小さな訓練室を整えてくれたのだ。その部屋でナリーファは人目を気にする事なく戦舞姫の鍛錬に励んでいるのだが、嬉しい事にパーリもそれを習いたいと言ってくれたので、彼女に少しずつ教えながら毎日楽しく過ごしている。

「っ……」

不意に軽い嘔吐感を覚え、ナリーファは口元を片手で押さえた。

「ナリーファ様⁉」

「少し、気分が悪くなって……横になろうかしら……」

朝から食欲がなくあまり食べなかったので吐かずには済んだが、気持ちが悪くて辛い。

パーリに支えられながら、ナリーファは寝台に横たわった。

今はもう、目を閉じて横たわってもすぐに眠りに落ちず、軽い痛みを感じる下腹部に手を添える。心なしか熱っぽく、身体もだるい。

「そ、それは、もしかして……私も話に聞いただけなんですが……殿医様をお呼びしますので、お待ちください！」

ナリーファの体調を聞いたパーリは、そう言うと、脱兎のごとく部屋から飛び出した。

ナリーファも、こうした症状からある可能性を予感してしまい、不安と期待にドキドキと胸が高鳴っていく。

ほどなくやってきた殿医は、ナリーファを診察するとニコリと微笑んでお辞儀をした。

「おめでとうございます。正妃様、ご懐妊でございます」

「本当だな⁉」

唐突に部屋の扉が大きく開き、シャラフの大声が響き渡った。

「陛下⁉」

目を丸くしたナリーファのもとに、シャラフが駆け寄ってくる。彼は起き上がろうとしたナリーファを制し、手を握りしめた。

「横になっていろ。しばらくは舞も無理も禁物だ」

「あーぁ、こっそり聞いてたのがバレちゃったじゃないですか」

後から部屋に入ってきたカルンが、呆れ顔で肩を竦める。どうやら彼らは扉に張り付いて中の様子を窺っていたらしい。

「血相を変えたパーリが殿医を連れて駆けていくのが見えたから、何かと思ってな。お前をこちらに移して本当に良かった」

ナリーファの両手を握りしめたまま、シャラフが顔中をくしゃくしゃにして笑う。

そして、鋭い双眸を愛おし気に細めた彼は、じっとナリーファを見つめた。

「王子でも王女でも、どちらでも俺とナリーファの大事な子だ。楽しみだな」

「ありがとうございます。陛下……」

ナリーファが世継ぎの王子を産まねばと、重圧を感じぬよう気遣ってくれているのだろう。

愛情の籠もる柔らかな声に、ナリーファは幸せを噛みしめる。鼻の奥がツンと痛み、嬉しさで涙が滲んだ。

「陛下……本当に、ありがとうございます……私を、貴方の、王妃にしてくださって……」

堪え切れずに涙が溢れ出してしまうと、シャラフにそっと肩を抱かれた。

そろそろと、パーリや殿医達が静かに部屋を出ていく気配を感じ、恥ずかしいながらも彼らの気遣いに感謝する。

「俺も、お前が王妃になってくれた事を最高に嬉しく思う」

シャラフがそう言い、コツンとナリーファと額を合わせる。すぐ間近に互いを見つめながら、二人で微笑み合った。

エピローグ

――その後。

二人は、王子王女を合わせて、五人の子宝に恵まれた。仲睦まじい両親のもとで育った子ども達は仲が良く、一家には笑いが絶えなかったという。

シャラフは見事に国を治め、妃は宣言した通りに生涯ただ一人しか娶らなかった。型破りながらも善き政を敷いた王として、後世に広く名を遺す事となる。

また、王妃ナリーファが、夫や子ども達のために語った数々の寝物語は何冊もの本となり、ウルジュラーンに住む多くの人々に親しまれた。

そして百年以上もの時が過ぎ……

誰が書いたのかは不明だが、一冊の手記が発見された。

その内容は、砂色の髪をした苛烈な若き王と、故国で疎まれて彼の後宮へ送り込まれた不憫な王女が、千と一夜にかけて愛を育んでいく物語。

古い冊子の表題には『熱砂の凶王と眠りたくない王妃さま』と、記されていた。

書き下ろし番外編

シャラフの好きな甘いもの

かつて、シャラフには苦手なものが二つあった。『女』と『甘味』である。

別に、男色なわけではない。女の嫉妬（しっと）と陰謀渦（うず）巻く後宮で幼少期を過ごしたから、恋愛に夢も希望も持てなくなっただけだ。

そして、現在もシャラフはその二つが苦手である――が、一つだけ例外ができた。


本日、シャラフはスィルと共に大市場（グランド・バザール）を訪れていた。

この国の国王として、威風堂々と視察に出ているのではない。

ありふれた平民の衣服に着替え、大市場（グランド・バザール）の人混みにスルリと溶け込む様（さま）は、すっかり手慣れたものだ。

即位以来、シャラフはできる限り時間をつくっては、お忍びで市井（しせい）に出かけている。

子どもの頃、王宮で聞いただけの情報から想像していた民（たみ）の暮らしと、実際にこの目で見た市井の光景がまるで違って驚いたからだ。

その原因の一つは、王宮からの視察の前では人々の態度が違うせいだと知った。

民の生活を守るべき王が、肝心の生活について認識がずれていては話にならない。

側近兄弟を伴い、身分を隠してありのままの市井を観察するのは重大な仕事だ。

ただし、今回のお忍びはその理由でなく、完全に私情であった。

「今日は随分と蒸しますね」

スィルがハンカチで額の汗を拭い、シャラフも頷いて汗を拭く。

季節はまだ春なのに、今日は夏が一足早く来たのかと思うほどに気温が高い。

石造りの背の高いドーム屋根が、大市場を強い日差しから守っているけれど、吹き込む熱風に加えて、人混みの熱気が暑さを煽る。

もっとも、そのおかげで冷えたジュースや氷菓子を売る屋台は大繁盛だ。通路脇に小さな丸テーブルを幾つか備え、気軽に飲食を楽しめるようにしているところも多い。

シャラフは物陰に慎重に隠れつつ、そうした屋台の一つにじっと目を向ける。

クルフィという、風味付けした牛乳を凍らせた伝統的な氷菓子を売る店だ。

遠方から来た者は砂漠で氷が手に入るのに驚くようだが、砂漠とて四季はある。高い山から厚い氷を運んで氷室で貯蔵するので、暑い時期にこうして使えるのだ。

ともかく、薔薇水やアーモンドで味付けした甘く濃厚なクルフィは、シャラフの舌にこそ合わないけれど、女性や子どもに絶大な指示を得ているし、甘味を好む男性もいる。

シャラフの視線の先には、愛してやまない王妃——ナリーファが、付き添いのパーリと護衛のカルンと共に屋台の小さなテーブルで、美味しそうに氷菓子を頬張っていた。

ナリーファもお忍びなので、小綺麗な身なりでも普段ほど上等の服装ではない。

今の三人を傍から見れば、気さくで裕福な奥方が侍女と護衛を伴って市場巡りをしているといったところか。

ちなみに、カルンは屈強な見た目から意外に思われるが大の甘党で、この菓子ならどこそこが美味いとか情報収集にも余念がない。

あの屋台はそれほど目立たないけれど、きっと大市場で一番美味い氷菓子の店なのだろう。

ナリーファが淡い薔薇色をした氷菓子を匙で掬い、パクンと口に入れて頬を緩ませる。

その可愛らしい横顔を、シャラフは食い入るように眺めつつ、同じ卓で楽しそうに語らっているパーリとカルンに激しい嫉妬を抱く。

「くそ……羨ましい！　ナリーファと外出など、俺もしたことがないのに……」

ギリギリと歯軋りして呻くシャラフに、スィルが氷菓子よりも冷たい視線を向ける。

「でしたら、今からでも合流すればいいではありませんか。甘味が苦手でも、あの屋台は冷珈琲(コーヒー)も売っていますよ。陛下もそれならお好きでしょう」

「止(や)めろ！」

スタスタと歩き出そうとしたスィルの襟首を、慌ててシャラフは掴んで引き留める。

「ぐえっ！　何をなさるんですか」

蛙の潰(つぶ)れたような声を発したスィルを、シャラフは涙目で睨(にら)んだ。

「あんなにナリーファが楽しそうに過ごしているのに、俺が割り込んだら水を差してしまうだろう」

――以前のナリーファは寝相の秘密を抱えていたが故(ゆえ)に、シャラフの傍では一晩中眠らず、昼間に眠って外出もろくにしなかった。

しかし、真相を知ったシャラフが気にせず普通に寝起きするよう促(うなが)すと素直に聞き、外出もするようになった。それはとても喜ばしいと思う。

ナリーファをこの上なく愛している。だからこそ、後宮に閉じ込めて独占したくなる反面、束縛して不自由な思いをさせたくもない。相反する気持ちにいつも苛(さいな)まれる。

そんな中、今日はナリーファが初めて大市場(グランド・バザール)の見学に行くと聞き、いても立ってもいられなくなった。

パーリは若いながらも気が利く賢い侍女だ。カルンも、シャラフが知る限りで最強の男である。二人が付き添えば、まず厄介事に巻き込まれる心配は杞憂だろう。

それは重々に承知だが、賑やかな大市場を楽しそうに見て回る最愛の妃の姿を、後から報告だけ聞いて満足できるものか。

俺だって一緒に行きたいとジタバタ苦悩した末、シャラフはスィルを伴って急遽のお忍び——つまり、ナリーファのお忍びへ、お忍びでついていくことにしたのだ。

「——率直に申し上げますが、陛下はナリーファ様に関して実に面倒くさいですね。熱砂の凶王とまで呼ばれる御方が、どうしてそう弱気なのです」

スィルが乱れた襟元を正し、周囲に聞かれぬ小声で辛辣に言い放つ。

「……言っておくが、その思春期の少年が考え出したような恥ずかしい呼び名を、俺が自身で名乗った覚えはない。俺も人間なのだからたまには弱気になって悪いか」

顔をしかめて言い返し、シャラフは溜め息を呑んだ。

黙って後をつければすぐカルンに気づかれる。不審者と間違えられて余計な騒ぎが起きないよう、彼の方にも出立前に計画を話したら、やはり呆れた顔をされた。

『こそこそ後をつけるくらいなら、陛下もご一緒すればいいじゃないですか』

側近兄弟に揃ってそう言われてしまったが、シャラフとて考えあぐねてのことだ。

愛を交わして契（ちぎ）った間柄となっても、ナリーファはシャラフに対していまだ萎縮（いしゅく）気味だ。

祖国で長年強者に虐（しいた）げられて染みついた性質は、簡単に変わらないのだろう。

それより、明るく人懐こいパーリとカルンだけに任せた方が、ナリーファは貴重な外出をのびのびと楽しめる気がした、

そして今日、二人に連れられて大市場（グランド・バザール）を回るナリーファの、いつになくはしゃいだ楽しそうな笑みに、少し胸は痛んだが、やはり自分が割り込まなくて正解だと思い知った。

複雑な思いで遠目に彼女を眺めているうちに、つい身を乗り出しすぎた。

ふと、ナリーファと目が合ったような気がして、シャラフは慌てて顔を引っ込めた。

心臓が、早鐘のようにバクバクと鳴る。

（あの一瞬なら、流石（さすが）に大丈夫だと思うが……）

変装もしていることだし、あの距離からシャラフとわかったのなら、感心するほどの動体視力と観察眼だ。

チラリとナリーファの方へ眼をやると、彼女はもうカルンとパーリを相手に話し込んでいた。

「……バレないうちに帰るとしよう。スィル、行くぞ」

胸を撫で下ろして促すと、スィルが首を傾げた。

「ええ。ですが……」

スィルの視線の先へ振り向けば、カルンが席から立ち上がり、満面の笑みで大きく手を振っているのだ。

「ジャイル様と、兄貴！　偶然ですね、ご一緒しませんか？」

ちなみに、ジャイルとはシャラフがお忍びで出かける際の偽名である。

「なっ⁉」

「ナリーファ様に気づかれたようですね。ああやって呼ぶと言う事は、もう誤魔化すのは無理だとカルンも判断したのです。潔くご一緒しましょう」

どうやらナリーファの動体視力と観察眼は、褒め称えて感服するのに値するようだ。

狼狽えるシャラフの腕を掴み、スィルがぐいぐいと引っ張る。

動揺しまくっているせいでろくに身体が動かず、シャラフはあっさりとナリーファのところへ連れていかれてしまった。

「ここで会うとは偶然だな。俺もたまたま、急な仕事で外に出て……もう終わったが、この暑さだから何か飲もうかと……氷菓子は苦手だが、冷珈琲もあるようだから……」

後ろめたさから、聞かれてもいないのについ弁解がましいことを口にしてしまう。

だが、意外にもそれを聞いた途端、ナリーファがホッとしたように微笑んだ。

「先ほど、陛……いえ、ジャイル様のお姿が見えたのですが、お仕事中でしたら声をかけない方が良いのではと心配だったのです」

やはり、彼女はシャラフに大層気を遣う。他の者にも遣うが、特に遠慮を見せる。

それは彼女の優しさで美点であるのだが、僅（わず）かに苦い想いもするのを堪（こら）え、シャラフは笑いかけた。

「いや。それよりも大市場（グランド・バザール）は楽しめたか？」

「はい！　故国でもこちらの大市場（グランド・バザール）は噂（うわさ）に聞きましたが、こんなに賑（にぎ）やかで楽しい場所だなんて、想像を遥（はる）かに超えておりました。夢のように素晴らしい一日を過ごさせてくれた二人には、感謝しきれません。それに……」

何か言いかけ、ナリーファは一瞬口を噤（つぐ）んで視線を彷徨（さまよ）わせたものの、思い切ったようにシャラフを見ると、少し背伸びをして耳元に囁（ささや）いた。

「まさか、視察中の陛下とお会いできるなんて、本当に夢でも見ているのかと思いました。前に視察のお話を聞いて、大市場（グランド・バザール）を歩きながらずっと陛下の視察している姿を想像していたのです」

「……そうか」

照れくさそうに微笑むナリーファを凝視し、掠れた声で呟くのが精一杯だった。

あまりにも嬉しくて息が詰まり、頭がクラクラする。

「せっかく偶然に会ったのですから、我々も休憩いたしませんか？」

不意に、スィルの声がして、シャラフは我に返った。

いつの間に買ったのか、スィルは両手に、冷たい珈琲を入れたカップを持っている。

どこまでも卒がない補佐官は、カップを一つシャラフに押し付けると、自分はさっさと、少し離れた場所の空いているテーブルに向かう。

「その席では全員座れませんので、私はこちらに失礼いたします」

そう言いながら、スィルが素早くカルンとパーリに目配せをすると、二人は機敏に空気を読んだらしい。

「あ！　俺も兄貴に大事な話があるので、そっちに移ります！」

「私も！　申し訳ございませんが、諸事情から少しだけ離れるのをお許しください！」

それぞれ食べかけていた氷菓子の器を取り上げ、カルンとパーリは急いでスィルの陣取った席につき、こちらに背を向けてしまった。

お忍び中の国王夫妻から離れるのは無理でも、二人きりにするよう、精一杯気を利かせてくれたのだろう。

「あ、あら……？」

唖然としているナリーファの手を取り、シャラフは再びテーブルにつかせると、自分も隣の椅子に腰を下ろした。

「ほら、俺達はここに座ればいいだろう」

どうしようもなく顔がニヤケそうになりながら、シャラフはナリーファの耳元に囁く。

「こうして二人でいると、市井の恋人のようだな。一度、お前とやってみたかった」

「えっ……」

たちまち、ナリーファの頬が真っ赤になり、わたわたと視線を氷菓子の方へ逸らす。

その可愛らしい反応に満足し、ついでにシャラフは彼女の手を取ると、匙で掬っていた氷菓子を自分の口に運んだ。

「お前と一緒に食べるのなら、これも悪くないな」

いっそう赤くなったナリーファに、ニヤリと笑ってみせる。

――かつて、シャラフには苦手なものが二つあった。『女』と『甘味』である。

そして現在もシャラフはその二つが苦手である――が、一つだけ例外ができた。

ナリーファとの甘い時間だけは、苦手どころか一番の好物になった。
普段は苦手な甘ったるい氷菓子も、最愛の妃(きさき)と味わうなら天上の甘露だ。

本書は、2017 年 7 月当社より単行本として刊行されたものに書き下ろしを加えて文庫化したものです。


この作品に対する皆様のご意見・ご感想をお待ちしております。

おハガキ・お手紙は以下の宛先にお送りください。

【宛先】

〒 150-6008 東京都渋谷区恵比寿 4-20-3 恵比寿ｶﾞｰﾃﾞﾝﾌﾟﾚｲｽﾀﾜｰ 8F
（株）アルファポリス　書籍感想係

メールフォームでのご意見・ご感想は右のＱＲコードから、
あるいは以下のワードで検索をかけてください。

ご感想はこちらから

レジーナ文庫

熱砂の凶王と眠りたくない王妃さま

小桜けい

2020 年 7 月 20 日初版発行

文庫編集－斧木悠子・宮田可南子
編集長－太田鉄平
発行者－梶本雄介
発行所－株式会社アルファポリス
〒150-6008 東京都渋谷区恵比寿4-20-3 恵比寿ｶﾞｰﾃﾞﾝﾌﾟﾚｲｽﾀﾜｰ8階
TEL 03-6277-1601（営業）　03-6277-1602（編集）
URL https://www.alphapolis.co.jp/
発売元－株式会社星雲社（共同出版社・流通責任出版社）
〒112-0005 東京都文京区水道1-3-30
TEL 03-3868-3275
装丁・本文イラスト－縹ヨツバ
装丁デザイン－ansyyqdesign
印刷－株式会社暁印刷

価格はカバーに表示されてあります。

落丁乱丁の場合はアルファポリスまでご連絡ください。

送料は小社負担でお取り替えします。


ISBN978-4-434-27611-8 C0193